J.M. Coetzee, né en 1940 au Cap, a fait ses études en Afrique du Sud et aux États-Unis. Professeur de littérature, auteur d'une à ce jour, entièrement traduite, chaque livre a une sa réputation. Il est l'auteur de nouvelles, de la comparaison de textes et de traductions. Au détour de la lecture, Michael K, sa vie son temps (1985) — Prix Femina — et En attendant les barbares, L'Homme ralenti, Journal d'une année, Scènes de la vie d'un jeune garçon, Disgrâce, Scènes de la vie d'un jeune garçon, donnant à réflexion dans vingt-cinq langues et abordant tantôt le politique. Deux de ces romans, Au cœur de ce pays et Disgrâce, ont été couronnés par le prestigieux Booker Prize, à la suite duquel le jury a décerné à J.M. Coetzee le prestigieux prix Nobel de littérature en 2003.

J. M. Coetzee

EN ATTENDANT LES BARBARES

ROMAN

Traduit de l'anglais
par Sophie Mayoux

Éditions du Seuil

Première édition en France,
Maurice Nadeau / Papyrus, 1982

TEXTE INTÉGRAL

TITRE ORIGINAL
Waiting for the Barbarians
ÉDITEUR ORIGINAL
Première édition en Angleterre : Martin Secker
and Warburg, Londres, 1980.
Première édition en Afrique du Sud : Ravan Press, 1981

ISBN original : 0-86975-198-0
© original : 1980, 1981, J. M. Coetzee

ISBN 978-2-02-040456-3
(ISBN 2-02-009634-X, 1ʳᵉ édition
ISBN 2-02-013403-9, 1ʳᵉ publication poche)

© Éditions du Seuil, mai 1987,
pour la traduction française

I

Je n'ai jamais rien vu de pareil : deux petits disques de verre suspendus devant ses yeux, dans des cercles de fil métallique. Est-il aveugle ? Je comprendrais, dans ce cas, qu'il veuille se cacher les yeux. Mais il n'est pas aveugle. Il voit à travers ces disques obscurs qui, de l'extérieur, paraissent opaques. Il s'agit selon lui d'une invention nouvelle. « Ces disques protègent les yeux du rayonnement solaire, dit-il. Vous en trouveriez l'usage ici, dans le désert. Grâce à eux, plus besoin de cligner des yeux. Les maux de tête sont moins fréquents. Voyez. » D'un doigt léger, il touche le coin de ses yeux. « Pas de rides. » Il remet en place les verres. C'est exact : il a la peau d'un homme plus jeune. « Chez nous, tout le monde en porte. »

Nous sommes installés dans la salle la plus confortable de l'auberge ; entre nous, une bouteille et un bol de fruits secs. Nous ne discutons pas des motifs de sa présence. Il est ici en vertu de l'état d'urgence, cela suffit. Nous préférons parler de chasse. Il me raconte sa dernière grande battue à cheval, où des milliers de cerfs, d'ours, de sangliers ont été massacrés, en si grand nombre qu'il fallut abandonner à la pourriture une montagne de carcasses (« Quel dommage ! »). Je lui décris les grands vols d'oies et de canards migrateurs qui descendent sur le lac chaque année, et les pièges employés par les indigènes. Je lui propose de l'emmener pêcher, une nuit, dans un de ces bateaux qu'on utilise ici. « C'est une expérience à ne pas manquer, lui dis-je ; les pêcheurs tiennent des torches embrasées et battent le tambour au-dessus de l'eau pour attirer le poisson dans les filets qu'ils ont tendus. » Il hoche la tête. Il évoque une autre région-frontière qu'il a visitée : là-bas, les gens se régalent d'une certaine espèce de serpents. Il me parle d'une énorme antilope qu'il a abattue.

Au milieu de meubles qui ne lui sont pas familiers, il se déplace avec hésitation ; pourtant, il n'enlève pas ses verres sombres. Il ne tarde pas à se retirer. Il est cantonné à l'auberge, car la ville n'a pas de meilleur logis à lui offrir. J'ai souligné auprès du personnel l'importance de notre visiteur : « Le colonel Joll fait partie du Troisième Bureau. Actuellement, le Troisième Bureau constitue la section la plus importante de la Garde civile. » C'est en tout cas ce que nous apprennent les rumeurs qui mettent si longtemps à venir de la capitale. Le propriétaire hoche la tête, les femmes de chambre s'inclinent. « Il faut que nous lui fassions bonne impression. »

J'emporte un matelas léger sur les remparts, où la brise nocturne aide à supporter la chaleur. A la lueur de la lune, je distingue sur les toits plats de la ville les silhouettes d'autres dormeurs. Sous les noyers de la place, je perçois le murmure de conversations tardives. Telle une luciole, une pipe brille dans l'obscurité ; son éclat s'affaiblit, puis se ravive. L'été s'achemine lentement vers sa fin. Les vergers croulent sous leur fardeau. Je n'ai pas vu la capitale depuis ma jeunesse.

Éveillé avant l'aube, je passe sur la pointe des pieds

devant les soldats endormis qui s'agitent et soupirent, rêvant à leur mère ou à leur bonne amie. Je descends les marches. Au firmament, des milliers d'étoiles nous regardent. Ici, en vérité, nous sommes sur le toit du monde. A s'éveiller en pleine nuit, en ce lieu dégagé, on est saisi d'un vertige.

Près de la porte, la sentinelle est assise en tailleur, berçant son mousquet au creux de ses bras, plongée dans le sommeil. Le charreton du portier est garé devant sa loge, fermée. Je passe.

J'explique : « Nous ne disposons d'aucun local spécial pour les prisonniers. Ici, il y a peu de délinquance, et, d'ordinaire, elle est sanctionnée par une amende ou par une peine de travaux forcés. Comme vous pouvez le voir, cette cabane n'est qu'une resserre qui dépend de l'entrepôt à grains. » A l'intérieur, l'air confiné est malodorant. Il n'y a pas de fenêtre. Les deux prisonniers, ligotés, sont allongés sur le sol. C'est d'eux qu'émane cette puanteur de vieille urine. J'appelle le gardien : « Que ces hommes se lavent, et vite ! »

Je conduis mon visiteur dans l'ombre fraîche de l'entrepôt à grains. « Cette année, nous espérons obtenir trois mille boisseaux sur les terres communales. Nous ne semons qu'une fois. Le temps nous a été très favorable. » Nous parlons des rats et des moyens de limiter leur nombre. Quand nous revenons à la cabane, elle sent la cendre humide ; accroupis dans un coin, les prisonniers sont prêts. L'un d'eux est un vieillard, l'autre un jeune garçon. « Ils se sont fait prendre il y a quelques jours, dis-je. Il y a eu un raid à moins de vingt milles d'ici.

C'est inhabituel. Normalement, ils évitent de s'approcher du fort. Ces deux-là ont été ramassés peu après le raid. Ils affirment qu'ils n'y ont pas participé. Je n'en sais rien. Peut-être disent-ils vrai. Si vous souhaitez leur parler, je suis bien entendu disposé à vous servir d'interprète. »

Le visage du garçon est tuméfié, meurtri. Un de ses yeux est fermé par l'enflure. Je m'accroupis devant lui et je lui tapote la joue.

« Écoute, mon gars, lui dis-je dans le patois des Marches, nous voulons te parler. »

Il ne réagit pas.

« Il fait semblant, affirme le gardien. Il comprend très bien ce qu'on lui dit.

— Qui l'a battu ?

— Pas moi, répond-il. Quand il est arrivé, il était déjà dans cet état. »

Je me tourne vers le garçon.

« Qui t'a battu ? »

Il ne m'écoute pas. Il regarde par-dessus mon épaule, les yeux fixés non sur le gardien mais sur le colonel Joll, debout près de lui.

« Sans doute n'a-t-il jamais rien vu de pareil », dis-je à Joll. Je désigne ses verres : « Il vous prend peut-être pour un aveugle. »

Mais Joll ne sourit pas. Devant les prisonniers, semble-t-il, il convient de préserver un certain décorum.

Je m'accroupis devant le vieillard. « Père, écoutez-moi. Nous vous avons amenés ici parce que vous avez été capturés à la suite d'un vol de bétail. L'affaire est grave, vous le savez. Vous êtes passibles d'un châtiment. »

Sa langue vient humecter ses lèvres. Son visage est gris, épuisé.

« Père, vous voyez ce monsieur ? Il est venu de la capitale pour nous voir. Il se rend dans tous les forts de la frontière. Son travail est de trouver la vérité. C'est tout ce qu'il fait : il découvre la vérité. Si vous ne me parlez pas, c'est à lui que vous allez devoir parler. Vous comprenez ?

— Excellence », dit-il. Sa voix est éraillée ; il s'éclaircit la gorge. « Excellence, nous ne savons rien sur les vols. Les soldats nous ont arrêtés et ligotés. Pour rien. Nous étions sur la route, nous venions voir le médecin. Cet enfant est le fils de ma sœur. Il a une plaie qui ne guérit pas. Nous ne sommes pas des voleurs. Montre ta plaie à Leurs Excellences. »

D'une main et du bout des dents, adroitement, le garçon commence à dérouler les chiffons qui entourent son avant-bras. Encroûtés de sang et de pus, les derniers tours lui collent à la peau ; il les soulève pour me montrer le bord rouge et enflammé de la plaie.

« Vous voyez, dit le vieil homme, rien n'y fait. Je l'emmenais chez le docteur quand les soldats nous ont arrêtés. Voilà tout. »

Je traverse de nouveau la place, accompagné de mon visiteur. Trois femmes nous dépassent ; elles reviennent du bassin d'irrigation, leurs paniers de linge sur la tête. Elles nous jettent un coup d'œil curieux, sans fléchir la nuque. Le soleil est accablant.

« Ce sont les seuls prisonniers que nous ayons capturés depuis longtemps, dis-je. C'est une coïncidence : en temps normal, nous n'aurions pas du tout eu de barbares à vous montrer. L'importance de ce prétendu banditisme n'est pas grande. Ils volent quelques moutons, ils isolent d'un convoi une bête de somme. Quelquefois, en représailles, nous lançons une expédition contre eux. Dans l'ensemble, il s'agit de tribus misérables qui vivent le long du fleuve ; leurs troupeaux sont maigres. Cela devient un mode de vie. Le vieil homme affirme qu'ils venaient voir le médecin. Peut-être est-ce la vérité. Personne n'aurait entrepris un raid en s'encombrant d'un vieillard et d'un enfant malade. »

Je m'aperçois que je suis en train de plaider leur cause.

« Évidemment, on ne peut en être certain. Mais même s'ils mentent, à quoi peuvent-ils vous servir, ces pauvres gens ? »

J'essaie de vaincre l'irritation qui monte en moi devant ses silences énigmatiques, devant le mystère qu'entretiennent les écrans opaques qui masquent théâtralement des yeux valides. Il marche les mains jointes devant lui, comme une femme.

« Il me faut cependant les interroger, dit-il. Ce soir, si cela convient. J'amènerai mon assistant. J'aurai aussi besoin d'un interprète. Le gardien, peut-être. Il parle leur langue ?

— Nous parvenons tous à nous faire comprendre. Vous préférez que je ne sois pas là ?

— Vous en auriez vite assez. Nous avons recours à certaines méthodes préétablies. »

Les hurlements que certains affirmeront avoir entendus s'échapper de l'entrepôt à grains, je ne les entends pas. Toute la soirée, tandis que je me livre à mes occupations, je reste conscient de ce qui est peut-être en train de se passer, et mon oreille est même ajustée au timbre de la souffrance humaine. Mais l'entrepôt est un bâtiment massif, muni de lourdes portes et de fenêtres minuscules ; il se dresse dans le quartier sud, au-delà des abattoirs et de la minoterie. Et puis, l'ancien poste avancé, devenu d'abord un fort frontalier, est aujourd'hui une colonie agricole, une ville de trois mille âmes où le bruit de la vie, le bruit que font tant d'âmes par une chaude soirée d'été, ne cesse pas même si, quelque part, quelqu'un crie. (A un moment donné, je me mets à plaider ma propre cause.)

Quand je revois le colonel Joll — dès qu'il en a le loisir —, je m'arrange pour en venir à la torture. Je demande :

« Et si votre prisonnier dit la vérité, mais s'aperçoit qu'on ne le croit pas ? N'est-ce pas une situation terrible ? Imaginez : être prêt à céder, céder, n'avoir plus rien à céder, être brisé, et subir pourtant de nouvelles pressions, parce qu'on exige de vous que vous cédiez davantage ! Et quelle responsabilité pour l'interrogateur ! Comment faites-vous pour savoir qu'un homme vous dit la vérité ?

— Il y a un accent, dit Joll. Il y a un certain accent dans la voix d'un homme qui dit la vérité. Grâce à notre formation, à notre expérience, nous apprenons à identifier cet accent.

— L'accent de la vérité ! Vous pouvez le reconnaître dans la langue de tous les jours ? Quand vous m'entendez parler, vous savez si je dis la vérité ? »

C'est le moment le plus intime que nous ayons connu jusqu'à présent, et il le balaie d'un petit geste de la main.

« Non, vous me comprenez mal. Je me réfère uniquement à une situation particulière ; je parle d'une situation où je suis à la recherche de la vérité, et contraint d'exercer une pression pour la découvrir. D'abord, voyez-vous, j'obtiens des mensonges — c'est ainsi que

13

cela se passe —, d'abord des mensonges, puis une pression, puis de nouveaux mensonges, et de nouvelles pressions, puis l'effondrement, suivi de nouvelles pressions, enfin : la vérité ; c'est ainsi qu'on obtient la vérité. »

La souffrance, c'est la vérité : tout le reste est soumis au doute. Voilà ce que je retiens de ma conversation avec le colonel Joll, cet homme aux doigts fuselés, aux mouchoirs mauves, aux pieds minces dans des chaussures souples, que je ne cesse d'imaginer dans la capitale qu'il a visiblement hâte de retrouver, chuchotant avec ses amis dans les couloirs d'un théâtre, à l'entracte.

(Mais qui suis-je en somme pour m'affirmer si éloigné de lui ? Je bois avec lui, je mange avec lui, je lui fais visiter la région, je lui apporte toute l'assistance requise par son ordre de mission, et au-delà. L'Empire ne demande pas à ses serviteurs de s'aimer, mais simplement d'accomplir leur devoir.)

Le rapport qu'il me soumet, en ma capacité de magistrat, est bref.

« Au cours de l'interrogatoire, des contradictions flagrantes apparurent dans le témoignage du prisonnier. Appelé à répondre de ces contradictions, le prisonnier, saisi par la rage, attaqua l'officier chargé de l'enquête. Une mêlée s'ensuivit, au cours de laquelle le prisonnier tomba lourdement contre le mur. Toutes les tentatives pour le ramener à la vie restèrent vaines. »

Désirant être complet, et respecter ainsi la lettre de la loi, je convoque le gardien et je lui demande de faire une déposition. Il récite ; je prends note de ses paroles.

« Le prisonnier est devenu incontrôlable et il a attaqué

l'officier en mission. On m'a appelé pour aider à le maîtriser. Lorsque je suis arrivé, l'affrontement était déjà terminé. Le prisonnier, inconscient, saignait du nez. »

Je lui indique l'endroit où il doit apposer sa marque. Il me prend la plume des mains, respectueusement.

« Est-ce que l'officier vous a dit ce qu'il fallait me dire ? » Je lui pose cette question avec douceur.

« Oui, monsieur.

— Le prisonnier avait-il les mains liées ?

— Oui, monsieur. Je veux dire, non, monsieur. »

Je le laisse partir, et je remplis le permis d'inhumer.

Mais, avant d'aller me coucher, je traverse la place, muni d'une lanterne et, par des rues détournées, je vais jusqu'à l'entrepôt. Un autre gardien dort à la porte de la cabane, un autre jeune paysan, enroulé dans sa couverture. Un grillon cesse de chanter à mon approche. Quand je tire le verrou, le gardien ne s'éveille pas. J'entre dans la cabane, tenant haut la lanterne ; je songe que j'empiète sur un sol désormais consacré, ou souillé — mais cela ne revient-il pas au même ? —, territoire réservé des mystères de l'État.

Le jeune garçon est allongé sur une paillasse, dans un coin ; il est vivant, il va bien. Il semble dormir, mais la tension de sa posture le trahit. Ses mains sont liées devant lui. Dans l'autre coin, il y a un long paquet blanc.

Je réveille le gardien.

« Qui t'a dit de laisser le corps ici ? Qui a cousu le sac ? » Mes accents de colère ne lui échappent pas.

« C'est l'homme qui est venu avec l'autre Excellence, monsieur. Il était ici quand j'ai pris mon service. Il a dit au garçon, je l'ai entendu : " Dors avec ton grand-père, tiens-lui bien chaud. " Il a fait semblant de vouloir coudre le garçon dans le linceul, dans le même linceul, mais il ne l'a pas fait. »

Le garçon poursuit son sommeil rigide, les paupières obstinément serrées. Nous emportons le cadavre au-dehors. Dans la cour, tandis que le gardien tient la lanterne, je trouve la couture du bout de mon canif, déchire le linceul, et dégage la tête du vieillard.

La barbe grise est encroûtée de sang. Les lèvres sont écrasées et retroussées, les dents sont brisées. Un des yeux est révulsé, l'autre orbite est un trou sanglant. « Referme », dis-je. Le gardien rassemble les bords du sac, qui s'ouvre à nouveau.

« Ils disent qu'il s'est cogné la tête contre le mur. Qu'est-ce que tu en penses ? » Il me jette un regard méfiant. « Va chercher de la ficelle et attache l'ouverture. »

Je tiens la lanterne au-dessus du garçon. Il n'a pas bougé ; mais quand je me penche pour lui toucher la joue, il tressaille et se met à trembler, tout le corps parcouru de longs frémissements.

« Écoute-moi, mon gars ; je ne vais pas te faire de mal. »

Il roule sur le dos et lève ses mains liées devant son visage. Elles sont gonflées, violacées. Je manie les liens gauchement. Dès que ce garçon est en cause, tous mes gestes deviennent maladroits.

« Écoute : tu dois dire la vérité à l'officier. C'est tout ce qu'il veut obtenir de toi — la vérité. Une fois qu'il sera sûr que tu dis la vérité, il ne te fera pas souffrir. Mais il faut lui dire tout ce que tu sais. Il faut répondre sincèrement à toutes les questions qu'il pose. Si tu souffres, ne perds pas courage. » A force de manipuler le nœud, j'ai fini par dénouer la corde. « Frotte-toi les mains jusqu'à ce que le sang recommence à circuler. »

Je masse ses mains entre les miennes. Il plie les doigts

16

péniblement. Je ne peux prétendre valoir mieux qu'une mère qui console son enfant, entre les accès de courroux du père. Je ne suis pas sans savoir qu'un interrogateur peut arborer deux masques, parler sur deux tons — l'un âpre, l'autre charmeur.

« A-t-il eu quelque chose à manger ce soir ?

— Je ne sais pas, me répond le gardien.

— Tu as eu quelque chose à manger ? »

Le garçon secoue la tête. Le cœur me pèse. Je n'ai jamais voulu être impliqué dans cette affaire. Où elle s'arrêtera, je n'en sais rien. Je me tourne vers le gardien.

« Je pars, maintenant, mais je vous demande trois choses. D'abord, dès que les mains du garçon iront mieux, vous les attacherez de nouveau, mais sans trop serrer, pour qu'elles n'enflent pas. Deuxièmement, vous allez laisser le corps où il se trouve, dans la cour. Ne le reportez pas à l'intérieur. Tôt dans la matinée, j'enverrai une équipe le prendre pour l'enterrer ; vous le leur remettrez. Si l'on vous pose des questions, dites que l'ordre vient de moi. Troisièmement, vous allez tout de suite fermer la cabane à clef, et venir avec moi. Je prendrai de la nourriture à la cuisine, et vous l'apporterez à ce garçon. Venez. »

Je n'avais pas l'intention de me mêler à cela. Je suis un magistrat de campagne, un fonctionnaire responsable, au service de l'Empire, et je remplis ma mission sur cette frontière paresseuse, en attendant l'heure de la retraite. Je perçois les dîmes et les impôts, j'administre les terres communales, je m'assure du bon approvisionnement de la garnison, je surveille les sous-officiers (nous n'en avons pas d'autres, ici), je gère le commerce, je préside le tribunal deux fois par semaine. En outre, je regarde le soleil se lever et se coucher, je mange et je dors : je suis satisfait. A mon trépas, j'espère mériter dans *la Gazette impériale* trois lignes en petits caractères. Je n'ai rien demandé de plus qu'une vie paisible, en des temps paisibles.

Mais l'année dernière, des rumeurs venues de la capitale sont arrivées jusqu'à nous ; on parlait de troubles causés par les barbares. Des négociants qui voyageaient sur des routes sûres avaient été attaqués et pillés. L'audace et l'importance des vols de bétail allaient croissant. Un groupe de fonctionnaires chargés du recensement avait disparu ; on les avait retrouvés enterrés dans des tombes peu profondes. Au cours d'une tournée d'inspection, un gouverneur de province avait essuyé des coups de feu. Il y avait eu des affrontements avec des patrouilles frontalières. Les tribus barbares s'armaient, disait-on ; l'Empire devait prendre des mesures préventives, car une guerre allait certainement avoir lieu.

Pour ma part, je ne constatai aucun de ces troubles. Je fis remarquer en privé qu'inévitablement, une fois par génération, se produisaient des phénomènes d'hystérie liés aux barbares. Où est la femme des Marches qui n'a pas rêvé d'une sombre main de barbare sortie de dessous son lit pour lui empoigner la cheville, où est-il, l'homme qui n'a pas éveillé en lui-même la peur en évoquant des visions de barbares festoyant dans sa demeure, fracassant la vaisselle, incendiant les rideaux, violant ses filles ? Ces cauchemars résultent d'un excès de bien-être. Montrez-moi une armée barbare, et j'y croirai.

Dans la capitale, on craignait de voir s'unir enfin les tribus barbares du Nord et de l'Ouest. On envoyait des officiers de l'état-major en tournée sur la frontière. On renforçait certaines garnisons. On accordait des escortes militaires aux négociants qui les demandaient. Et, pour

la première fois, on voyait dans les Marches des fonctionnaires du Troisième Bureau de la Garde civile, ces
gardiens de l'État, ces spécialistes des plus obscures
manifestations de sédition, sectateurs de la vérité, docteurs ès interrogatoires. Elles semblent donc maintenant
toucher à leur fin, ces années faciles où je pouvais
dormir le cœur en paix, certain que le monde suivrait un
cours régulier, moyennant de temps à autre un infime
coup de pouce. Je me prends à rêver : si seulement
j'avais remis au colonel ces deux prisonniers dérisoires
— « Tenez, colonel, c'est vous le spécialiste, voyez ce
que vous pouvez en faire » —, si j'étais parti à la chasse
comme j'aurais dû le faire, si j'avais, par exemple,
remonté la rivière pour revenir, quelques jours plus tard,
apposer mon sceau sur le rapport, sans le lire, ou après
l'avoir parcouru d'un œil indifférent, sans poser de question sur la signification du mot *enquête*, sur ce qui était
tapi sous ce mot, comme un troll se cache sous une
pierre — si j'avais agi avec sagesse, je serais peut-être
maintenant en mesure de me consacrer de nouveau à la
chasse, à la fauconnerie, à une concupiscence sereine, en
attendant que les provocations cessent et que les mouvements frontaliers s'apaisent. Hélas, je n'ai pas sellé mon
cheval ; pendant un moment, j'ai refusé d'entendre les
bruits qui venaient de la cabane à outils, près de
l'entrepôt à grains, puis, dans la nuit, j'ai pris ma lanterne et je suis allé voir de mes yeux ce qu'il en était.

D'un horizon à l'autre, la terre est blanche de neige.
Elle tombe d'un ciel où la source de lumière est diffuse
et omniprésente, comme si le soleil, transformé en aura,

s'était dissous dans la brume. Dans le rêve, je franchis la porte de la caserne, je dépasse le mât dépourvu de drapeau. La place s'étend devant moi ; ses limites se confondent avec le ciel lumineux. Les murs, les arbres, les maisons se sont amenuisés, ils ne sont plus aussi compacts, ils sont plus lointains que le bord du monde.

D'un pas glissant, je traverse la place ; des silhouettes sombres se dissocient de la blancheur, des enfants qui jouent à bâtir un château de neige, au sommet duquel ils ont planté un petit drapeau rouge. Ils sont protégés du froid par des moufles, des bottes, des cache-nez. Ils apportent de la neige, poignée par poignée, et la plaquent contre les murs de leur château, pour lui donner forme. Leur haleine fait de petits nuages blancs. Le rempart, autour du château, est à demi construit. Je m'efforce de saisir le babil bizarre des voix qui se perdent dans l'air, mais je ne comprends rien.

Je me sens volumineux, opaque ; je ne suis donc nullement surpris de voir les enfants se dissiper de part et d'autre, à mon approche. Tous, sauf une. Plus âgée que les autres — est-ce même une enfant ? —, elle me tourne son dos couvert d'une pèlerine. Assise dans la neige, elle travaille à la porte du château, les jambes écartées, creusant, tapotant, modelant. Debout derrière elle, je la regarde. Elle ne se retourne pas. J'essaie d'imaginer le visage qu'encadrent les pétales du capuchon pointu, mais je n'y arrive pas.

Allongé sur le dos, nu, le garçon dort, le souffle bref, superficiel. Sa peau est luisante de sueur. Pour la première fois, je vois son bras sans le bandage qui cachait la

20

plaie ouverte et enflammée. J'approche la lanterne. Ses aines et son ventre sont criblés de petites croûtes, d'hématomes, de coupures, certaines soulignées de filets de sang.

« Qu'est-ce qu'ils lui ont fait ? » Pour poser cette question au gardien, le même jeune homme que la nuit dernière, je baisse la voix.

Il me répond sur le même ton :

« Un couteau. Un tout petit couteau. Comme ça. »

Il tend le pouce et l'index. Serrant son couteau invisible, il enfonce d'un coup sec la pointe immatérielle dans le corps endormi de l'enfant et tourne l'arme délicatement, comme une clé, d'abord vers la gauche, puis vers la droite. Il la retire enfin, sa main revient à son côté. Il attend, debout.

Agenouillé devant le garçon, j'approche la lumière de son visage et je le secoue. Ses yeux s'ouvrent faiblement et se referment. Il soupire ; sa respiration haletante se ralentit.

« Écoute ! Tu as fait un mauvais rêve. Il faut que tu te réveilles. »

Il ouvre les yeux, qu'il fronce pour éviter la lumière ; il me regarde.

Le gardien apporte de l'eau. Je demande :

« Peut-il s'asseoir ? »

Le gardien secoue la tête. Il soulève le garçon et l'aide à boire.

« Écoute, lui dis-je. Ils assurent que tu as fait une confession. Tu aurais avoué que vous avez volé des moutons et des chevaux, toi, le vieil homme et d'autres hommes de ton clan. Tu as révélé que les hommes de ton clan étaient en train de s'armer, qu'au printemps, vous alliez tous vous unir pour livrer une grande guerre à

21

l'Empire. Est-ce que tu dis la vérité ? Est-ce que tu comprends ce que ta confession va entraîner ? Est-ce que tu comprends ? » Je m'interromps. Il pose sur tant de véhémence un regard vide, comme un homme qu'une longue course a épuisé. « Cela veut dire que les soldats vont partir en expédition contre ton peuple. Ils vont tuer. Des gens de chez toi vont mourir ; peut-être même tes parents, tes frères et sœurs. C'est vraiment cela que tu veux ? »

Il ne réagit pas. Je le prends par l'épaule, je lui frappe la joue. Il ne sursaute pas : c'est comme si je frappais de la chair morte.

« Il est très malade, je crois, murmure le gardien derrière moi. Il est très malade, et il a très mal. »

Sous mon regard, le garçon ferme les yeux.

Je fais venir notre seul médecin, un vieil homme qui gagne sa vie en arrachant les dents et en confectionnant des aphrodisiaques à base d'os pilés et de sang de lézard. Il applique sur la plaie un cataplasme d'argile, et enduit d'un onguent les innombrables petits coups de couteau. Dans une semaine, promet-il, le garçon pourra marcher. Il recommande une alimentation nourrissante, et s'en va précipitamment. Il ne s'informe pas de l'origine des blessures.

Mais le colonel est impatient. Il prévoit de lancer rapidement un raid contre les nomades, et de prendre de nouveaux prisonniers. Il veut que le garçon lui serve de guide. Il me demande de lui laisser trente hommes, sur les quarante que compte la garnison, et de fournir des montures.

Je tente de le dissuader.

« Sauf votre respect, colonel, vous n'êtes pas un soldat de métier, et vous n'avez jamais dû livrer campagne dans ces régions peu hospitalières. Vous aurez pour seul guide un enfant que vous terrifiez, qui dira tout ce qui lui passe par la tête pour vous faire plaisir, et qui n'est de toute façon pas en état de voyager. Vous ne pouvez pas compter sur les soldats pour vous aider, ce ne sont que des conscrits, des paysans ; pour la plupart, ils ne se sont jamais éloignés à plus de cinq milles de la colonie. Les barbares que vous pourchassez vous sentiront arriver : vous serez encore à une journée de marche qu'ils auront déjà disparu dans le désert. Ils ont vécu ici toute leur vie, ils connaissent le terrain. Vous et moi, nous sommes des étrangers : vous, plus encore que moi. Je vous en conjure, n'y allez pas. »

Il m'écoute jusqu'au bout ; j'ai même l'impression qu'il me fait parler. Je suis persuadé qu'ensuite cette conversation est notée, avec un commentaire sur mon compte : « Peu sûr. » Quand il en a entendu assez, il balaie mes objections.

« J'ai une mission à accomplir, magistrat. Je suis seul à pouvoir juger de l'achèvement de mon travail. » Et il reprend ses préparatifs.

Il se déplace dans un véhicule noir à deux roues ; un lit de camp et un bureau pliant sont attachés au toit par des courroies. Je lui procure des chevaux, des chariots, du fourrage et des provisions pour trois semaines. Un jeune lieutenant de la garnison l'accompagnera. En privé, je parle au lieutenant :

« Ne vous fiez pas à votre guide. Il est faible et terrifié. Prenez garde au climat. Relevez des points de repère. Votre premier devoir est de ramener notre visiteur en bonne santé. »

Il s'incline.

Je m'adresse de nouveau à Joll ; je voudrais obtenir une idée plus précise de ses projets.

« Oui, répond-il. Bien sûr, je ne voudrais pas m'engager à l'avance à faire suivre tel ou tel cours aux opérations. Mais, en gros, nous allons repérer le campement de vos fameux nomades, après quoi nous poursuivrons selon ce que la situation nous imposera.

— Je vous pose cette question uniquement au cas où vous vous perdriez : nous autres, ici, nous aurions alors le devoir de vous retrouver et de vous ramener à la civilisation. »

Nous marquons une pause, appréciant, à partir de nos positions respectives, l'ironie de ce terme.

· « Bien entendu, reprend-il. Mais c'est peu probable. Nous avons la chance de disposer d'excellentes cartes de la région, que vous nous avez fournies vous-même.

— Ces cartes ne s'appuient guère que sur des récits, colonel. J'ai procédé par recoupements et assemblages, en recueillant les témoignages de voyageurs au long d'une période de dix ou vingt ans. Personnellement, je n'ai jamais mis les pieds dans la région où vous comptez vous rendre. Je vous mets en garde, voilà tout. »

Depuis le jour qui a suivi celui de son arrivée, j'ai été trop troublé par sa présence pour que mon attitude à son égard outrepasse une correction élémentaire. Je suppose qu'à l'instar du bourreau itinérant, il a l'habitude qu'on lui batte froid. (A moins que les bourreaux et les tortionnaires ne soient considérés comme intouchables que dans nos provinces ?) En le regardant, je me demande ce qu'il a ressenti, la toute première fois : le jour où l'on a invité l'apprenti qu'il était à serrer les tenailles ou à enfoncer les coins (je ne suis guère au fait de toutes leurs pratiques) a-t-il eu le moindre frisson, conscient qu'à cet

24

instant une transgression l'entraînait dans une zone interdite ? Une curiosité me vient : a-t-il un rite privé de purification, accompli à l'abri de portes closes, qui lui permette de revenir rompre le pain avec d'autres hommes ? Se lave-t-il les mains très soigneusement, par exemple, ou change-t-il de vêtements ? Ou bien le Bureau a-t-il créé des hommes nouveaux, capables de passer sans malaise de la souillure à la pureté ?

Tard dans la nuit, j'entends les raclements et les roulements de la fanfare, sous les vieux noyers, de l'autre côté de la place. L'air est teinté d'une lueur rose : sur un grand lit de braises, les soldats font rôtir des moutons entiers, offerts par « Son Excellence ». Ils vont boire jusqu'aux premières heures du jour et partiront à l'aube.

Par les ruelles détournées, je m'achemine jusqu'à l'entrepôt. Le gardien n'est pas à son poste. La porte de la cabane est béante. Sur le point d'entrer, j'entends, à l'intérieur, des murmures entrecoupés de rires.

Mon regard tente de percer les ténèbres.

« Qui est là ? »

J'entends tout un remue-ménage. La jeune sentinelle trébuche contre moi :

« Pardon, monsieur. » Son haleine est chargée de rhum. « Le prisonnier m'a appelé ; j'essayais de l'aider. »

Un gloussement résonne dans l'obscurité.

Je dors. A nouveau, je suis éveillé par la musique du bal, sur la place. Je me rendors, et je rêve d'un corps étendu sur le dos ; une abondante toison pubienne brille d'un feu liquide, noir et or, en travers du ventre, jusqu'aux reins, et telle une flèche dardée dans le sillon des jambes. Quand j'allonge la main pour effleurer la toison, elle se met à grouiller. Ce ne sont pas des poils, mais des abeilles amoncelées en grappes denses : inondées de miel, gluantes, elles se coulent hors du sillon et battent des ailes.

Dernier acte de courtoisie, j'accompagne le colonel jusqu'à l'endroit où la route tourne vers le nord-ouest, en suivant la rive du lac. Le soleil est levé, et sa lumière, réfléchie par la surface de l'eau, est si violente que je suis contraint de me protéger les yeux. Les hommes, fatigués et écœurés après les festivités de la nuit, se traînent derrière nous. Au milieu de la colonne, le prisonnier est soutenu par un gardien qui chevauche à ses côtés. Son visage est blême, il a du mal à se tenir en selle : ses blessures, visiblement, le font encore souffrir. A l'arrière viennent les chevaux de somme et les chariots chargés de barriques d'eau, de provisions et d'équipement lourd : lances, fusils, munitions, tentes. Dans l'ensemble, le spectacle n'a rien de stimulant : la colonne avance en désordre, quelques hommes tête nue, certains coiffés du lourd casque empanaché de la cavalerie, d'autres du simple couvre-chef de cuir. Ils détournent tous leurs yeux de la lumière, sauf un, qui regarde gravement droit devant lui, à travers une lame de verre fumé fixée au bout d'un bâton et tenue devant ses yeux. Jusqu'où s'étendra cette affectation absurde ?

Nous chevauchons en silence. Les moissonneurs, dont la journée a commencé avant l'aube, cessent de travailler pour nous saluer au passage. Au virage, je tire les rênes et je fais mes adieux :

« Je sous souhaite un bon retour, colonel », dis-je.

Encadré dans la fenêtre de sa voiture, il incline la tête, impénétrable.

Je rentre donc, soulagé de mon fardeau, heureux d'être à nouveau seul dans un monde que je connais et que je comprends. Je monte en haut des murailles pour voir la petite colonne s'éloigner le long de la route sinueuse, vers le nord-ouest, vers la lointaine tache verte où la rivière débouche dans le lac et où disparaît la végétation, happée par la brume du désert. Au-dessus de l'eau, le soleil de bronze reste accablant. Au sud du lac s'étendent des marécages et des salines ; au-delà, une ligne bleu-gris de collines arides. Dans les champs, les paysans chargent les deux énormes vieux chariots à foin. Un vol de canards sauvages glisse dans le ciel et amorce sa descente vers le lac. Fin d'été : saison de paix et d'abondance. Je crois en la paix — peut-être même en la paix à tout prix.

A deux milles de la ville, plein sud, une chaîne de dunes se détache du paysage plat et sablonneux. En été, les enfants ont pour amusements favoris la chasse aux grenouilles dans les marais et la descente des dunes sur des luges en bois ciré : les grenouilles le matin, les dunes le soir, quand le soleil baisse et que le sable se rafraîchit. Bien que le vent souffle en toute saison, les dunes sont stables ; elles sont retenues par un tapis d'herbe maigre et aussi, comme je l'ai découvert par hasard il y a quelques années, par des charpentes en bois. Sous les dunes, en effet, sont ensevelies les ruines de maisons qui remontent à une époque bien antérieure à l'annexion des provinces occidentales et à la construction du fort.

J'ai occupé mes loisirs à explorer ces ruines. Si les ouvrages d'irrigation ne demandent aucune réparation, je condamne les délinquants à quelques jours de fouilles dans les dunes ; on y envoie en corvée les soldats punis ; au comble de mon enthousiasme, il m'est même arrivé de payer de ma poche des travailleurs occasionnels. Ce n'est pas un travail apprécié : il faut creuser sous un soleil brûlant ou dans un vent cinglant, sans pouvoir s'abriter, avec du sable qui vole partout. Ils s'échinent à contrecœur, ne partageant pas ma passion qu'ils considèrent comme une lubie, et sont découragés par la vitesse à laquelle le sable revient. Mais, en quelques années, je suis parvenu à dégager juqu'à leur niveau inférieur plusieurs des édifices les plus vastes. La construction la plus récemment exhumée se dresse dans le désert comme l'épave d'un vaisseau ; on peut même la voir depuis les murs de la ville. Dans cet édifice — un bâtiment public, peut-être, ou un temple — j'ai récupéré un lourd linteau de peuplier orné d'un motif sculpté, entrelacs de poissons bondissants, qui est maintenant suspendu au-dessus de ma cheminée. J'ai découvert aussi, enterré au-dessous de l'étage inférieur, caché dans un sac qui s'est complètement effrité au premier contact, un lot de languettes de bois portant des caractères peints, d'une écriture qui, à ma connaissance, ne ressemble à aucune autre. Nous avions déjà trouvé de semblables languettes, éparpillées dans les ruines comme autant de pinces à linge, mais la plupart étaient si usées par le sable que les lettres étaient indistinctes. Sur ces nouvelles languettes, les caractères sont aussi nets que le jour où ils ont été écrits. Maintenant, dans l'espoir de déchiffrer cette écriture, j'ai entrepris de rassembler autant de languettes que possible. Les enfants qui jouent ici savent que s'ils en trouvent, cela leur vaudra toujours quelques sous.

Les charpentes que nous mettons à jour sont sèches et poudreuses. Souvent, elles ne tenaient ensemble que grâce au sable qui les entourait et s'effritent dès qu'elles sont exhumées. D'autres s'effondrent à la moindre pression. L'âge de ces boiseries, je l'ignore. Les barbares, pasteurs nomades qui vivent sous la tente, ne font pas allusion dans leurs légendes à un établissement permanent aux environs du lac. Il n'y a pas de restes humains dans les ruines. S'il existe un cimetière, nous ne l'avons pas trouvé. Les maisons ne contiennent aucun meuble. Dans un tas de cendres, j'ai découvert des fragments de poterie en argile séchée au soleil, et un objet marron qui avait pu être autrefois une chaussure ou un bonnet de cuir, mais qui tomba en morceaux sous mes yeux. Je ne sais pas d'où vint le bois qui servit à bâtir ces maisons. Peut-être, en un temps très ancien, des criminels, des esclaves, des soldats cheminèrent-ils jusqu'à la rivière, distante de douze milles, pour y couper des peupliers, qu'ils scièrent et rabotèrent, transportèrent-ils alors le bois de charpente sur des chariots, jusqu'en ce lieu aride, construisirent-ils des maisons, et un fort aussi — c'est possible —, et moururent-ils, le temps venu, pour que leurs maîtres, leurs préfets, magistrats, capitaines, pussent monter matin et soir sur les toits et au sommet des tours pour scruter le monde d'un horizon à l'autre, à l'affût des barbares. Peut-être, en creusant, n'ai-je fait qu'érafler la surface. Il y a peut-être, à dix pieds en dessous du sol, les ruines d'un autre fort, rasé par les barbares, peuplé des os de gens qui croyaient trouver la sécurité derrière de hautes murailles. Foulant aux pieds le sol du palais de justice, si c'est un palais de justice, je marche peut-être sur la tête d'un magistrat comme moi, d'un autre serviteur grisonnant de l'Empire, tombé dans l'arène même où s'exerçait son autorité, face à face — enfin — avec les barbares. Comment le saurais-je ? En fouissant comme un lapin ? Les caractères des languettes me le diront-ils un jour ? Dans le sac, il y avait deux cent cinquante-six languettes. Est-ce un hasard s'il s'agit d'un nombre parfait ? La première fois que je les ai comptées, je m'en suis aperçu, j'ai débarrassé le sol de mon bureau et je les ai disposées, d'abord en un grand carré, puis en seize carrés plus petits, puis en d'autres combinaisons, me disant que ce que j'avais pris jusque-là pour les caractères d'un alphabet pouvait constituer en fait les éléments d'un tableau dont les contours me sauteraient aux yeux si je tombais sur la bonne disposition : une carte du pays des barbares, tel qu'il était au temps jadis, ou la représentation d'un panthéon révolu. Je me suis même surpris à lire les languettes dans un miroir, à retracer les lignes d'une languette par-dessus celles d'une autre, ou à les rapprocher l'une de l'autre, moitié contre moitié.

Un soir, je me suis attardé parmi les ruines après le départ des enfants, rentrés dîner chez eux, à l'heure violette du crépuscule et des premières étoiles — l'heure, disent les légendes, où les fantômes s'éveillent. J'ai collé une oreille contre le sol, comme les enfants m'avaient appris à le faire, pour entendre ce qu'ils entendent : des coups et des gémissements souterrains ; un battement de tambour, profond et irrégulier. J'ai senti contre ma joue le frôlement du sable qui court à travers le désert, de nulle part à nulle part. L'ultime lumière s'affaiblissait ; contre le ciel, les remparts s'obscurcissaient et se dissolvaient dans l'ombre. J'ai attendu une heure, enroulé dans mon manteau, adossé au poteau d'angle d'une maison où, jadis, des gens devaient avoir parlé, mangé, fait de la musique. Assis là, j'ai regardé la lune se lever, ouvrant mes sens à la nuit, attendant le signe qui me dirait qu'autour de moi, sous mes pieds, il n'y avait pas seulement du sable, de la poussière d'os, des copeaux de rouille, des tessons, de la cendre. Le signe n'est pas venu.

Je n'ai ressenti aucun tremblement de frayeur spectrale. Mon nid dans le sable était tiède. Avant longtemps, je me suis surpris à somnoler.

Je me suis levé, je me suis étiré, je suis rentré à la maison, avançant péniblement à travers la nuit embaumée, en m'orientant vers la faible lueur répandue dans le ciel par les feux des maisons. Ridicule, me suis-je dit : un barbon grisonnant qui, assis dans le noir, attend que des esprits venus des zones obscures de l'histoire s'adressent à lui, avant de rentrer chez lui se rassasier de rata et se coucher dans un lit douillet. L'espace qui nous entoure, ici, n'est que de l'espace, ni plus mesquin ni plus grandiose que l'espace qui surmonte les taudis, les immeubles de rapport, les temples, les bureaux de la capitale. L'espace est l'espace, la vie est la vie, partout semblable. Mais moi, entretenu par le labeur d'autrui, dépourvu de vices civilisés qui combleraient mes loisirs, je dorlote ma mélancolie et tente de déceler dans le vide du désert une acuité historique particulière. Vaniteux, oisif, fourvoyé ! Quelle chance que personne ne me voie !

Aujourd'hui, quatre jours seulement après le départ de l'expédition, les premiers prisonniers du colonel arrivent. De ma fenêtre, je les regarde traverser la place entre leurs gardiens à cheval, poussiéreux, épuisés, tentant déjà de s'écarter des spectateurs, qui affluent autour d'eux, des enfants qui gambadent, des chiens qui aboient. A l'ombre des murs de la caserne, les gardes descendent de cheval ; aussitôt, les prisonniers s'accroupissent pour se reposer, sauf un petit garçon qui reste debout sur une jambe, le bras appuyé sur l'épaule de sa mère, et dévisage les badauds avec curiosité. Quelqu'un apporte un seau d'eau et une louche. Ils boivent avidement, pendant que la foule s'accroît et s'agglutine autour d'eux, si dense que je n'y vois plus rien. J'attends impatiemment le garde qui se fraie maintenant un chemin à travers la foule et traverse la cour de la caserne.

Je hurle :

« Comment expliquez-vous cela ? » Il courbe la tête, fouille ses poches. « Ce sont des pêcheurs ! Comment avez-vous pu les ramener ici ! »

Il me tend une lettre. Je brise le sceau, et lis : « Prière de garder ces détenus au secret jusqu'à mon retour, ainsi que ceux qui suivront. » Sous la signature, le sceau est à nouveau apposé : le sceau du Bureau, qu'il a emporté dans le désert. S'il périssait, il faudrait à coup sûr que j'envoie une deuxième expédition récupérer cet objet.

« Cet homme est ridicule ! » J'arpente la pièce en tempêtant. On ne devrait jamais déprécier les officiers devant leurs hommes, ni les pères devant leurs enfants, mais, à l'égard de ce personnage, je ne découvre dans mon cœur aucune loyauté. « Personne ne lui a dit que c'étaient des pêcheurs ? C'est une perte de temps de les amener ici ! Vous êtes censés l'aider à traquer des voleurs, des bandits, des envahisseurs de l'Empire ! Est-ce que ces gens ont l'air de représenter un danger pour l'Empire ? » Je jette la lettre contre la fenêtre.

La foule s'écarte devant moi ; debout au centre du cercle, je fais enfin face à une douzaine de prisonniers pitoyables. Ils reculent devant ma colère. Le petit garçon se glisse dans les bras de sa mère. Je gesticule, tourné vers les gardes :

« Dégagez le chemin et amenez ces gens dans la cour de la caserne ! »

Ils poussent le troupeau de captifs ; le portail de la caserne se referme derrière nous.

« Expliquez-vous, maintenant : personne ne lui a dit que ces prisonniers ne lui serviraient à rien ? Personne ne lui a dit la différence entre des pêcheurs avec leurs filets et des nomades, des cavaliers farouches, armés d'arcs ? Personne ne lui a dit qu'ils ne parlaient même pas la même langue ? »

L'un des soldats explique :

« Quand ils nous ont vus arriver, ils ont essayé de se cacher dans les roseaux. Ils ont vu des cavaliers arriver : alors ils ont essayé de se cacher. Alors l'officier, Son Excellence, nous a ordonné de les capturer. Parce qu'ils se cachaient. »

Il y a de quoi jurer de rage. Policier ! Raisonnement de policier !

« Son Excellence a-t-elle indiqué pourquoi elle désirait qu'on les ramenât ici ? A-t-il expliqué pourquoi il ne pouvait pas leur poser ses questions là-bas, sur place ?

— Aucun d'entre nous ne parlait leur langue, monsieur. »

Bien sûr ! Ces gens de la rivière sont des aborigènes, un peuplement plus ancien que les nomades eux-mêmes. Ils vivent par groupes de deux ou trois familles, le long des berges du fleuve. Le plus clair de l'année, ils pêchent et posent des pièges ; à l'automne, ils pagaient jusqu'aux lointains rivages méridionaux du lac pour y prendre des vers de vase, qu'ils font sécher, construisent de fragiles abris de roseaux et geignent de froid pendant tout l'hiver, vêtus de peaux de bêtes. Eux qui ont peur de tout le monde, tapis dans les roseaux, que pourraient-ils bien savoir d'une grande entreprise barbare contre l'Empire ?

J'envoie un des hommes chercher de la nourriture à la

33

cuisine. Il revient avec une miche de pain de la veille qu'il offre au plus âgé des prisonniers. Le vieillard accueille la miche avec respect au creux de ses deux mains, la flaire, la rompt, distribue les morceaux. Ils se bourrent la bouche de cette manne, qu'ils mâchent rapidement, sans lever les yeux. Une femme crache dans sa main une bouchée de pain mastiqué et nourrit son bébé. D'un signe, j'ordonne qu'on en apporte plus. Nous les regardons manger comme s'ils étaient des bêtes curieuses.

« Qu'ils restent dans la cour, dis-je aux gardiens. Ce sera gênant pour nous, mais il n'y a pas d'autre solution. S'il fait froid, ce soir, je trouverai un arrangement. Veillez à ce qu'ils soient nourris. Donnez-leur quelque chose à faire, pour leur occuper les mains. Gardez le portail fermé. Ils ne s'échapperont pas, mais je ne veux pas que des badauds viennent les regarder. »

Je maîtrise donc ma colère, et j'applique les directives du colonel : je lui tiens « au secret » ses prisonniers inutiles. En un jour ou deux, ces sauvages semblent oublier qu'ils ont jamais vécu ailleurs. Absolument conquis par la nourriture gratuite et abondante, et surtout par le pain, ils se détendent, sourient à tout le monde, se déplacent, dans la cour de la caserne, d'une flaque d'ombre à une autre, somnolent, s'éveillent, s'excitent lorsque approche l'heure des repas. Leurs usages sont francs et répugnants. Un des coins de la cour est devenu une latrine où les hommes et les femmes s'accroupissent ouvertement et où une nuée de mouches bourdonne toute la journée. (« Donnez-leur une pelle ! » dis-je aux gardiens ; mais ils ne s'en servent pas.) Le petit garçon, devenu tout à fait audacieux, hante la cuisine, et quémande du sucre auprès des servantes. Outre le pain, le sucre et le thé sont pour eux de grandes nouveautés. Tous les matins, ils reçoivent un petit bloc de feuilles de thé comprimées qu'ils font bouillir dans un seau de vingt litres, posé sur un trépied au-dessus d'un feu. Ils sont heureux, ici. En fait, si nous ne les chassons pas, ils risquent de rester avec nous pour toujours, tant il a fallu peu pour les persuader de renoncer à l'état de nature. Je passe des heures à les contempler depuis la fenêtre de l'étage (d'autres oisifs sont forcés, eux, de regarder à travers le portail). J'examine les femmes qui s'épouillent, qui peignent et tressent les longs cheveux noirs de leurs compagnes. Quelques-uns d'entre eux ont des quintes de toux sèche et âpre. On est frappé de ne voir aucun enfant dans ce groupe, à part le bébé et le petit garçon. Après tout, certains d'entre eux — plus agiles, plus vigilants — sont-ils parvenus à échapper aux soldats ? Je l'espère. J'espère que, lorsque nous les renverrons à leurs huttes, le long du fleuve, ils auront toutes sortes d'histoires extravagantes à raconter à leurs voisins. J'espère que le récit de leur captivité s'intégrera à leurs légendes, transmises de grand-père en petit-fils. Mais j'espère aussi que le souvenir de la ville, avec sa vie facile et ses aliments exotiques, ne sera pas assez fort pour les y attirer de nouveau. Je ne veux pas avoir sur les bras un peuple de mendiants.

Pendant quelques jours, les pêcheurs représentent une distraction, avec leur baragouin étrange, leur énorme appétit, leur impudeur animale, leur humeur capricieuse. Les soldats s'attardent dans l'embrasure des portes et les dévisagent, lançant à leur sujet des commentaires obscènes qu'ils ne comprennent pas, et riant ; il y a toujours des enfants pour presser leur visage contre les barreaux du portail ; et moi, de ma fenêtre, invisible derrière la vitre, je regarde.

Puis, tous ensemble, nous perdons toute sympathie pour eux. La saleté, l'odeur, le bruit de leurs querelles et de leur toux deviennent excessifs. Il y a un incident déplaisant : un soldat essaie d'entraîner une de leurs femmes à l'intérieur — peut-être, qui sait, uniquement par jeu ? — et se fait lapider. Une rumeur commence à circuler : ils seraient malades, ils feraient courir à la ville un risque d'épidémie. J'ai beau les forcer à creuser une fosse au coin de la cour et faire enlever les excréments, le personnel des cuisines refuse de leur donner de la vaisselle et se met à leur jeter la nourriture depuis le seuil, comme si c'étaient vraiment des bêtes. Les soldats verrouillent la porte qui donne sur la grande salle de la caserne, les enfants ne s'approchent plus du portail. Une nuit, quelqu'un jette un chat mort par-dessus le mur, provoquant un véritable tumulte. Pendant les longues et chaudes journées, les prisonniers traînent dans la cour déserte. Le bébé pleure et tousse sans arrêt, tant et si bien que je me réfugie dans le recoin le plus lointain de mon appartement. J'écris au Troisième Bureau, cet infatigable gardien de l'Empire, une lettre furieuse où je dénonce l'incompétence d'un de ses agents. « Pourquoi ne chargez-vous pas d'enquêter sur les troubles frontaliers des gens ayant l'expérience de la frontière ? » Sagement, je déchire la lettre. Si j'ouvre en pleine nuit le verrou du portail, les pêcheurs s'enfuiront-ils ? Je me le demande ; mais je ne fais rien. Un jour, je remarque que le bébé a cessé de pleurer. Quand je regarde par la fenêtre, je ne le vois nulle part. J'envoie un gardien à sa recherche ; il trouve le petit cadavre sous les vêtements de sa mère. Elle refuse de le lâcher. Nous sommes forcés de le lui arracher. Ensuite, elle passe toute la journée accroupie, seule, le visage couvert, refusant de manger. Ses compagnons semblent s'écarter d'elle. Avons-nous violé une de leurs coutumes en prenant l'enfant et en l'enterrant ? Je maudis le colonel Joll pour tous ces ennuis, et aussi pour la honte qu'il m'a infligée.

Soudain, en pleine nuit, le voilà de retour. Des sonneries de trompettes venues des remparts interrompent mon sommeil ; le vacarme envahit la grande salle de la caserne où les soldats cherchent leurs armes à tâtons. Je n'ai pas la tête claire, je mets longtemps à m'habiller, et lorsque j'arrive enfin sur la place, la colonne franchit déjà les portes ; certains des hommes sont à cheval, d'autres mènent leur monture. Je me tiens à l'écart tandis que la foule s'assemble, touchant et embrassant les soldats, riant d'excitation (« Ils sont tous saufs ! » crie une voix), jusqu'au moment où, au milieu de la colonne, je vois ce que je craignais de voir : la voiture noire, et le groupe de prisonniers qui traînent les pieds, encordés cou à cou, silhouettes informes dans leurs capotes en peau de mouton, sous le clair de lune argenté, suivis par les derniers soldats qui conduisent les chariots et les chevaux de somme. Comme les gens accourent de plus en plus nombreux, certains munis de torches enflammées, et que le tintamarre augmente, je tourne le dos au triomphe du colonel et regagne mes appartements. C'est en un tel moment qu'apparaissent les inconvénients du choix que j'ai fait : vivre dans le logement délabré destiné au commandant d'armes que nous n'avons plus depuis des années, au-dessus des magasins et des cuisines, plutôt que dans la charmante villa aux fenêtres ornées de géraniums, allouée au magistrat civil. J'aimerais pouvoir fermer mes oreilles aux bruits qui montent de la cour, transformée définitivement, semble-t-il, en cour de prison. Je me sens vieux et fatigué, je veux dormir. Ces temps-ci, je dors dès que je le peux, et quand je m'éveille, c'est à regret. Le sommeil n'est plus un bain revigorant, où je puise un renouveau de forces vitales, mais une descente dans l'oubli, une approche nocturne du néant. Je crois que la vie dans cet appartement est devenue mauvaise pour moi ; mais il n'y a pas que cela. Si j'occupais la villa du magistrat, dans la rue la plus paisible de la ville, en menant une vie jalonnée par les sessions du tribunal le lundi et le jeudi, la chasse tous les matins, les soirées consacrées à la lecture des classiques, en fermant mes oreilles aux activités de ce policier parvenu, si je me résolvais à attendre la fin des temps difficiles en taisant mes pensées, je cesserais peut-être de me sentir comme un homme pris par une lame de fond, qui abandonne le combat, s'arrête de nager et tourne son visage vers le large et vers la mort. Mais ce qui provoque en moi la pire honte, la plus grande indifférence à l'annihilation, c'est de savoir à quel point mon malaise est contingent, à quel point il dépend d'un bébé qui gémit un jour sous ma fenêtre, et cesse de gémir le lendemain. J'en sais un peu trop ; il semble qu'une fois contaminé, on ne guérit pas de ce savoir-là. Je n'aurais jamais dû prendre ma lanterne pour voir ce qui se passait dans la cabane près de l'entrepôt. D'autre part, une fois la lanterne prise, il n'était pas possible de la poser. La boucle du nœud se referme sur elle-même ; je ne peux en trouver le bout.

Le colonel passe toute la journée du lendemain à dormir dans sa chambre, à l'auberge, forçant le personnel à aller et venir sur la pointe des pieds. J'essaie de ne prêter aucune attention à la nouvelle fournée de prisonniers, dans la cour. Malheureusement toutes les portes de la caserne, ainsi que l'escalier qui monte à mon appartement, donnent sur la cour. Aux premières lueurs du matin, je me hâte de sortir, je passe la journée à m'occuper des fermages de la ville, et le soir je dîne avec des amis. En rentrant chez moi, je rencontre le jeune lieutenant qui a accompagné le colonel Joll dans le désert ; je le félicite de son heureux retour.

« Mais pourquoi n'avez-vous pas expliqué au colonel que les pêcheurs ne pouvaient en aucun cas l'aider dans son enquête ? »

Il a l'air embarrassé.

« Je lui en ai parlé ; mais il m'a seulement répondu : " Un prisonnier, c'est un prisonnier. " J'ai estimé que je n'étais pas en position d'argumenter contre lui. »

Le lendemain, le colonel commence ses interrogatoires. Naguère, je le croyais paresseux, ne voyant pas en lui grand-chose d'autre qu'un bureaucrate aux goûts pervers. Je m'aperçois maintenant de mon erreur. Dans sa quête de la vérité, il est infatigable. La séance commence au début de la matinée et dure encore à mon retour, après la tombée de la nuit. Il a recruté à son service un chasseur qui connaît une centaine de mots de la langue des pêcheurs, ayant passé sa vie à tuer des sangliers le long du fleuve, en aval et en amont. Les pêcheurs sont amenés un par un dans la pièce où le colonel s'est installé, et il leur demande s'ils ont vu des mouvements de cavaliers étrangers. Même l'enfant est interrogé : « Est-ce que des inconnus ont rendu visite à ton père pendant la nuit ? » (Je devine, bien sûr, ce qui se déroule dans cette pièce : la peur, l'incompréhension, l'humiliation.) Les prisonniers ne sont pas renvoyés dans la cour, mais dans la grande salle ; les soldats en ont été expulsés, et sont cantonnés en ville. Assis chez moi, les fenêtres fermées, dans la chaleur étouffante d'un soir sans vent, j'essaie de lire, tendant l'oreille, m'efforçant d'entendre, ou de ne pas entendre, des bruits de violence. A minuit, les interrogatoires cessent enfin. Plus de portes claquées ni de piétinements ; la cour est silencieuse dans le clair de lune, et je suis libre de dormir.

La joie a déserté ma vie. Je passe la journée à jouer avec des listes et des nombres, à meubler les heures en faisant durer des tâches futiles. Le soir, je mange à l'auberge ; puis, peu désireux de rentrer chez moi, je monte jusqu'à la ruche d'alcôves et de chambres cloisonnées où dorment les palefreniers et où les servantes reçoivent leurs amis.

Je dors comme un homme mort. Quand je me réveille, dans la lumière ténue du petit matin, la jeune fille est couchée par terre, enroulée sur elle-même. Je lui touche le bras :

« Pourquoi dors-tu là ? »

Elle me sourit.

« Ça va. C'est tout à fait confortable. » C'est vrai : elle s'étire, bâille, allongée sur la moelleuse peau de mouton que son joli petit corps ne remplit même pas. « Vous vous agitiez en dormant, vous m'avez dit de partir, alors je me suis dit que je dormirais mieux là.

— Je t'ai dit de partir ?

— Oui ; en dormant. Ne vous inquiétez pas. »

Elle se glisse dans le lit, à côté de moi. Je l'enlace avec gratitude, sans désir.

« J'aimerais bien dormir de nouveau ici, ce soir », lui dis-je.

Elle frotte son nez contre ma poitrine. Je sais que si j'ai envie de lui parler de quelque chose, elle m'écoutera avec sympathie, gentillesse. Mais que lui dire ? « Des choses terribles se passent dans la nuit, pendant que nous dormons, toi et moi » ? Le chacal déchire les entrailles du lièvre, mais le monde continue à tourner.

Je passe un autre jour et une autre nuit loin de l'empire de la douleur. Je m'endors dans les bras de la jeune fille. Au matin, elle est de nouveau couchée par terre. Elle rit de mon désarroi :

« Vous m'avez poussée hors du lit, avec les mains et les pieds. Je vous en prie, ne vous inquiétez pas. Nous ne sommes pas responsables de nos rêves, ni de ce que nous faisons en dormant. »

Je gémis et tourne le visage de l'autre côté. Il y a un an que je la connais ; il m'arrive de lui rendre visite deux fois en une semaine, dans cette même chambre. Je ressens pour elle une affection tranquille, qui est peut-être ce qu'on peut espérer de mieux entre un homme vieillissant et une fille de vingt ans ; c'est à coup sûr préférable à une passion possessive. J'ai songé à lui demander de vivre avec moi. J'essaie de me rappeler quel cauchemar s'empare de moi lorsque je la repousse, mais en vain.

« Si jamais je recommence, promets-moi de me réveiller », lui dis-je.

Plus tard, dans mon bureau, au tribunal, on annonce un visiteur. Le colonel Joll, dont les yeux, même à l'intérieur, sont cachés par leurs écrans sombres, entre et s'assied en face de moi. Je lui sers du thé, surpris de voir comme ma main est stable. Il m'annonce son départ. Devrais-je m'efforcer de cacher ma joie ? Il déguste son thé, assis le dos bien droit, et examine la pièce, les séries d'étagères où s'accumulent des paquets de paperasses ficelés de rubans, archives de décennies de ronronnement administratif, la petite bibliothèque garnie d'ouvrages de droit, le bureau encombré. Pour l'instant, me dit-il, il a terminé ses investigations, et il a hâte de rentrer à la capitale et de faire son rapport. Il semble réfréner avec énergie une expression de triomphe. J'ai un hochement de tête approbateur.

« Si je peux faire quelque chose pour faciliter votre voyage... »

Nous marquons une pause. Puis, dans le silence, comme un caillou dans une mare, je lâche ma question :

« Et vos recherches, colonel, parmi les populations nomades et les aborigènes, ont-elles été aussi fructueuses que vous l'espériez ? »

Avant de répondre, il joint les extrémités de ses doigts. Je crois qu'il sait combien ses affectations m'exaspèrent.

« Oui, magistrat, je peux dire que les résultats ont été positifs. En particulier, si l'on considère que des enquêtes similaires sont menées en d'autres lieux, le long de la frontière, de façon coordonnée.

— Voilà qui est bien. Et pouvez-vous me dire si nous avons quelque chose à craindre ? Pouvons-nous dormir en paix ? »

Le coin de sa bouche se fronce en un petit sourire. Puis il se lève, s'incline, tourne les talons et s'en va. Tôt le lendemain matin, il part, accompagné de sa petite escorte, sur la longue route de l'est qui le ramènera à la capitale. Tout au long d'une période éprouvante, nous sommes parvenus, lui et moi, à nous comporter à l'égard l'un de l'autre comme des êtres civilisés. Ma vie durant, j'ai cru aux vertus d'un comportement civilisé ; en ce cas précis, cependant — je ne puis le nier —, je m'écœure moi-même à ce seul souvenir.

Mon premier geste est une visite aux prisonniers. Je fais jouer les verrous du corps de garde où ils étaient enfermés, mes sens se rebellant déjà devant l'odeur infecte de sueur et d'ordure, et j'ouvre grand les portes.

Je crie aux soldats à demi vêtus qui me regardent, debout çà et là, mangeant leur brouet : « Sortez-les de là ! » A l'intérieur, dans la pénombre, les prisonniers contemplent la scène, apathiques. « Entrez là-dedans et nettoyez cette salle ! Nettoyez-moi tout ça ! Au savon et à l'eau ! Je veux que tout soit comme avant ! » Les soldats se hâtent d'obéir ; mais ils doivent se demander pourquoi ma colère se tourne contre eux. Les prisonniers émergent au grand jour, cillant, s'abritant les yeux. Il faut aider une des femmes. Elle tremble sans arrêt, comme une vieille ; elle est pourtant jeune. Certains sont trop malades pour tenir debout.

Je les ai vus pour la dernière fois il y a cinq jours (si je peux prétendre les avoir jamais vus, si j'ai fait plus que de poser sur eux, à contrecœur, un œil absent). Qu'ont-ils subi pendant ces cinq jours, je n'en sais rien. Maintenant, poussés par les gardiens, ils se pressent dans un coin de la cour, petit troupeau sans espoir où se mêlent les nomades et les pêcheurs, malades, affamés, détruits, terrifiés. Il vaudrait mieux que ce chapitre ténébreux de l'histoire du monde soit terminé tout de suite, que ces peuplades sans beauté soient gommées de la surface de la terre et que nous jurions de repartir de zéro, de gouverner un empire où n'existeraient plus ni injustice ni souffrance. Qu'est-ce que cela coûterait de les faire marcher jusqu'au désert (en leur enfournant peut-être d'abord un peu de nourriture dans le ventre, pour que la marche soit possible), de leur faire creuser, avec ce qui leur reste de forces, une fosse assez large pour qu'ils puissent tous s'y étendre (on pourrait même la creuser pour eux !), de les abandonner là, enterrés pour l'éternité, et de revenir à la ville ceinte de murs, animés d'intentions et de résolutions nouvelles ? Mais cette voie ne sera pas la mienne. Ce sont les hommes nouveaux de l'Empire qui croient aux commencements immaculés, aux nouveaux chapitres, aux pages blanches ; je continue tant bien que mal l'histoire ancienne, espérant qu'elle me révélera avant de s'achever ce qui a pu me faire croire qu'elle en valait la peine. Ainsi, puisque aujourd'hui la charge de l'ordre public dans cette région est retombée entre mes mains, j'ordonne de donner à manger aux prisonniers, de convoquer le médecin pour qu'il fasse ce qu'il peut, de rendre la caserne à sa fonction de caserne, de prendre des dispositions pour que les prisonniers renouent avec leur vie ancienne dès que possible, autant qu'il est possible.

II

Agenouillée à l'ombre du mur de la caserne, à quelques mètres du portail, elle est emmitouflée dans un manteau trop grand pour elle ; un bonnet de fourrure est posé par terre devant elle, l'ouverture tournée vers le haut. Elle a les sourcils noirs et droits, les cheveux noirs et brillants des barbares. Que fait une femme barbare à mendier en ville ? Il n'y a que quelques sous dans le bonnet.

Au cours de la journée, je passe encore deux fois devant elle. Elle m'accorde chaque fois un regard étrange, les yeux fixés droit devant elle jusqu'à ce que je me rapproche, puis détournant très lentement de moi son visage. La deuxième fois, je lance une pièce dans le bonnet.

« Il fait trop froid, il est trop tard pour rester dehors », lui dis-je.

Elle hoche la tête. Le soleil se couche derrière une bande de nuages noirs ; le vent du nord évoque déjà la neige ; la place est déserte. Je vais mon chemin.

Le lendemain, elle n'est pas là. Je parle au portier :

« Hier, toute la journée, il y a eu une femme assise là-bas, une mendiante. D'où vient-elle ?

— Elle est aveugle, me répond-il. Elle était avec les barbares que le colonel a amenés. Ils l'ont laissée derrière eux. »

Quelques jours plus tard, je la vois traverser la place, d'une démarche lente et pénible, appuyée sur deux bâtons, son manteau en peau de mouton traînant derrière elle dans la poussière. Je donne des ordres ; on l'amène chez moi. La voilà debout devant moi, avec ses cannes.

« Retirez votre bonnet. »

Le soldat qui l'a amenée soulève le bonnet : c'est la même jeune fille, la même frange de cheveux noirs en travers du front, la même bouche large, les yeux noirs qui regardent au-delà de moi.

« On me dit que vous êtes aveugle.

— J'y vois. »

Ses yeux quittent mon visage et se posent en un point situé derrière moi, à ma droite.

« D'où venez-vous ? »

Sans y penser, je jette un coup d'œil par-dessus mon épaule : elle ne fixe rien, que le mur vide. Son regard est devenu rigide. Je répète la question dont je connais déjà la réponse. Elle reste silencieuse. Je congédie le soldat. Nous sommes seuls.

« Je sais qui vous êtes. Asseyez-vous, je vous prie. »

Je prends ses cannes et je l'aide à s'asseoir sur un tabouret. Sous le manteau, elle porte un large caleçon en lin, enfoncé dans des bottes à semelle épaisse. Elle sent la fumée, le linge sale, le poisson. Ses mains sont calleuses.

« Vous mendiez pour vivre ? Vous savez, vous n'avez pas le droit d'être en ville. Nous pourrions vous expulser à tout moment et vous renvoyer chez vous. »

Toujours ce regard étrange, perdu au loin devant elle.

« Regardez-moi.

— Je regarde. C'est comme ça que je regarde. »

J'agite une main devant ses yeux. Elle cligne. J'approche mon visage et j'enfonce mes yeux dans les siens. Son regard tourne, quitte le mur et se pose sur moi. Les iris noirs se détachent sur des blancs laiteux, aussi clairs que ceux d'un enfant. Je lui touche la joue ; elle sursaute.

« Je vous ai demandé de quoi vous viviez. »

Elle hausse les épaules.

« Je fais des lessives.

— Dans cette ville, nous ne tolérons pas les vagabonds. L'hiver est presque là. Il vous faut un endroit où vivre. Sinon, il vous faudra rentrer chez vous. »

Elle reste impassible. Je sais que je tourne autour du pot.

« Je peux vous donner du travail. J'ai besoin de quelqu'un pour tenir cet appartement, pour s'occuper de mon linge. La femme qui s'en charge actuellement ne me donne pas satisfaction. »

Elle comprend ma proposition. Elle est assise très raide, les mains sur les genoux.

« Vous êtes seule ? Répondez, je vous en prie.

— Oui. » Sa voix n'est qu'un murmure. Elle s'éclaircit la gorge. « Oui.

— Je vous ai proposé de travailler ici. Vous ne pouvez pas mendier dans les rues. Je ne peux l'admettre. Et il vous faut un domicile. Si vous venez travailler ici, vous pourrez partager la chambre de la cuisinière.

— Vous ne comprenez pas. Ce n'est pas quelqu'un comme moi qu'il vous faut. » Elle cherche ses cannes à tâtons. Je suis sûr qu'elle n'y voit pas clair. « Je suis... » Elle lève l'index, le serre, le tord. Je n'ai aucune idée de ce que signifie ce geste. « Puis-je partir ? » Elle marche toute seule jusqu'au sommet des escaliers, où elle est obligée d'attendre que je vienne l'aider à descendre.

Une journée s'écoule. De chez moi, je regarde la place où le vent chasse des tourbillons de poussière. Deux petits garçons jouent avec un cerceau. Ils le poussent dans le vent. Il roule, ralentit, vacille, recule, tombe. Les enfants lèvent la tête et le poursuivent ; l'air qui fouette leurs cheveux dégage leur front limpide.

Je trouve la jeune fille. Je me tiens devant elle. Elle est assise le dos contre le tronc d'un des grands noyers. Est-elle seulement éveillée, c'est difficile à dire.

« Venez », dis-je en lui touchant l'épaule. Elle secoue la tête. « Venez ; tout le monde est à l'intérieur. »

J'époussette son bonnet et le lui tends, l'aide à se lever, traverse lentement, à ses côtés, la place maintenant déserte à l'exception du portier, qui se protège les yeux pour mieux nous dévisager.

Le feu brûle dans l'âtre. Je tire les rideaux, j'allume la lampe. Elle refuse le tabouret, mais accepte de lâcher ses cannes et s'agenouille au centre du tapis.

« Ce n'est pas ce que vous croyez », dis-je.

Les mots viennent à regret. Se peut-il que je m'apprête à m'excuser ? Ses lèvres sont étroitement closes, et ses oreilles aussi, sans aucun doute ; elle n'attend rien des vieillards et de leur conscience geignarde. Je rôde autour d'elle, je parle de notre réglementation sur le vagabondage, je m'écœure moi-même. Une lueur envahit sa peau, dans la tiédeur de la chambre fermée. Elle tiraille son manteau, offre sa gorge au feu. Il m'apparaît que la distance qui me sépare de ses tortionnaires est négligeable ; je frémis.

« Montrez-moi vos pieds, dis-je de cette voix pâteuse qui semble être désormais ma voix. Montrez-moi ce qu'ils ont fait à vos pieds. »

Elle ne m'aide pas, ne me gêne pas non plus. Je manie

les brides et les œillets du manteau, je l'ouvre grand, je
tire sur les bottes. Ce sont des bottes d'homme, bien trop
grandes pour elle. Les pieds qu'elles cachaient sont
emmaillotés, informes.

« Laissez-moi regarder. »

Elle commence à dérouler les bandages sales. Je quitte
la pièce, je descends à la cuisine, je reviens avec une
cuvette et un broc d'eau chaude. Assise sur le tapis, elle
attend, pieds nus. Ils sont larges, les orteils trapus, les
ongles incrustés de crasse.

Elle passe un doigt sur la face externe de sa cheville.
« C'est là qu'elle a été cassée. L'autre aussi. » Elle se renverse en arrière, appuyée sur les mains, et étire les
jambes.

« Ça fait mal ? » Je passe mon doigt le long de cette
ligne ; je ne sens rien.

« Plus maintenant. C'est guéri. Mais quand le froid
viendra, peut-être...

— Vous devriez vous asseoir. »

Je l'aide à retirer son manteau, l'assieds sur le
tabouret, verse l'eau dans la cuvette, et entreprends de
lui laver les pieds. Ses jambes restent un moment cris-
pées ; puis elles se détendent.

Je lave lentement, faisant mousser le savon, empoi-
gnant la chair ferme de ses mollets, manipulant les os et
les tendons de ses pieds, passant les doigts entre ses
orteils. Je change de position pour m'agenouiller non
plus devant elle mais sur le côté, de façon à pouvoir, en
tenant une jambe contre mon flanc, caresser le pied des
deux mains.

Je me perds dans le rythme de mon activité. Je perds
conscience de la jeune fille elle-même. Il y a pour moi
une plage de temps neutre : peut-être ne suis-je même

pas là. Quand je reviens à moi, mes doigts sont desserrés, le pied repose dans la cuvette, ma tête penche.

Je sèche le pied droit, je me traîne de l'autre côté, soulève au-dessus du genou la jambe de l'ample caleçon ; luttant contre la torpeur, je commence à laver le pied gauche.

« Il fait quelquefois très chaud dans cette pièce », dis-je.

Contre mon flanc, la pression de sa jambe ne faiblit pas. Je continue.

« Je trouverai des bandages propres pour vos pieds, mais pas tout de suite. »

J'écarte la cuvette et sèche le pied. Je perçois les efforts de la jeune fille pour se redresser ; mais je me dis que, maintenant, elle doit prendre soin d'elle-même. Mes yeux se ferment. Il me vient un plaisir intense à les garder fermés, à savourer le délicieux vertige. Je m'allonge sur le tapis. Un instant plus tard, je suis endormi. Je m'éveille au milieu de la nuit ; j'ai froid, mes muscles sont raidis. Le feu est éteint, la jeune fille est partie.

Je la regarde manger. Elle mange à la manière des aveugles, à tâtons, les yeux perdus dans le lointain. Elle a bon appétit, l'appétit d'une jeune campagnarde robuste.

« Je ne peux pas croire que tu y voies.

— Si, j'y vois. Quand je regarde en face, il n'y a rien, il y a... (Elle frotte l'air devant elle comme on nettoie une vitre.)

— ...une buée, dis-je.

50

— Il y a une buée. Mais je vois du coin de l'œil. L'œil gauche voit mieux que l'œil droit. Comment est-ce que je trouverais mon chemin, si je n'y voyais pas ?

— Ce sont eux qui t'ont fait ça ?

— Oui.

— Qu'est-ce qu'ils t'ont fait ? »

Elle hausse les épaules et se tait. Son assiette est vide. Je lui ressers de ce ragoût de haricots qu'elle semble tant apprécier. Elle mange trop vite, rote à l'abri d'une main arrondie en coupe, sourit. « Les haricots, ça fait péter », dit-elle. La pièce est bien chauffée, son manteau est accroché dans un coin, avec les bottes en dessous, elle ne porte que sa blouse et son caleçon blancs. Quand elle ne me regarde pas, je suis une forme grise qui se livre à des mouvements imprévisibles, à la périphérie de son champ de vision. Quand elle me regarde, je suis une buée, une voix, une odeur, un centre d'énergie qui, un jour, s'endort en lui lavant les pieds, lui sert des haricots le lendemain, et le jour d'après ? Elle n'en sait rien.

Je l'assieds, remplis la cuvette, retrousse son caleçon au-dessus des genoux. Maintenant que les deux pieds sont ensemble dans l'eau, je constate que le pied gauche est tordu vers l'intérieur — plus que le droit —, et que, debout, elle est forcée de se tenir sur le bord externe de ses pieds. Ses chevilles sont épaisses, gonflées, informes, la peau marquée de cicatrices violacées.

Je me mets à la laver. Elle lève les pieds vers moi, tour à tour. Je pétris les orteils détendus, je les masse dans la douceur laiteuse du savon. Bientôt, mes yeux se ferment, ma tête s'incline. C'est l'extase ; une forme d'extase.

Quand je lui ai lavé les pieds, j'entreprends de lui laver les jambes. Pour cela, il faut qu'elle se mette debout dans la cuvette, en s'appuyant sur mon épaule.

Mes mains montent et descendent le long de ses jambes, de la cheville au genou puis en sens inverse, pressant, caressant, modelant. Ses jambes sont courtes et vigoureuses, ses mollets sont musclés. Parfois, mes doigts courent derrière ses genoux, suivent les tendons, s'enfoncent dans les creux qui les séparent. Légers comme des plumes, ils s'égarent au dos de ses cuisses.

Je la guide jusqu'au lit et je la sèche avec une serviette chaude. Je me mets à couper et à nettoyer ses ongles de pied ; mais déjà, des vagues de somnolence me submergent. Je me surprends à piquer du nez ; mon corps tombe vers l'avant, saisi par la torpeur. Soigneusement, je range les ciseaux sur le côté. Puis, tout habillé, je m'allonge tête-bêche près d'elle. Je serre ses jambes entre mes bras, je niche ma tête contre elle, et un instant plus tard, je suis endormi.

Je me réveille dans l'obscurité. La lampe est éteinte, il y a une odeur de mèche brûlée. Je me lève, j'ouvre les rideaux. La jeune fille dort, enroulée sur elle-même, les genoux pliés contre sa poitrine. Quand je la touche, elle gémit et se recroqueville. « Tu vas avoir froid. » Mais elle n'entend rien. J'étale sur elle une couverture, puis une autre.

Il y a d'abord le rite du lavage, pour lequel elle est maintenant nue. Je lui lave les pieds, comme avant ; les jambes, les fesses. Ma main savonneuse voyage entre ses cuisses — sans curiosité aucune, je le constate. Elle lève les bras tandis que je lui lave les aisselles. Je lui lave le ventre, les seins. J'écarte ses cheveux, et je lui lave la nuque, la gorge. Elle est patiente. Je la rince et la sèche.

Elle est couchée sur le lit, je lui frotte le corps avec de l'huile d'amande. Je ferme les yeux et je me perds dans le rythme de la friction, pendant que le feu bien garni ronfle dans l'âtre.

Je ne ressens aucun désir de pénétrer ce petit corps trapu qui luit maintenant à la lumière des flammes. Il y a une semaine qu'aucun mot n'a été échangé entre nous. Je la nourris, je l'héberge, je me sers de son corps — est-ce bien cela que je fais, d'aussi étrange façon ? Elle s'est parfois raidie, quand la caresse devenait trop intime ; mais, désormais, son corps s'abandonne quand je niche mon visage dans son ventre ou quand je serre ses pieds entre mes cuisses. Elle accepte tout. Elle sombre parfois dans le sommeil avant que j'aie fini. Elle dort aussi intensément qu'une enfant.

Quant à moi, sous son regard aveugle, dans la tiédeur confinée de la chambre, je peux me déshabiller sans gêne, dénudant mes jarrets maigres, mon sexe mou, ma bedaine, mes seins flasques de vieillard, mon cou de dindon. Maintenant, je m'en aperçois, je me déplace dans cette tenue à travers la pièce, sans plus songer à ma nudité ; je me chauffe parfois au coin du feu tandis que la jeune fille dort, ou je m'installe dans un fauteuil avec un livre.

Mais le plus souvent, en plein milieu de mes caresses, je suis vaincu par le sommeil, comme assommé ; je plonge dans l'oubli, affalé sur son corps, pour m'éveiller une ou deux heures plus tard, la tête vague, assoiffé. Ces accès d'inconscience sans rêves me paraissent ressembler à la mort, ou à un enchantement : une zone neutre, hors du temps.

Un soir, pendant que j'oins son cuir chevelu, que je masse ses tempes et son front, je remarque, au coin d'un œil, une boursouflure grise, comme si une chenille était tapie là, la tête sous sa paupière.

Du bout de l'ongle, je suis la chenille : « Qu'est-ce que c'est ?

— C'est là qu'ils m'ont touchée, répond-elle en écartant ma main.

— Ça fait mal ? (Elle secoue la tête.) Laisse-moi regarder. »

Une chose devient de plus en plus claire pour moi : tant que les marques inscrites sur le corps de cette femme ne seront pas déchiffrées et comprises, je ne peux pas la laisser partir. Entre le pouce et l'index, j'écarte ses paupières. La chenille s'interrompt, décapitée, au bord de la paupière, à la limite de l'intérieur rosé. Il n'y a pas d'autre marque. L'œil est intact.

Je plonge mon regard dans cet œil. Dois-je croire que, de son côté, en me regardant, elle ne voit rien — mes pieds, peut-être, certaines parties de la chambre, un cercle de lumière floue, mais au centre, là où je suis, rien qu'une buée, une brume ? Je passe lentement ma main devant sa figure, en examinant ses pupilles. Je ne discerne aucun mouvement. Elle ne cille pas. Mais elle sourit :

« Pourquoi faites-vous ça ? Vous croyez que je n'y vois pas ? » Des yeux bruns, noirs à force d'être bruns.

Je touche son front de mes lèvres.

« Qu'est-ce qu'ils t'ont fait ? » Ma voix est un chuchotement, ma langue se meut avec lenteur. Je titube, épuisé. « Pourquoi ne veux-tu pas me le dire ? »

Elle secoue la tête. Au bord de la léthargie, je me ressouviens que mes doigts, en effleurant ses fesses, ont senti sous la peau un entrelacs de cicatrices fantômes. Je marmonne : « Rien n'est pire que ce que nous pouvons

imaginer. » Aucun signe n'indique qu'elle m'ait entendu. Je m'effondre sur le lit en bâillant, je l'attire à côté
de moi. Je voudrais lui parler : « Dis-le-moi ; n'en
fais pas un mystère, la souffrance, ça n'est jamais que
de la souffrance. » Mais les mots me manquent. Mon
bras l'entoure, j'ai les lèvres au creux de son oreille, je
m'efforce de parler ; soudain, c'est la nuit.

Je l'ai arrachée à la honte de la mendicité, je l'ai ins-
tallée comme fille de cuisine à la caserne. « Des cuisines
au lit du magistrat, seize petites marches à monter »,
voilà ce que les soldats disent des servantes. Autre
dicton : « Que fait le magistrat le matin avant de sortir ?
— Il enferme sa dernière conquête dans le four. » Plus
une ville est petite, plus elle bourdonne de racontars. Ici,
il n'y a pas de vie privée. Les commérages sont l'air
même que nous respirons.

Pendant une partie de la journée, elle lave la vaisselle,
épluche les légumes, aide à faire le pain et à préparer la
morne succession de brouet, de soupe et de ragoût qui
constitue l'ordinaire des soldats. A part elle, il y a à la
cuisine une vieille dame qui la dirige depuis que je suis
magistrat, ou presque, et deux jeunes filles ; l'an passé,
la plus jeune a gravi une ou deux fois les seize marches.
Au début, j'ai craint de voir les deux servantes se liguer
contre la nouvelle ; mais non, elle ont semblé se lier rapidement d'amitié. En sortant, je passe devant la porte de
la cuisine, et j'entends, bruits étouffés dans la moiteur
tiède, des babillages assourdis, des rires. Avec amuse-
ment, je détecte en moi-même un infime pincement de
jalousie.

Je l'interroge :

« Le travail te pèse-t-il ?

— J'aime bien les autres filles. Elles sont gentilles.

— C'est mieux que de mendier, non ?

— Si. »

Les trois jeunes filles partagent une petite chambre, à quelques portes de la cuisine, sauf quand elles se trouvent dormir ailleurs. C'est vers cette chambre qu'elle s'achemine dans le noir, si je la renvoie en pleine nuit ou au petit matin. A coup sûr, ses amies ont répandu le bruit de ses rendez-vous galants, et les détails en sont connus sur la place publique. Plus un homme est âgé, plus les gens trouvent grotesques ses accouplements, comme les spasmes d'une bête à l'agonie. Je ne peux me faire passer pour un homme de fer ou pour un veuf vertueux. Ricanements, plaisanteries, coups d'œil avertis : tout cela fait partie du prix que je suis résigné à payer.

Je lui demande prudemment :

« Ça te plaît de vivre dans une ville ?

— La plupart du temps, ça me plaît. Il y a plus de choses à faire.

— Y a-t-il quelque chose qui te manque ?

— Ma sœur me manque.

— Si tu as vraiment envie de rentrer, je te ferai accompagner.

— Pour aller où ? » demande-t-elle.

Elle est couchée sur le dos, les mains posées placidement sur les seins. Allongé près d'elle, je parle doucement. C'est alors, toujours, que la faille se creuse. Dans ces moments-là, ma main qui caresse son ventre a la maladresse d'un homard. La pulsion érotique, si elle a existé, s'évanouit ; je me vois avec étonnement agrippé à cette fille massive, incapable de me rappeler ce que j'ai pu désirer en elle, fâché contre moi-même, qui la veux et ne la veux pas.

Elle est, quant à elle, indifférente à mes sautes d'humeur. Ses journées se coulent peu à peu dans une routine dont elle semble satisfaite. Le matin, après mon départ, elle vient balayer et épousseter l'appartement. Puis, à la cuisine, elle aide à préparer le repas de midi. Ses après-midi sont à peu près libres. Après le repas du soir, une fois les marmites récurées, le sol lavé, le feu mouillé, elle quitte ses compagnes et gravit tant bien que mal l'escalier qui la mène à moi. Elle se déshabille et se couche, prête à faire l'objet de mes attentions inexplicables. Tantôt je m'assieds près d'elle, lui caressant le corps, attendant un afflux de sang qui ne vient jamais vraiment. Tantôt j'éteins simplement la lampe et je m'installe à ses côtés. Dans le noir, elle a vite fait de m'oublier et de s'endormir. Moi, je reste allongé près de ce jeune corps plein de santé pendant qu'il se refait en dormant une vigueur encore plus grande, s'activant en silence même sur les lieux de lésions irrémédiables : les yeux, les pieds, dans l'effort pour recouvrer son intégrité.

Remontant dans le passé, j'essaie de retrouver une image de ce qu'elle était auparavant. Je l'ai nécessairement vue, le jour où elle a été amenée par les soldats, encordée cou à cou aux autres prisonniers barbares. Je sais que mon regard a dû l'effleurer lorsqu'elle était assise avec les autres dans la cour de la caserne, attendant ce qui devait se passer. Mon œil l'a effleurée ; mais je n'ai aucun souvenir de ce moment. Ce jour-là, elle était encore vierge de toute marque ; mais je me force à croire qu'elle ne portait pas encore de marques comme je me force à croire qu'elle a été enfant, petite fille aux cheveux nattés courant après son agneau apprivoisé pendant qu'en un lieu lointain du même univers j'avançais fièrement, dans la force de l'âge. Malgré tous mes efforts, ma première image reste celle de la mendiante agenouillée.

Je ne l'ai pas pénétrée. Dès le début, mon désir n'a pas pris cette direction, n'a été nullement direct. Loger mon membre desséché de vieillard dans cette gaine chaude comme le sang, cela me fait penser à de l'acide dans le lait, des cendres dans le miel, de la craie dans le pain. Quand je regarde son corps nu et le mien, il m'est impossible de croire qu'autrefois j'ai imaginé la forme humaine comme une fleur rayonnant autour d'un cœur situé du côté des reins. Nos corps, le sien et le mien, sont diffus, gazeux, dénués de centre ; parfois, en un point donné, ils s'enroulent en spirale, d'autres fois, en un autre lieu, ils se figent et s'épaississent ; mais souvent, aussi, ils restent plats, lisses, inertes. Je ne sais pas plus que faire d'elle qu'un nuage dans le ciel ne sait que faire d'un autre nuage.

Je la regarde se déshabiller, espérant saisir dans ses mouvements l'indication d'une liberté ancienne. Mais même lorsqu'elle tire sa blouse au-dessus de sa tête, qu'elle la rejette de côté, son geste est rétréci, défensif, entravé, comme si elle craignait de se heurter à des obstacles invisibles. Son visage ? Une chose ; une chose qui se sait regardée.

J'ai acheté à un piégeur un petit renard argenté. Il n'a que quelques mois, il est à peine sevré, et ses dents sont comme la lame acérée d'une scie. Le premier jour, elle l'a emmené à la cuisine avec elle, mais les flammes et le bruit l'ont terrifié ; je le garde donc maintenant à l'étage, et il passe la journée tapi sous les meubles. La nuit, j'entends parfois le choc menu de ses griffes contre les planchers de bois, lorsqu'il part à l'aventure. Il lape du lait dans une soucoupe et mange des déchets de viande cuite. On ne peut le rendre propre ; l'odeur de ses crottes se répand dans l'appartement ; mais il est encore trop tôt pour le lâcher dans la cour. Tous les deux ou trois jours, je charge le petit-fils de la cuisinière de ramper derrière le dressoir et sous les chaises, pour nettoyer ses saletés.

« C'est une très jolie petite bête », dis-je.

Elle hausse les épaules.

« Les animaux sont faits pour être dehors.

— Veux-tu que je l'emporte jusqu'au lac pour le relâcher ?

— C'est impossible, il est trop jeune ; il mourra de faim ou bien des chiens l'attraperont. »

Le renardeau reste donc là. Je vois parfois son museau pointu qui sort d'un coin sombre. Ce n'est, autrement, qu'un bruit dans la nuit, et un relent pénétrant d'urine, tandis que j'attends pour m'en débarrasser qu'il ait suffisamment grandi.

« Les gens d'ici vont dire que j'ai deux bêtes sauvages chez moi, un renard et une fille. »

Elle ne voit pas la plaisanterie, ou ne l'apprécie pas. Ses lèvres se serrent, elle fixe sur le mur un regard inflexible ; je sais qu'elle essaie de me fusiller des yeux. Elle m'émeut jusqu'au fond du cœur, mais que puis-je faire ? Je peux me présenter à elle paré de ma robe de magistrat, me mettre nu, me déchirer le flanc pour elle, je resterai le même homme. « Excuse-moi », dis-je, et les mots tombent mollement de ma bouche. Je tends cinq doigts pâteux et je lui caresse les cheveux. « Bien sûr que ce n'est pas la même chose. »

J'interroge l'un après l'autre les hommes qui étaient de service pendant qu'on mettait les prisonniers à la question. Chacun me fait le même récit : ils ont à peine parlé aux prisonniers, ils n'avaient pas le droit d'entrer dans la pièce où les séances avaient lieu, ils ne peuvent pas me dire ce qui s'y est passé. Mais j'obtiens de la femme de ménage une description de la pièce elle-même : « Rien qu'une petite table, et des tabourets, trois tabourets, et une paillasse dans le coin ; à part ça, la pièce était nue... Non, pas de feu, un simple brasero. C'était moi qui vidais les cendres. »

Maintenant que la vie est revenue à la normale, la pièce a retrouvé son usage ordinaire. Sur ma demande, les quatre soldats qui sont cantonnés là traînent leurs cantines jusqu'à la galerie, empilent par-dessus leurs matelas, leurs assiettes, leurs quarts, défont les cordes où sèche leur linge. Je ferme la porte et je reste seul dans la pièce vide. L'air est immobile et froid. Déjà le lac commence à se prendre en glace. Les premières neiges sont tombées. Dans le lointain, j'entends les sonnailles d'une charrette à poney. Je ferme les yeux et je fais un effort pour imaginer la pièce telle qu'elle a dû être deux mois plus tôt, pendant le séjour du colonel ; mais il m'est difficile de me perdre dans la rêverie alors que, dehors, les quatre gaillards lanternent, se frottent les mains l'une contre l'autre, tapent du pied, murmurent, impatients de me voir partir, leur haleine tiède formant des nuages dans l'air.

Je m'agenouille pour examiner le sol. Il est propre, balayé une fois par jour, il ressemble au sol de n'importe quelle pièce. Au-dessus de la cheminée, sur le mur et le plafond, il y a de la suie. Il y a aussi une marque, de la taille de ma main, faite en frottant le mur avec de la suie. A cela près, les murs ne portent aucune trace. Quels sont ces signes que je cherche ? J'ouvre la porte et, d'un geste, j'ordonne aux hommes de remettre leurs affaires en place.

Pour la deuxième fois, j'interroge les deux gardiens qui étaient de service dans la cour.

« Dites-moi exactement ce qui s'est passé quand les prisonniers ont été questionnés. Dites-moi ce que vous avez vu, vous. »

C'est le plus grand qui répond, un garçon à la mâchoire longue, qui semble grave et passionné, et qui m'a toujours plu.

« L'officier...

— L'officier de police ?

— Oui... L'officier de police venait dans la salle où l'on gardait les prisonniers, et il en montrait certains du doigt. Nous allions chercher les prisonniers qu'il voulait et nous les emmenions à l'interrogatoire. Après, nous les ramenions.

— Un par un ?

— Pas toujours. Par deux, quelquefois.

— Vous savez qu'un des prisonniers est mort après un interrogatoire. Vous vous rappelez ce prisonnier ? Savez-vous ce qu'ils lui ont fait ?

— Non. On nous a dit qu'il avait perdu la raison et qu'il les avait attaqués.

— Oui ?

— C'est ce que nous avons entendu dire. J'ai aidé à le transporter jusqu'à la grande salle, là où ils dormaient tous. Il respirait bizarrement — un souffle très rapide,

61

très profond. Je ne l'ai jamais revu. Le lendemain, il était mort.

— Continuez. Je vous écoute. Je voudrais que vous me disiez tout ce que vous pouvez vous rappeler. »

Le garçon a une expression tendue. Je suis sûr qu'on lui a conseillé de ne pas parler.

« Cet homme, ils l'ont interrogé plus longtemps que les autres. Je l'ai vu assis tout seul dans un coin, après la première fois qu'ils l'ont emmené. Il se tenait la tête. » Il jette un coup d'œil à son compagnon. « Il ne voulait rien manger. Il n'avait pas faim. Sa fille était avec lui : elle a essayé de lui faire prendre de la nourriture, mais il n'en voulait pas.

— Et sa fille, qu'est-ce qui lui est arrivé ?

— Elle a été interrogée, elle aussi, mais moins longtemps.

— Continuez. »

Mais il n'a plus rien à me dire.

« Écoutez. » J'insiste : « Nous savons tous les deux qui est sa fille. C'est la jeune fille qui vit avec moi. Ce n'est pas un secret. Continuez, maintenant : dites-moi ce qui s'est passé.

— Je ne sais pas, monsieur ! Le plus souvent, je n'étais pas là. » Il quête l'assistance de son ami, qui reste muet. « Quelquefois, on entendait des cris. Je crois qu'ils la battaient ; mais je n'étais pas là. Quand j'avais fini mon service, je partais.

— Vous savez qu'elle ne peut plus marcher, maintenant. Ils lui ont brisé les pieds. Lui ont-ils fait ça devant cet autre homme, devant son père ?

— Oui, je crois.

— Et vous savez qu'elle n'y voit plus clair. Quand lui ont-ils fait cela ?

— Monsieur, il fallait s'occuper de beaucoup de prisonniers, il y avait des malades ! Je savais qu'elle avait eu les pieds brisés, mais je n'ai appris que bien plus tard qu'elle était aveugle. Je ne pouvais rien y faire, je ne voulais pas me mêler d'une affaire que je ne comprenais pas ! »

Son ami n'a rien à ajouter. Je les congédie en les rassurant :

« Ne craignez rien à cause de notre conversation. »

La nuit d'après, le rêve revient. J'avance péniblement dans la neige d'une plaine illimitée, vers un groupe de silhouettes minuscules qui jouent autour d'un château de neige. A mon approche, les enfants s'écartent ou se dissipent dans l'air. Il ne reste qu'une silhouette, une enfant encapuchonnée, assise, le dos tourné vers moi. Je décris un cercle autour de l'enfant qui continue à plaquer de la neige sur les murs du château, jusqu'à ce que je puisse couler mon regard sous le capuchon. Le visage que je vois est lisse, dénué de traits ; c'est le visage d'un embryon, d'une minuscule baleine ; ce n'est pas du tout un visage, c'est une autre partie du corps humain qui se gonfle sous la peau ; c'est blanc ; c'est la neige elle-même. Au bout de doigts gourds, je tends une piécette.

L'hiver est là. Le vent souffle du nord, et il soufflera sans interruption pendant les quatre mois à venir. Debout à la fenêtre, le front posé contre le verre froid, je l'entends siffler sous le toit, soulever et laisser retomber une tuile mal fixée. Des nuages de poussière tourbillonnent à travers la place. La poussière crépite contre la vitre. Le ciel est plein de fine poussière. Quand le soleil monte, il semble nager dans le ciel orange ; quand il se couche, il est rouge comme du cuivre. Des bouffées de neige viennent par rafales saupoudrer la terre d'une blancheur peu durable. L'hiver a mis le siège. Les champs sont déserts ; personne n'a de raison de sortir des murs de la ville, sauf ceux, peu nombreux, qui vivent de la chasse. La parade de la garnison, qui avait lieu deux fois par semaine, a été suspendue ; les soldats ont la permission de quitter la caserne s'ils le désirent et de vivre en ville, car ils ont peu de chose à faire, outre boire et dormir. Quand je longe les remparts, au petit matin, la moitié des postes de garde sont vides, et les sentinelles en faction, engourdies, engoncées dans leurs fourrures, lèvent péniblement la main pour saluer. Elles pourraient aussi bien être dans leur lit. Pour la durée de l'hiver, l'Empire est en sécurité : plus loin que l'œil ne peut porter, les barbares, massés autour de leurs fourneaux, serrent eux aussi les dents face au froid.

Cette année, nous n'avons pas eu la visite des barbares. D'ordinaire, en hiver, des groupes de nomades venaient dresser leurs tentes devant les murailles de la ville et pratiquaient le troc, échangeant de la laine, des pelleteries, du feutre et du cuir façonné contre des cotonnades, du thé, du sucre, des haricots, de la farine. Nous apprécions les objets en cuir fabriqués par les barbares, surtout les bottes solides qu'ils cousent. Dans le passé, j'ai encouragé ce commerce, en interdisant tout paiement en argent. J'ai aussi essayé de leur fermer les tavernes. Je ne veux surtout pas voir croître en bordure de la ville une agglomération parasitaire peuplée de mendiants et de vagabonds, esclaves de l'alcool. Cela m'affligeait toujours, autrefois, de voir ces gens tomber dans les pièges tendus par les commerçants, échangeant leurs marchandises contre de la pacotille, vautrés, ivres, dans le ruisseau, et confirmant ainsi la litanie de préjugés qu'égrènent les colons : les barbares sont paresseux, immoraux, sales, stupides. Dès lors que la civilisation entraînait la corruption des vertus barbares et la création d'un peuple dépendant, je m'affirmai opposé à la civilisation et, sur cette résolution, je fondai la conduite de mon administration (c'est moi qui dis cela, moi qui garde maintenant une jeune barbare pour mon lit !).

Mais cette année, un rideau est tombé tout le long de la frontière. De nos remparts, nous contemplons les terres désertes. Il se peut que des yeux plus perçants que les nôtres nous renvoient notre regard. C'en est fait du commerce. Depuis que les nouvelles venues de la capitale nous ont appris que le nécessaire serait fait pour sauvegarder l'Empire, à n'importe quel prix, nous sommes revenus à une ère de raids et de vigilance armée. Nous en sommes réduits à fourbir nos épées, à regarder et à attendre.

Je consacre mon temps à mes distractions anciennes. Je lis les classiques ; je continue à établir le catalogue de mes diverses collections ; je collationne les quelques cartes que nous avons du désert méridional ; les jours où la morsure du vent se fait moins violente, j'emmène une équipe d'ouvriers dégager le sable qui s'est amoncelé sur les fouilles ; et, une ou deux fois par semaine, je pars seul, au petit matin, chasser l'antilope au bord du lac.

Il y a une génération, les antilopes et les lièvres étaient si nombreux que des gardes accompagnés de chiens devaient surveiller les champs, la nuit, pour protéger le blé en herbe. Mais, devant la poussée de la ville, à cause surtout des chiens qui, redevenus sauvages, chassent en meute, les antilopes ont battu en retraite vers l'est et vers le nord, gagnant le cours inférieur de la rivière et l'autre rive du lac. Aujourd'hui, le chasseur doit être prêt à faire au moins une heure de cheval avant de se mettre à l'affût.

Parfois, quand la matinée est bonne, il m'est donné de vivre à nouveau pleinement la force et la vivacité de mon âge d'homme. Tel un esprit, je glisse de lande en marécage. Chaussé de bottes imprégnées de trente ans de graisse, je barbote dans l'eau glacée. Je porte par-dessus mon manteau ma vieille et énorme peau d'ours. Des cristaux de givre naissent sur ma barbe, mais j'ai les doigts au chaud dans mes moufles. Mes yeux sont perçants, mon ouïe est fine, je renifle l'air comme un limier, je ressens une pure euphorie.

Aujourd'hui, j'entrave mon cheval, je le laisse à l'endroit où cessent de pousser les herbes des marais, sur la morne rive sud-ouest, et j'entreprends de me frayer un chemin à travers les joncs. Le vent, sec et glacial, me cingle les yeux, le soleil est suspendu comme une orange au-dessus d'un horizon strié de noir et de violet. Presque tout de suite, aberrante bonne fortune, je tombe sur une antilope d'eau, un mâle, aux cornes massives, incurvées ; son pelage hivernal est ébouriffé ; debout, un peu sur le côté, il chancelle, s'étirant pour atteindre la pointe des joncs. Je distingue autour de ses paturons des cercles de minuscules gouttes de glace.

J'ai à peine eu le temps de m'accorder à ce qui m'entoure ; cependant, tandis que le mouflon se dresse, repliant ses pattes de devant sous sa poitrine, je hausse mon fusil et vise derrière son épaule. Mon geste est fluide, égal, mais peut-être le soleil luit-il sur le canon : ayant amorcé sa descente, l'antilope tourne la tête et me voit. Ses sabots heurtent la glace avec un bruit sec, sa mâchoire s'immobilise à mi-course. Nous nous regardons.

Mon pouls ne s'accélère pas : visiblement, il m'importe peu que l'antilope meure.

Sa mâchoire remue de nouveau, une seule fois, et s'arrête. Dans le silence limpide du matin, je m'aperçois qu'un sentiment obscur rôde aux marges de ma conscience. Tant que l'immobilité fige devant moi cette antilope, il semble y avoir assez de temps pour tout ; assez de temps, même, pour tourner mon regard vers l'intérieur et voir ce qui a volé sa saveur à la chasse : la conscience qu'il ne s'agit plus à présent d'une matinée de chasse, mais d'une situation à deux issues possibles — soit le mâle orgueilleux saigne à mort sur la glace, soit le vieux chasseur manque sa cible ; le temps d'un instant gelé, la configuration où s'enchaînent les astres est telle que les événements cessent d'être ce qu'ils sont, et tiennent le rôle d'autre chose. Debout derrière mon abri dérisoire, j'essaie de repousser cette sensation pénible et inquiétante, jusqu'au moment où l'antilope tourne les talons, fouette l'air de sa queue et, faisant jaillir l'eau d'un bref coup de sabots, disparaît dans la haute jonchère.

Je patauge sans but pendant une heure avant de rebrousser chemin.

« Jamais auparavant je n'ai eu le sentiment de ne pas conduire moi-même ma vie en décidant moi-même de ses modalités. »

J'ai du mal à expliquer à la jeune fille ce qui s'est passé. Elle est troublée par ce genre de discours, et parce que je semble lui demander d'y répondre.

« Je ne vois pas », dit-elle. Elle secoue la tête. « Vous ne vouliez pas abattre cette antilope ? »

Il y a entre nous un long silence.

Elle reprend sur un ton très ferme :

« Si vous voulez faire quelque chose, vous le faites. »

Elle s'efforce de s'exprimer clairement ; mais peut-être veut-elle dire : « Si vous aviez voulu le faire, vous l'auriez fait. » Dans le langage rudimentaire que nous partageons, il n'existe pas de nuances. Elle a, je le constate, un faible pour les faits, pour les sentences pragmatiques ; elle se défie des songeries, des questions, des spéculations ; nous sommes un couple mal assorti. Peut-être est-ce ainsi que sont élevés les enfants barbares : à vivre selon un acquis, selon la sagesse que leur ont transmise leurs pères.

Je l'interroge :

« Et toi, qu'est-ce que tu veux ? » J'ai le sentiment de ne pas maîtriser mes paroles, de les laisser m'entraîner trop loin, en terrain périlleux. « Es-tu dans ce lit avec moi parce que c'est ce que tu veux ? »

Elle est couchée là, nue ; à la lumière du feu, sa peau huilée luit tel de l'or végétal. Il y a des moments — je sens que c'est un tel moment qui s'annonce — où le désir que je ressens pour elle, ordinairement si obscur, prend fugitivement une forme que je reconnais. Ma main remue, la caresse, s'adapte au contour de son sein.

Elle ne répond pas, mais je m'obstine, l'enlaçant étroitement, posant au creux de son oreille des mots pâteux et étouffés.

« Allons, dis-moi pourquoi tu es ici.

— Parce qu'il n'y a pas d'autre endroit où aller.

— Et moi, pourquoi est-ce que je veux que tu sois ici ? »

Elle se tortille entre mes bras, serre un poing qu'elle glisse entre sa poitrine et la mienne. Elle se plaint :

« Vous voulez toujours parler. »

Le moment a perdu sa simplicité ; nous nous séparons et restons couchés côte à côte, silencieux. Quel oiseau a le cœur à chanter, dans un buisson d'épines ? « Il ne faut pas aller à la chasse, si ça ne vous amuse pas. »

Je secoue la tête. Ce n'est pas la signification de cette histoire, mais à quoi bon discuter ? Tel un instituteur incompétent, je fourrage au hasard avec mon forceps maïeutique alors que je devrais la remplir de vérité.

Elle parle.

« Vous me posez toujours cette question : je vais vous le dire, maintenant. C'était une fourchette, une espèce de fourchette avec seulement deux dents. Il y avait des petites boules au bout des dents, pour qu'elles soient émoussées. Ils la plongeaient dans les braises jusqu'à ce qu'elle soit chaude, et puis ils vous touchaient avec, pour vous brûler. J'ai vu les marques, là où ils brûlaient les gens. »

Est-ce la question que j'ai posée ? Je m'apprête à protester ; mais je ne peux que l'écouter, accablé.

« Ils ne m'ont pas brûlée. Ils ont dit qu'ils me brûleraient les yeux, mais ils ne l'ont pas fait. L'homme a approché cette chose très près de ma figure, et il m'a forcée à la regarder. Ils tenaient mes paupières ouvertes. mais je n'avais rien à leur dire. Voilà tout. C'est là que le mal a été fait. Après, je n'y voyais plus clair. Tout ce que je regardais était trouble, au milieu, comme une buée ; je ne pouvais distinguer que le bord. C'est difficile à expliquer. Mais cela va mieux maintenant. L'œil gauche va mieux. C'est tout. »

Je prends son visage dans mes mains et je plonge mon

regard au centre mort de ses yeux, qui me renvoient le regard solennel de reflets jumeaux de moi-même.

« Et cela ? dis-je, touchant la cicatrice en forme de ver, au coin de son œil.

— Ce n'est rien. C'est là que le fer m'a touchée. Ce n'est pas douloureux. » Elle écarte mes mains.

« Qu'est-ce que tu ressens à l'égard des hommes qui t'ont fait cela ? »

Elle reste longtemps pensive. Puis elle dit :

« J'en ai assez de parler. »

D'autres fois, des accès d'amertume s'emparent de moi, et je m'élève contre ma soumission au rite de l'onction et du massage, à la torpeur, à la chute dans la léthargie. Je cesse de comprendre quel plaisir a jamais pu me donner son corps buté et flegmatique, et je sens même s'éveiller en moi un sentiment de révolte. Je deviens renfermé, irritable ; la jeune fille me tourne le dos et s'endort.

Dans cette humeur maussade, je m'achemine un soir jusqu'aux chambres de l'étage, à l'auberge. Pendant que je gravis les marches branlantes de l'escalier extérieur, un homme que je ne reconnais pas me croise d'un pas pressé, en dissimulant son visage. Je frappe à la deuxième porte du couloir et j'entre. La chambre est telle que je me la rappelle : le lit est fait au carré, l'étagère, au-dessus, est couverte de bibelots et de jouets, deux bougies sont allumées, une tiédeur irradie du gros conduit de cheminée qui grimpe contre le mur, il y a dans l'air une odeur de fleur d'oranger. Quant à la jeune fille, elle s'active devant le miroir. Elle sursaute à mon entrée mais se lève en souriant pour m'accueillir et ferme la porte au verrou. Rien ne me semble plus naturel que de l'asseoir sur le lit et de la dévêtir. Avec de menus frétillements, elle m'aide à dénuder son corps avenant. « Comme tu m'as manqué ! » soupire-t-elle. Je murmure : « Quel plaisir d'être de retour ! » Et quel plaisir d'être l'objet de mensonges si flatteurs ! Je l'embrasse, je m'enfouis en elle, je me perds dans ses doux mouvements d'oiseau. Le corps de l'autre, clos, pesant, endormi dans mon lit, dans une chambre lointaine, semble au-delà de toute compréhension. Occupé à ces suaves plaisirs, je ne peux imaginer ce qui m'a attiré dans un corps si lointain : étranger, intouchable. La fille que je tiens dans mes bras frissonne, halète, crie en atteignant l'orgasme. Souriant de joie, glissant dans un demi-sommeil langoureux, je m'aperçois que je ne parviens même pas à évoquer le visage de l'autre. Je me dis : « Elle est incomplète ! » Bien que cette idée m'échappe aussitôt, parte à la dérive, je m'y accroche. J'ai une vision : ses yeux clos, son visage clos se recouvrent d'une membrane. Lisse comme un poing sous une perruque noire, le visage prolonge la gorge, prolonge, plus bas, le corps lisse, sans une ouverture, sans un accès. Dans les bras de ma dame-oiselle, je tremble d'horreur, je la serre fort contre moi.

Quand plus tard, au milieu de la nuit, je me glisse hors de ses bras, elle gémit mais ne s'éveille pas. Je m'habille dans le noir, ferme la porte derrière moi, descends l'escalier à tâtons, et me hâte de rentrer chez moi, foulant aux pieds la neige craquante, un vent glacial me vrillant le dos.

J'allume une bougie et me penche sur cette forme à laquelle, semble-t-il, je suis dans une certaine mesure asservi. D'un doigt léger, je suis les lignes de son visage : mâchoire nette, pommettes hautes, bouche large. D'un doigt léger, je touche ses paupières. Je suis sûr qu'elle est éveillée, bien qu'elle ne réagisse pas.

Je ferme les yeux, je respire profondément pour calmer mon agitation ; je concentre tout mon être, cherchant à la voir du bout de mes doigts aveugles. Est-elle jolie ? La fille que je viens de quitter, et dont elle peut sans doute (je m'en aperçois soudain) sentir l'odeur sur mon corps, cette fille-là est très jolie, c'est incontestable : la vivacité du plaisir qu'elle me donne est aiguisée par l'élégance de son corps minuscule, de ses attitudes, de ses mouvements. Mais de celle-ci, je ne peux rien dire avec certitude. Je ne peux définir aucun lien entre son être de femme et mon désir. Je ne peux même pas dire à coup sûr que je la désire. Mon comportement érotique est entièrement indirect : je rôde autour d'elle, lui touchant le visage, lui caressant le corps, sans la pénétrer, sans trouver en moi l'impulsion qui m'y inciterait. Je quitte à l'instant le lit d'une femme que je connais depuis un an ; de tout ce temps, je n'ai pas eu un seul instant à m'interroger sur le désir qu'elle m'inspire : la désirer, cela a voulu dire l'envelopper et la pénétrer, transpercer sa surface et bouleverser sa paix intérieure en y levant les tempêtes de l'extase ; enfin se retirer, reprendre son calme, attendre que le désir se reconstitue. Mais, avec cette femme, c'est comme s'il n'y avait rien à l'intérieur : une surface, c'est tout — une surface que je parcours en tous sens, à la recherche d'un accès. Est-ce que ses tortionnaires ont ressenti cela lorsqu'ils traquaient son secret, ce qu'ils croyaient être son secret ? Pour la première fois, je ressens pour eux une pitié froide : croire qu'il suffit de brûler, de déchirer, de sabrer pour pénétrer

72

dans le corps secret de l'autre, voilà une erreur bien naturelle ! Cette fille est couchée dans mon lit, mais il n'y a pas de bonne raison pour que ce soit un lit. Certains de mes gestes sont ceux d'un amant — je la déshabille, je la baigne, je dors à côté d'elle —, mais je pourrais tout aussi bien l'attacher à une chaise et la frapper, ce ne serait pas moins intime.

Ce n'est pas qu'il m'arrive en ce moment ce qui survient souvent chez les hommes d'un certain âge : une progression descendante menant du libertinage aux manifestations rageuses d'une convoitise impuissante. Si mon caractère moral était en voie de changer, je le sentirais ; et je n'aurais pas entrepris l'expérience rassurante de ce soir. Je suis l'homme que j'ai toujours été ; mais le temps s'est rompu, quelque chose m'est tombé dessus, tombé du ciel, au hasard, de nulle part : ce corps dans mon lit, dont je suis responsable, il faut croire, sinon pourquoi le garderais-je ? Pour l'instant, pour toujours, peut-être, je ne ressens que confusion. Que je m'allonge près d'elle et m'endorme, ou que je la roule dans un drap pour l'ensevelir dans la neige, c'est tout un, semble-t-il. Pourtant, penché au-dessus d'elle, touchant son front du bout des doigts, je veille à ne pas répandre de cire.

Devine-t-elle où j'ai été, je ne peux en juger ; mais le lendemain soir, alors que je suis sur le point de m'endormir, bercé par le rythme de mes mouvements — huiler, frotter — je sens ma main arrêtée, retenue, guidée entre ses jambes. Elle reste un moment posée sur son sexe ; puis je verse un peu plus d'huile tiède sur mes doigts et commence à la caresser. Bientôt la tension s'accroît dans son corps ; elle s'arque, frémit, repousse ma main. Je continue à lui frotter le corps, jusqu'au moment où, détendu à mon tour, je sombre dans le sommeil.

73

Cette action, fruit de la coopération la plus poussée que nous ayons connue jusqu'ici, ne suscite en moi aucune excitation. Elle ne me rapproche pas d'elle, et semble ne pas l'affecter davantage. J'inspecte son visage le lendemain matin ; il est inexpressif, lisse. Elle s'habille et descend en boitant vers son travail à la cuisine.

Je suis troublé. « Que dois-je faire pour t'émouvoir ? » : voilà les mots que j'entends dans ma tête, bribes de ce murmure souterrain qui remplace peu à peu toute conversation. « Personne ne t'émeut donc ? » ; et avec un sursaut horrifié je contemple la réponse. Tout ce temps-là elle attendait, et voici qu'elle s'offre à moi à l'image d'un visage masqué par deux yeux d'insecte, deux yeux de verre noir dont n'émane aucun regard réciproque, qui ne me renvoient, redoublée, que ma propre image.

Je secoue la tête, saisi d'une incrédulité furieuse. Je hurle en moi-même : *Non ! Non ! Non !* C'est moi, par vanité, qui m'incite moi-même à me laisser tenter par ces sens cachés et ces correspondances. Quelle est cette dépravation qui s'empare sournoisement de moi ? Je traque les secrets et les réponses, si bizarres soient-elles, comme une vieille femme qui déchiffre les énigmes dans les feuilles de thé. Il n'est rien qui me rattache aux tortionnaires, à ces gens tapis dans l'attente comme des cafards dans des caves obscures. Comment puis-je croire qu'un lit est autre chose qu'un lit, le corps d'une femme autre chose qu'un havre de joie ? Je dois affirmer la distance qui me sépare du colonel Joll ! Je ne souffrirai pas pour les crimes qu'il a commis !

Je commence à me rendre régulièrement à l'auberge pour y voir la jeune fille. Parfois, en pleine journée, dans mon bureau derrière le tribunal, mon attention s'égare et je me laisse aller à des rêveries érotiques ; l'excitation provoque en moi chaleur et turgescence ; je me récite son corps comme un adolescent romanesque et lascif ; puis, à contrecœur, je me force à revenir à la routine paperassière ou à marcher jusqu'à la fenêtre et à contempler le spectacle de la rue. Je me rappelle les premières années où j'étais en poste ici : comme je flânais, vers la fin du jour, dans les quartiers les plus obscurs de la ville, le visage caché à l'ombre de ma cape ; quelquefois, une épouse inassouvie, penchée au-dessus de la demi-porte, la lumière du foyer étincelant derrière elle, me rendait mon regard sans une hésitation ; et j'engageais la conversation avec de très jeunes filles qui se promenaient, deux par deux, trois par trois, et je leur offrais des sorbets, et il m'arrivait d'en conduire une dans le noir jusqu'à l'entrepôt à grains et à un lit de vieux sacs. Mes amis me l'avaient dit : si quelque chose pouvait faire désirer d'être envoyé dans les Marches, c'étaient les mœurs faciles des oasis, les longues soirées parfumées de l'été, les femmes complaisantes aux yeux comme des myrtilles. J'arborai pendant des années l'aspect repu d'un verrat de concours. Plus tard, ces habitudes licencieuses se tempérèrent, laissant place à des relations plus discrètes avec des gouvernantes ou des jeunes filles que je logeais parfois à l'étage, chez moi, mais plus fréquemment au rez-de-chaussée avec la fille de cuisine, et à des liaisons avec les demoiselles de l'auberge. Je m'aperçus que j'avais moins souvent besoin de femmes ; je consacrais plus de temps à mon travail, à mes distractions favorites, à l'archéologie, à la cartographie.

Ce n'était pas tout ; il y avait parfois des moments déroutants où, en plein acte sexuel, je me sentais égaré comme un conteur qui perd le fil de son histoire. Je pensais en frissonnant à ces personnages comiques, vieillards obèses dont les cœurs surchargés cessent de battre, qui trépassent dans les bras de la femme aimée, une excuse au bord des lèvres, et qu'il faut emporter au-dehors et jeter dans une ruelle obscure pour préserver la réputation de la maison. Même le point culminant de l'acte devenait lointain, ténu, étrange. Je me laissais parfois dériver jusqu'à l'immobilité, et d'autres fois je poursuivais mécaniquement jusqu'au terme. Pendant des semaines, des mois, je me retirais dans le célibat. Le corps tiède et gracieux des femmes m'inspirait toujours la même joie, mais il s'y joignait une perplexité nouvelle. Ces belles créatures, voulais-je réellement entrer en elles, en revendiquer la possession ? Le désir semblait s'accompagner d'un élément douloureux de distance, de séparation, qu'il était futile de nier. Et je ne parvenais pas non plus à voir pourquoi il aurait fallu privilégier comme voie du désir, parmi tant d'autres parties de mon corps, une seule d'entre elles, aux convoitises déraisonnables, aux promesses trompeuses. Mon sexe me semblait parfois être un organisme distinct de moi, un animal stupide menant à mes dépens une vie parasitaire, s'enflant et s'amenuisant selon des appétits autonomes, ancré à ma chair par des griffes que je ne pouvais détacher. « Pourquoi dois-je te porter de femme en femme, demandais-je : simplement parce que tu es né sans jambes ? Est-ce que cela ferait la moindre différence pour toi si tu prenais racine dans un chat ou un chien, et non dans moi ? »

D'autres fois pourtant, surtout l'année dernière, avec la fille qu'à l'auberge on surnomme l'Étoile mais qui, à mes yeux, a toujours paru être un oiseau, j'ai senti de nouveau le pouvoir de l'ancien enchantement sensuel, j'ai nagé dans son corps, transporté vers le large, vers les limites anciennes du plaisir. J'ai donc pensé : « Ce n'est qu'une question d'âge, de cycles de désir et d'apathie à l'intérieur d'un corps qui, lentement, se refroidit et meurt. Quand j'étais jeune, l'odeur d'une femme suffisait à me stimuler ; il est évident que, maintenant, seules les plus suaves, les plus jeunes, les plus fraîches ont ce pouvoir. Un de ces jours, il me faudra des petits garçons. » J'imaginais avec un certain dégoût ce que seraient mes dernières années dans l'oasis plantureuse.

Je lui rends à présent visite trois nuits d'affilée dans sa petite chambre, en lui apportant des cadeaux : de l'huile de cananga, des bonbons, un bocal de ces laitances fumées dont elle aime, je le sais, se gaver dans l'intimité. Lorsque je l'étreins, elle ferme les yeux ; des tremblements d'apparente volupté la parcourent. L'ami qui le premier me l'a recommandée avait parlé de ses talents : « Ce n'est que du théâtre, bien sûr — mais dans son cas, la différence c'est qu'elle croit au rôle qu'elle joue. » Quant à moi, je le constate, cela m'est égal. Captivé par son jeu, j'ouvre les yeux au milieu de toute une effervescence de frissons et de plaintes, pour me laisser couler encore dans le sombre fleuve de mon propre plaisir.

Je passe trois jours dans une langueur sensuelle, les paupières lourdes, doucement excité, rêvant tout éveillé. Je rentre chez moi après minuit et me glisse dans le lit, sans prêter aucune attention à la masse inébranlable allongée près de moi. Le matin, si le bruit qu'elle fait en se préparant m'éveille, je feins de dormir jusqu'à ce qu'elle soit partie.

Une fois, passant par hasard devant la porte ouverte de la cuisine, je jette un coup d'œil à l'intérieur. A travers des nuages de vapeur, je vois une fille râblée assise devant une table où elle prépare de la nourriture. Je la connais, me dis-je sans surprise ; cependant, l'image qui persiste dans ma mémoire tandis que je traverse la cour est celle du tas de courges vertes posées devant elle sur la table. Je tente délibérément d'infléchir mon regard intérieur, de le faire aller des courges aux mains qui les coupent en tranches et des mains au visage. Je décèle en moi-même un refus, une résistance. Comme ébloui, mon regard reste sur les courges, sur l'éclat de lumière qui luit sur leur peau humide. On le croirait animé d'une volonté propre ; il ne bouge pas. Je me trouve donc confronté à la réalité de ce que j'essaie de faire : effacer la jeune fille. Je me rends compte que si je prenais un crayon pour dessiner son visage, je ne saurais pas par où commencer. Est-elle vraiment si dénuée de traits ? Au prix d'un effort, je concentre mon esprit sur elle. Je vois une silhouette coiffée d'une toque, couverte d'un manteau lourd et informe, qui chancelle, courbée vers l'avant, les jambes écartées, appuyée sur des bâtons. Quelle laideur, me dis-je en moi-même. Ma langue sent la laideur du mot. Cela me surprend, mais je n'y résiste pas : elle est laide, laide.

La quatrième nuit, je rentre chez moi de mauvaise humeur, m'agitant bruyamment à travers l'appartement sans m'inquiéter de qui je réveille. La soirée a été un échec : la vague de désir renaissant s'est brisée. Je jette mes souliers sur le sol et me mets au lit en ressentant l'envie de provoquer une dispute, l'espoir de trouver quelqu'un à blâmer, mais aussi la honte de cette attitude enfantine. Ce que cette femme couchée près de moi fait dans ma vie, je n'arrive pas à le comprendre. En songeant aux extases étranges que j'ai atteintes au moyen de ce corps incomplet, je sens une sécheresse monter en moi et m'écœurer, comme si j'avais passé toutes ces nuits à copuler avec un mannequin de paille et de cuir. Qu'ai-je bien pu lui trouver ? J'essaie de me rappeler à quoi elle ressemblait avant que les docteurs ès souffrances prennent soin d'elle. Il est impossible que mes yeux ne l'aient pas effleurée quand elle était assise dans la cour avec les autres prisonniers barbares, le jour où on les a amenés ici. Le souvenir, j'en suis convaincu, est niché au creux d'une des alvéoles de mon cerveau ; mais je suis incapable de le hisser à la surface. J'arrive à me rappeler la femme au bébé, et le bébé lui-même. Je me rappelle tous les détails : le bord effrangé du châle en laine, le vernis de sueur sous les mèches de fins cheveux de bébé. Je me rappelle les mains osseuses de l'homme qui est mort ; je crois qu'en faisant un effort j'arrive même à reconstituer son visage. Mais, à côté de lui, là où devrait se trouver la jeune fille, il y a un vide, un blanc.

Je m'éveille en pleine nuit, secoué par la jeune fille ; l'écho d'une plainte ténue vibre encore dans l'air.

« Vous avez crié dans votre sommeil, dit-elle. Vous m'avez réveillée.

— Qu'est-ce que je criais ? »

Elle marmonne quelque chose et me tourne le dos.

Plus tard, dans la nuit, elle me réveille à nouveau :

« Vous avez crié. »

Hébété, troublé, en colère, je cherche à voir clair en moi-même, mais je ne vois qu'un tourbillon, et au cœur du tourbillon, l'oubli.

« C'est un rêve ? demande-t-elle.

— Je ne peux me rappeler aucun rêve. »

Se peut-il que le rêve de l'enfant encapuchonnée qui construit le château de neige soit revenu ? Si c'était le cas, je suis sûr que persisterait en moi le goût, ou l'odeur, ou le souvenir lumineux du rêve.

« Il faut que je te demande quelque chose. Est-ce que tu te rappelles le jour où tu as été amenée ici, dans la cour de la caserne, le premier jour ? Les gardiens vous ont tous forcés à vous asseoir. Où étais-tu assise ? De quel côté étais-tu tournée ? »

Par la fenêtre, je vois des traînées nuageuses qui courent sur la face de la lune. Dans les ténèbres qui m'entourent, elle parle :

« Ils nous ont fait asseoir ensemble, à l'ombre. J'étais à côté de mon père. »

J'évoque l'image de son père. En silence, je tente de recréer la chaleur, la poussière, l'odeur de tous ces corps fatigués. J'assieds à l'ombre du mur de la caserne tous les prisonniers, un par un, tous ceux dont j'arrive à me souvenir. Je reconstitue la femme au bébé, son châle en laine, sa poitrine nue. Le bébé gémit, je l'entends gémir, il est trop fatigué pour boire. Dépenaillée, assoiffée, la mère me regarde en se demandant si je suis un recours possible. Ensuite, deux formes floues. Floues, mais présentes : je sais qu'il suffirait d'un effort, moitié de mémoire moitié d'imagination, pour leur donner une substance. Puis voici le père de la jeune fille, ses mains osseuses jointes devant lui. Son bonnet est enfoncé sur

80

ses yeux, il ne lève pas le regard. Je passe maintenant à l'emplacement suivant, à côté de lui.

« Où étais-tu assise, par rapport à ton père ?

— J'étais assise à sa droite. »

La zone située à droite de son père reste vide. Au prix d'une concentration pénible, j'arrive à voir chacun des cailloux du sol, à côté de lui, et, derrière lui, la texture du mur.

« Dis-moi ce que tu faisais.

— Rien. Nous étions tous très fatigués. Nous avions marché depuis longtemps, avant l'aube. Nous ne nous sommes arrêtés qu'une fois pour nous reposer. Nous étions fatigués, nous avions soif.

— Est-ce que tu m'as vu ?

— Oui. Nous vous avons tous vu. »

Je noue mes bras autour de mes genoux et je me concentre. La zone située à côté de l'homme reste vide, mais quelque chose, peu à peu, émerge : la vague impression d'une présence, une aura de la jeune fille. *C'est le moment !* Je m'encourage moi-même : c'est le moment d'ouvrir les yeux, elle va être là ! J'ouvre les yeux. Dans la faible lumière, je distingue sa silhouette près de moi. Des sensations jaillissent en moi, j'allonge la main vers elle, je lui touche les cheveux, le visage. Aucune vie ne me répond. C'est comme de caresser une urne ou une balle, un objet qui n'est que surface.

« J'essayais de me rappeler comment tu étais avant que tout cela se soit passé. J'ai du mal à le faire. C'est dommage que tu ne puisses pas me le dire. »

Je ne m'attends pas à un démenti, et il n'en vient pas.

Un détachement de nouveaux conscrits est arrivé pour remplacer les hommes qui ont terminé leur service frontalier de trois ans et sont prêts à repartir chez eux. Le jeune officier qui les commande va se joindre à l'état-major de la place.

Je l'invite, ainsi que deux de ses collègues, à dîner avec moi à l'auberge. La soirée se passe bien ; la cuisine est bonne, la boisson abondante, mon invité a des histoires à raconter sur son voyage, entrepris en une saison difficile, dans une région qui lui est entièrement inconnue. Il a perdu trois hommes en chemin, dit-il : l'un a quitté sa tente en pleine nuit pour satisfaire un besoin naturel et n'est jamais revenu ; deux autres ont déserté alors que l'oasis était presque en vue, s'esquivant pour se cacher dans les roseaux. Des fauteurs de troubles, selon lui ; il ne regrette pas d'en être débarrassé. Mais ne suis-je pas d'avis que leur désertion était stupide ? J'opine : « Tout à fait stupide. » A-t-il une idée des motifs de leur désertion ? « Non, répond-il : ils étaient traités correctement ; mais bien sûr, des conscrits... » Il hausse les épaules. Je laisse entendre qu'ils auraient mieux fait de déserter plus tôt. La contrée qui nous entoure n'est pas hospitalière. S'ils n'ont pas encore trouvé de lieu où s'abriter, ce sont des hommes morts.

Nous parlons des barbares. Il se dit convaincu d'avoir été suivi à distance par des barbares sur une partie du chemin. Je lui pose une question :

« Vous êtes sûr qu'il s'agissait de barbares ?

— Et de qui d'autre aurait-il pu s'agir ? » répond-il. Ses collègues l'approuvent.

L'énergie de cet homme me plaît, comme son intérêt pour les spectacles nouveaux que lui offrent les Marches. Il a su amener ses hommes à bon port, en une saison mortelle, et cette réussite est digne d'éloges. Quand nos compagnons, alléguant l'heure tardive, nous quittent, je l'engage à rester. Jusqu'à minuit passé, nous parlons et buvons ensemble. J'apprends les dernières nouvelles de la capitale, que je n'ai pas vue depuis si longtemps. Je lui parle de certains des lieux que je me remémore avec nostalgie : les jardins du pavillon, où des musiciens jouent pour des foules de promeneurs et où craquent sous le pied les feuilles d'automne tombées des châtaigniers ; un pont que je me rappelle, d'où les reflets de la lune, dans l'eau qui ondoie autour des piles, prennent l'aspect d'une fleur tropicale.

« D'après la rumeur qui circule dans les états-majors de brigade, dit-il, il y aura au printemps une offensive générale contre les barbares, pour les repousser de la frontière aux montagnes. »

Je regrette de briser le flot des réminiscences. Je n'ai pas envie que la soirée s'achève sur une querelle. Pourtant, je réponds :

« Je suis sûr que ce n'est qu'une rumeur. Ils ne peuvent pas vouloir sérieusement faire une chose pareille. Ces gens que nous appelons les barbares sont des nomades, ils se déplacent chaque année entre les hautes et les basses terres, c'est leur mode de vie. Ils ne permettront jamais qu'on les confine aux montagnes. »

Il me jette un coup d'œil bizarre. Pour la première fois de la soirée, je sens s'abattre une barrière, celle qui sépare le militaire du civil.

« Mais, dit-il, pour parler franc, n'est-ce pas précisément ce qu'on appelle la guerre : imposer un choix à quelqu'un qui ne l'accepterait pas dans d'autres circonstances ? »

Il me dévisage avec la candeur arrogante d'un jeune diplômé de l'École de guerre. Je suis sûr qu'il se rappelle l'histoire, qui a dû avoir le temps de circuler, de mon refus de coopérer avec un officier du Bureau. Je crois savoir ce qu'il voit en face de lui : un administrateur civil de rang subalterne, contaminé, après des années passées dans ce bas-fond, par la fainéantise des indigènes, aux idées arriérées, prêt à risquer la sécurité de l'Empire au profit d'une paix bricolée et fragile.

Il se penche vers moi, affichant une expression déférente de perplexité juvénile ; je suis de plus en plus convaincu qu'il se joue de moi.

« Dites-moi, monsieur, en confidence : de quoi se plaignent ces barbares ? Qu'est-ce qu'ils attendent de nous ? »

Je devrais être prudent, mais je ne le suis pas. Je devrais bâiller, éluder sa question, mettre fin à la soirée ; mais je me surprends à gober l'hameçon. (Quand donc apprendrai-je à tenir ma langue ?)

« Ils veulent que les établissements coloniaux cessent de s'étendre sur leur terre. Ils veulent, en somme, qu'on leur rende leur terre. Ils veulent être libres de se déplacer de pâture en pâture avec leurs troupeaux, comme autrefois. » Il est encore temps de mettre un terme à cette harangue mais j'entends monter le ton de ma voix, et je m'abandonne à regret à la griserie de la colère. « Je ne dirai rien des raids récents entrepris contre eux, sans aucune justification, et suivis par des actes de cruauté gratuite, puisque la sécurité de l'Empire était en jeu, à ce qu'il paraît. Il faudra des années pour réparer les dégâts commis durant ces quelques jours. Passons là-dessus ; je préfère vous parler de ce que je trouve décourageant dans mes fonctions d'administrateur, même en temps de paix, même quand les relations frontalières sont bonnes. Vous savez qu'il y a une époque de l'année où les nomades viennent chez nous faire du commerce. Allez donc, pendant cette période, devant n'importe quel étal du marché, et voyez qui on trompe sur le poids, qui on lèse, qui on injurie, qui on humilie. Voyez comment des hommes sont forcés de laisser leurs femmes derrière eux, au campement, de peur qu'elles ne soient insultées par les soldats. Voyez qui roule dans le ruisseau, ivre mort, et qui donne des coups de pied à celui qui est à terre. C'est avec ce mépris pour les barbares, affiché par le moindre valet d'écurie, le moindre paysan, que j'ai dû, en tant que magistrat, me colleter depuis vingt ans. Comment déracine-t-on le mépris, surtout quand ce mépris n'est fondé sur rien de plus substantiel que des façons différentes de se tenir à table, des variations dans la structure de la paupière ? Vous dirai-je ce qu'il m'arrive de souhaiter ? Je souhaite que ces barbares se soulèvent et nous donnent une bonne leçon, pour que nous apprenions à les respecter. A nos yeux ce pays-ci est à nous, il fait partie de l'Empire — notre avant-poste, notre établissement, notre centre marchand. Mais ces gens, ces barbares ne le voient pas du tout sous ce jour. Il y a plus de cent ans que nous sommes ici ; nous avons gagné des terres sur le désert, bâti des ouvrages d'irrigation, cultivé les champs, construit des maisons solides, dressé une muraille autour de notre ville, mais, à leurs yeux, nous sommes toujours des hôtes de passage. Parmi eux vivent encore de vieilles gens qui se rappellent que leurs parents leur avaient décrit l'oasis telle qu'elle était autrefois : un lieu bien ombragé, au bord du lac, avec des pâturages abondants même en hiver. C'est ainsi qu'ils en parlent encore, c'est peut-être ainsi qu'ils la *voient* encore, comme si aucune pelletée de terre n'avait été retournée, aucune brique posée sur une autre brique. Ils sont persuadés qu'un de ces jours, nous empilerons nos biens dans nos chariots pour repartir à l'endroit d'où nous venons, que nos édifices serviront de demeures aux souris et aux lézards, et que leur bétail paîtra sur ces champs prospères que nous avons ensemencés. Vous souriez ? Vous dirai-je encore une chose ? Chaque année, l'eau du lac se sale un peu plus. L'explication est simple — mais peu importe. Les barbares le savent. En ce moment même, voilà ce qu'ils se disent : " Patience. Un de ces jours, le sel va commencer à flétrir leurs cultures. Ils n'auront plus de quoi se nourrir. Il faudra qu'ils partent. " C'est cela qu'ils pensent. Qu'ils dureront plus longtemps que nous.

— Mais nous ne partirons pas, affirme calmement le jeune homme. Nous ne partirons pas ; ils commettent une erreur. Même s'il devenait nécessaire de ravitailler la colonie par convoi, nous ne partirions pas. Parce que ces établissements frontaliers sont la première ligne de défense de l'Empire. Plus vite les barbares comprendront cela, mieux ce sera. »

Malgré son abord engageant, sa pensée manifeste une rigidité qui doit tenir à son éducation militaire. Je soupire. Je me suis exprimé sans retenue, mais cela n'a servi à rien. Sans aucun doute, ses pires soupçons sont confirmés : je suis non seulement rétrograde, mais peu sûr. Et après tout, est-ce que je crois vraiment ce que je viens de dire ? Est-ce que j'espère vraiment le triomphe des usages barbares : torpeur intellectuelle, crasse, résignation devant la maladie et la mort ? Si nous devions disparaître, les barbares passeraient-ils leurs après-midi à fouiller nos ruines ? Préserveraient-ils dans des vitrines nos listes de recensement et les grands livres de nos marchands de grain, se consacreraient-ils au déchiffrement de nos lettres d'amour ? Quand je m'indigne devant l'orientation prise par l'Empire, est-ce que j'exprime autre chose que l'humeur geignarde d'un vieillard qui ne veut pas que l'on trouble la paix de ses dernières années dans les Marches ? J'essaie d'engager la conversation sur des voies moins dangereuses : les chevaux, la chasse, le temps ; mais il se fait tard, mon jeune ami veut s'en aller, et force m'est de solder les comptes de la soirée.

Les enfants jouent de nouveau dans la neige. Parmi eux, me tournant le dos, la silhouette de la fille au capuchon. Par moments, tandis que j'avance péniblement vers elle, elle disparaît à ma vue derrière le rideau de la neige qui tombe. Mes pieds s'enfoncent si profondément que j'ai du mal à les soulever. Chaque pas me prend un siècle. Il n'y a eu, dans aucun des rêves, pire chute de neige.

Pendant qu'à grand-peine je marche vers eux, les enfants cessent de jouer pour me regarder. Ils tournent vers moi leurs visages graves au teint lumineux ; leur haleine blanche s'envole loin d'eux en petits nuages. J'essaie de sourire et de les toucher au passage, tandis que je marche vers la jeune fille, mais les traits de mon visage sont figés, le sourire refuse d'éclore, il semble qu'une couche de glace recouvre ma bouche. Je lève une main pour l'arracher : je constate que ma main est couverte d'un gant épais. A l'intérieur du gant, les doigts sont gelés : quand je porte le gant à mon visage, je ne sens rien. Avançant pesamment, je dépasse les enfants.

Je découvre maintenant ce que fait la jeune fille. Elle édifie une forteresse en neige, une ville fortifiée dont je reconnais le moindre détail : les remparts d'où montent les quatre tours de guet, le portail flanqué de la guérite du portier, les rues, les maisons, la vaste place avec, dans un coin, l'enceinte de la caserne. Et voici l'endroit précis où je me tiens ! Mais la place est vide, la ville entière est blanche, muette, vide. J'indique le milieu de la place. Je voudrais dire : « Là, il faut que vous mettiez les gens ! » Aucun son ne sort de ma bouche, dans laquelle ma langue repose, comme un poisson gelé. Elle réagit pourtant. Elle se redresse sur ses genoux et tourne vers moi son visage encadré par le capuchon. Je crains, en cet instant ultime, qu'elle ne me déçoive, qu'elle ne me présente un visage obtus, lisse, pareil à un organe interne qui n'est pas destiné à vivre à la lumière. Mais non, elle est elle-même, et telle que je ne l'ai jamais vue : une enfant souriante, et la lumière étincelle sur ses dents, se réfléchit sur ses yeux d'un noir de jais. « Voilà donc ce que c'est que de voir ! » me dis-je en moi-même. Je voudrais lui parler. Je voudrais lui dire : « Comment faites-vous un travail aussi fin avec des moufles sur les mains ? » Elle sourit gentiment, en réponse à mes marmonnements. Puis elle retourne à sa forteresse de neige.

Quand j'émerge du rêve, j'ai froid, je suis engourdi. Il faudra encore une heure avant que vienne la lumière. Le feu est mort, j'ai si froid que mon cuir chevelu est insensible. Près de moi, la jeune fille dort, roulée en boule. Je sors du lit et, couvert de ma houppelande, j'entreprends de rallumer le feu.

Le rêve a pris racine. Nuit après nuit, je reviens à la

place déserte, balayée de rafales neigeuses, je chemine vers son centre, vers la même silhouette, et chaque fois je vérifie à nouveau que la ville qu'elle bâtit n'abrite aucune vie.

Je demande à la jeune fille de me parler de ses sœurs. Elle a deux sœurs ; la plus jeune, d'après elle, est « très jolie, mais étourdie ».

« Cela ne te plairait pas de revoir tes sœurs ? »

La bourde flotte entre nous deux, suspendue dans l'air, grotesque. Nous sourions ensemble.

« Si, bien sûr », répond-elle.

Je l'interroge aussi sur la période qui a suivi son emprisonnement, où, à mon insu, elle vivait dans cette ville, sous ma juridiction.

« Les gens ont été bons pour moi quand ils ont vu qu'on m'avait laissée en arrière. J'ai dormi à l'auberge pendant quelque temps, le temps que mes pieds aillent mieux. Il y avait un homme qui a pris soin de moi. Il est parti maintenant. Il s'occupait des chevaux. »

Elle mentionne aussi l'homme qui lui a donné les chaussures qu'elle portait le jour où je l'ai rencontrée. Je lui demande s'il y a eu d'autres hommes.

« Oui, il y a eu d'autres hommes. Je n'avais pas le choix. Il fallait qu'il en soit ainsi. »

Après cette conversation, mes relations avec les soldats deviennent plus tendues. Ce matin-là, en quittant mon appartement pour me rendre au tribunal, je passe devant une des rares revues des troupes. Je suis sûr que parmi ces hommes debout au garde-à-vous, leur paquetage posé à leurs pieds, certains ont couché avec la jeune fille. Non que je croie les entendre ricaner dans leurs mains. Au contraire, je ne leur ai jamais vu une attitude plus stoïque, sous la bise glaciale qui fouette la cour.

Jamais leur maintien n'a été plus respectueux. Je le sais bien : s'ils le pouvaient, ils me diraient que nous sommes tous des hommes, et que n'importe quel homme peut perdre la tête à cause d'une femme. Je veille pourtant, le soir, à rentrer chez moi plus tard qu'à l'ordinaire, pour éviter la file d'hommes alignés devant la porte des cuisines.

On a des nouvelles des deux déserteurs dont parlait le lieutenant. Un piégeur les a trouvés, morts de froid, dans un abri de fortune, non loin de la route, à trente milles à l'est de la ville. Bien que le lieutenant incline à les laisser là-bas (« Trente milles aller, trente milles retour, avec le temps qu'il fait : c'est beaucoup pour des hommes qui ne sont plus des hommes, ne croyez-vous pas ? »), je le persuade d'envoyer un détachement à leur recherche :

« Il faut célébrer les rites funèbres. De plus, ce sera bon pour le moral de leurs camarades. Ils ne doivent pas croire qu'ils risquent, eux aussi, de mourir dans le désert et d'y être oubliés. Ce que nous pouvons faire pour apaiser leur peur de devoir quitter cette terre si belle, nous avons le devoir de le faire. Après tout, qui, sinon nous, leur fait affronter ces dangers ? »

Le détachement prend donc la route, et revient deux jours plus tard, rapportant dans un chariot les cadavres tordus et raidis par le gel. Je continue à trouver étrange que des hommes désertent à des centaines de milles de chez eux, et à un jour de marche d'un lieu où ils auraient trouvé chaleur et nourriture, mais je ne creuse pas plus avant la question. Debout près de la tombe, dans le cimetière glacé où se déroulent les funérailles des deux soldats, auxquelles assistent tête nue leurs camarades plus heureux, je me répète qu'en insistant pour que les ossements soient traités correctement je cherche à mon-

trer à ces jeunes gens que la mort n'est pas un anéantissement, que nous survivons par le souvenir que nous
laissons dans la mémoire de ceux que nous connaissions.
Mais est-ce réellement à leur seul bénéfice que j'ai organisé cette cérémonie ? Ne suis-je pas aussi en train de me
réconforter moi-même ? Je propose de me charger d'une
tâche pénible : écrire aux parents pour leur apprendre le
malheur qui les frappe. « A un homme plus âgé, cela
vient plus facilement. »

« N'aimeriez-vous pas faire autre chose ? » demande-
t-elle.

Son pied est posé sur mes genoux. Je masse et je pétris
la cheville enflée, distrait, perdu dans le rythme de mes
gestes. La question me prend au dépourvu. Jamais elle
n'avait parlé de façon aussi directe. Je hausse les
épaules, je souris, j'essaie de m'enfoncer à nouveau dans
mon état de transe, proche du sommeil, peu désireux
d'en être écarté.

Le pied s'agite au creux de ma main, s'anime, me
touche doucement l'aine. J'ouvre les yeux sur ce corps
nu et doré, allongé sur le lit. Sa tête est blottie dans ses
bras, et elle me regarde de biais — ce regard dont j'ai
pris l'habitude —, exhibant ses seins fermes et son ventre
poli, débordante d'une santé de jeune animal. Ses orteils
continuent à me tâter ; mais chez ce vieux monsieur
avachi, agenouillé devant elle dans sa robe de chambre
brune, ils n'éveillent aucune réaction.

« Une autre fois », dis-je, ma langue s'arrondissant
stupidement autour des mots. Pour autant que je sache,
c'est un mensonge, mais je l'émets : « Une autre fois,

peut-être. » Puis j'écarte sa jambe et je m'étends près d'elle. « Les vieillards n'ont pas de vertu à protéger : que puis-je donc dire ? » Pauvre plaisanterie, gauchement tournée ; elle ne la comprend pas. Elle ouvre ma robe de chambre et se met à me caresser. Au bout d'un moment, j'éloigne sa main.

« Vous allez voir d'autres filles, murmure-t-elle. Vous croyez que je ne le sais pas ? »

D'un geste péremptoire, je l'engage à se taire.

« Les traitez-vous de la même façon ? », murmure-t-elle ; et elle se met à sangloter.

Bien qu'elle me remue le cœur, je ne peux rien faire. Mais quelle humiliation pour elle ! Elle ne peut même pas quitter l'appartement sans tituber, sans tâtonner en s'habillant. Elle est prisonnière à présent, autant qu'elle l'a jamais été. Je lui tapote la main et je sombre dans une mélancolie encore plus profonde.

C'est la dernière nuit que nous passons dans le même lit. Je dresse dans le salon un lit de fortune, et je dors là. L'intimité physique entre nous prend fin.

« Pour le moment, dis-je. Jusqu'à la fin de l'hiver. Cela vaut mieux. »

Elle accepte ce prétexte sans un mot. Le soir, quand je rentre, elle m'apporte mon thé et s'agenouille près du plateau pour me servir. Puis elle repart à la cuisine. Une heure après, elle gravit l'escalier derrière la servante qui me monte mon dîner. Nous mangeons ensemble. Après le repas, je me retire dans mon bureau ou je sors pour la soirée, renouant avec les habitudes sociables que j'avais négligées : le jeu d'échecs chez les amis, les cartes à l'auberge, avec les officiers. Je me rends aussi une ou deux fois au premier étage de l'auberge, mais un sentiment de culpabilité gâte mon plaisir. Chaque fois, quand je reviens, la jeune fille est endormie, et je marche sur la pointe des pieds comme un mari fautif.

Elle s'adapte sans se plaindre à ce nouveau mode de vie. Je me dis qu'elle se soumet à cause de son éducation barbare. Mais que sais-je de l'éducation chez les barbares ? Ce que j'appelle soumission n'est peut-être que de l'indifférence. Qu'importe à une mendiante, à une enfant sans père, si je dors seul ou pas, tant qu'elle a un toit sur sa tête et le ventre plein ? Jusqu'à présent, je me suis plu à penser qu'elle ne pouvait manquer de voir en moi un homme sous l'empire d'une passion, si perverse, si obscure que soit cette passion ; qu'au long des silences contraints qui tiennent tant de place dans nos relations, elle ne pouvait pas ne pas sentir mon regard s'alourdir sur elle avec autant de poids qu'un corps. Je préfère ne pas m'attarder sur cette autre possibilité : l'éducation d'une jeune barbare la conduit peut-être, non pas à se plier à toutes les fantaisies d'un homme — lui prît-il la fantaisie de la négliger —, mais à considérer la passion sexuelle, chez le cheval, la chèvre, l'homme, la femme, comme une réalité vitale élémentaire, aux moyens et aux fins absolument clairs ; de sorte que le comportement incohérent d'un étranger vieillissant qui la ramasse dans la rue et l'installe dans son appartement pour pouvoir tantôt lui baiser les pieds, tantôt la rudoyer, tantôt l'oindre d'huiles exotiques, tantôt l'ignorer, tantôt passer une nuit dans ses bras, tantôt, saisi d'une humeur maussade, aller dormir seul dans la pièce à côté, n'est peut-être à ses yeux que la preuve de l'impuissance, de l'indécision d'un homme aliéné à ses propres désirs. Alors que je n'ai cessé de voir en elle un corps mutilé, marqué, blessé, elle est peut-être, au fil des jours, devenue ce corps-là, elle a peut-être accédé à cet être nouveau, ne se sentant pas plus infirme qu'un chat ne se sent infirme parce qu'il a des griffes, non des doigts. Je ferais bien de prendre ces questions au sérieux. Elle qui est plus ordinaire que je n'aime à le penser, qui sait si moi aussi, elle ne me trouve pas ordinaire?

III

Le matin, l'air est plein de battements d'ailes : les oiseaux reviennent du sud, et dessinent des cercles au-dessus du lac avant de se poser dans les anses saumâtres des marais. Quand le vent se calme, on les entend crier, cancaner, cacarder, croasser, et cette cacophonie nous paraît la rumeur d'une cité rivale, d'une ville lacustre : oies cendrées, râles, canards pilets, canards siffleurs, malards, sarcelles, harles.

L'arrivée des premiers migrateurs aquatiques confirme les signes antérieurs : le vent s'est nuancé d'une tiédeur nouvelle, la glace, sur le lac, est vitreuse et translucide. Le printemps s'annonce, il sera bientôt temps de planter.

Pour le moment, c'est la saison du piégeage. Avant l'aube, des groupes d'hommes vont tendre leurs filets au bord du lac. Dès le milieu de la matinée, ils reviennent avec des prises énormes : des oiseaux au cou tordu, enfilés par les pattes sur des perches, rangée après rangée, d'autres, vivants, entassés dans des cages en bois, hurlant de rage, se piétinant les uns les autres, et parfois, accroupi au milieu, un grand cygne chanteur, silencieux. La nature offre sa corne d'abondance : pendant quelques semaines, tout le monde mangera bien.

Avant de pouvoir partir, je dois composer deux textes. Le premier est destiné au gouverneur de la province. « A la suite des incursions du Troisième Bureau, écris-je, pour réparer une partie des dégâts qu'ils ont commis et pour rétablir un peu de la bonne entente qui existait auparavant, j'entreprends une brève visite aux barbares. » Je signe la lettre et j'y appose mon sceau.

La nature du deuxième texte, je ne la connais pas encore. Testament ? Mémoires ? Confession ? Histoire des trente années passées dans les Marches ? Toute la journée, je reste assis à mon bureau, égaré, comme en transe, les yeux fixés sur le papier blanc, attendant que les mots viennent. Une autre journée s'écoule de la même façon. Le troisième jour, je me rends, je remets le papier dans son tiroir, et j'effectue les préparatifs du départ. Il semble juste que l'homme qui ne sait que faire de la femme qu'il a dans son lit ne sache pas quoi écrire.

J'ai choisi, pour m'accompagner, trois hommes : deux jeunes conscrits que j'ai le droit de détacher à mon service, et un homme plus âgé, né dans cette contrée, chasseur et marchand de chevaux. Je paierai son salaire de ma poche. La veille de notre départ, je les réunis dans l'après-midi. « Je sais que ce n'est pas une bonne époque de l'année pour voyager, leur dis-je. C'est une époque perfide où l'hiver traîne en longueur, avant l'arrivée du printemps. Mais si nous attendons plus longtemps, nous ne rejoindrons pas les nomades avant qu'ils entreprennent leur migration. » Ils ne posent aucune question.

Quant à la jeune fille, je lui dis simplement : « Je te remmène auprès des tiens, dans la mesure du possible, puisqu'ils sont maintenant dispersés. » Elle ne manifeste aucune joie. Je pose près d'elle la lourde pelisse en fourrure que je lui ai achetée pour le voyage, ainsi qu'un bonnet en peau de lapin brodé à la façon des indigènes, une nouvelle paire de bottes, des gants.

Maintenant que je me suis engagé sur une certaine voie, je dors plus calmement, et décèle même en moi quelque chose qui ressemble à du bonheur.

Le 3 mars, nous franchissons la porte de la ville et descendons la route qui mène au lac, escortés par une bande dépenaillée d'enfants et de chiens. Dès que nous avons dépassé le barrage et quitté la route du fleuve, nous engageant sur la piste de droite qui ne sert qu'aux chasseurs et aux oiseleurs, notre escorte s'effrite peu à peu, jusqu'à ce qu'il ne reste à trotter derrière nous que deux gaillards obstinés, chacun déterminé à tenir plus longtemps que l'autre.

Le soleil s'est levé, mais ne répand aucune chaleur. Depuis l'autre rive du lac, le vent vient nous gifler le visage, et nous met les larmes aux yeux. En file indienne — quatre hommes et une femme, et quatre bêtes de somme ; nos chevaux ne cessent de virer au vent, et il faut les ramener de force dans le bon sens —, nous suivons le chemin sinueux qui nous éloigne de la ville fortifiée, des champs nus, et enfin des jeunes gars hors d'haleine.

Je compte suivre cette piste jusqu'à ce que nous ayons contourné le lac par le sud, puis prendre la direction du nord-est en coupant à travers le désert, vers les vallées de montagne où hivernent les nomades du Nord. C'est un itinéraire peu utilisé : les nomades, quand ils transhument avec leurs troupeaux, suivent l'ancien lit asséché du fleuve, dessinant une vaste courbe vers l'est et le sud. Mais le voyage, au lieu de dix semaines, n'en demande ainsi qu'une ou deux. Je n'ai personnellement jamais suivi ce trajet.

Pendant les trois premiers jours, nous marchons donc vers le sud, puis vers l'est. A notre droite s'étendent des terrasses argileuses érodées par le vent, qui se perdent au loin dans des nuées de poussière rouge, puis dans le ciel jaune et brumeux. A notre gauche, la plaine marécageuse coupée de roselières, puis le lac encore couvert de glace en son centre. Après son passage sur la glace, le vent nous gèle l'haleine : il nous arrive souvent de descendre de cheval et de marcher longuement à l'abri de nos montures. La jeune fille entortille un foulard plusieurs fois autour de son visage, s'aplatit sur sa selle et suit à l'aveuglette le premier de la file.

Deux des chevaux de somme sont chargés de bois de chauffage, mais il faut le garder pour le désert. Une fois, à demi enfoui dans le sable amoncelé par le vent, nous trouvons, semblable à un monticule, un tamaris aux branches déployées, que nous réduisons en petit bois ; sinon, nous devons nous contenter de fagots de roseaux séchés. La jeune fille et moi, nous dormons côte à côte dans la même tente, blottis dans nos fourrures pour résister au froid.

Le voyage ne fait que commencer ; nous mangeons bien. Nous avons emporté de la viande salée, de la farine, des haricots, des fruits secs, et il ne manque pas d'oiseaux à abattre. Mais nous devons économiser l'eau. Ici, dans les anses peu profondes du sud, l'eau du marais est trop saumâtre pour qu'on puisse la boire. Il faut que l'un des hommes s'avance de vingt ou trente pas dans l'eau, en s'enfonçant jusqu'aux mollets, et remplisse les outres, ou mieux encore, qu'il brise des morceaux de glace. Mais même l'eau de glace fondue est si âcre, si salée qu'on ne peut la boire qu'avec notre thé rouge, bien fort. Chaque année le lac devient plus saumâtre, à mesure que le fleuve ronge ses rives, charriant jusqu'au lac du sel et de l'alun. Le lac n'a pas de débouchés : son taux en minéraux ne cesse de s'élever, surtout au sud, où des bras d'eau sont isolés de façon saisonnière par des bancs de sable. Après la crue d'été, les pêcheurs voient des carpes flotter le ventre en l'air, dans les zones de hauts-fonds. Ils disent qu'on ne trouve plus de perches. Que deviendra la colonie, si le lac se transforme en mer morte ?

Après une journée à boire du thé salé, nous souffrons tous de diarrhée, sauf la jeune fille. Je suis le plus atteint. Je ressens une douloureuse humiliation de devoir m'arrêter si souvent, me déshabiller et m'habiller, les doigts gelés, abrité du vent par un cheval, pendant que les autres attendent. J'essaie de boire aussi peu que possible, je me prive au point que des images terriblement tentantes viennent s'offrir à moi tandis que je chevauche : une barrique pleine au bord d'un puits, l'écope débordante d'eau ; de la neige propre. Mes parties de chasse ou de fauconnerie, mes galanteries épisodiques : gymnastique virile qui m'a fait ignorer la mollesse actuelle de mon corps. Après les longues étapes, les os me font mal, et quand tombe la nuit, je suis si las que je n'ai plus d'appétit. Je me traîne jusqu'à ne plus pouvoir mettre un pied devant l'autre, puis je me hisse en selle et, d'un signe, je charge un des hommes de passer à l'avant et de repérer la piste presque invisible. Le vent ne cesse jamais de souffler. Il traverse le lac gelé et hurle à nos oreilles, venu de nulle part et n'allant nulle part, voilant le ciel d'un nuage de poussière rouge. On ne peut échapper à la poussière : elle pénètre dans nos vêtements, nous encroûte la peau, s'infiltre dans les bagages. Quand nous mangeons, la langue chargée, nous crachons souvent ; nos dents grincent. Notre milieu ambiant n'est plus l'air, mais la poussière. Nous nageons dans la poussière comme le poisson dans l'eau.

La jeune fille ne se plaint pas. Elle mange bien, elle ne tombe pas malade, elle dort profondément toute la nuit, roulée en boule, par un temps si froid que je trouverais du réconfort à serrer un chien dans mes bras. Elle passe la journée à cheval sans un murmure. Une fois, ayant levé les yeux vers elle, je la vois dormir sur son cheval, le visage aussi paisible que celui d'un bébé.

Le troisième jour, la lisière du marais s'incurve devant nous vers le nord : c'est donc que nous avons achevé le tour du lac. Nous dressons tôt notre camp et consacrons les dernières heures du jour à rassembler autant de combustible que nous pouvons, pendant que les chevaux broutent pour la dernière fois l'herbe chétive des marais. Puis, à l'aube du quatrième jour, nous entamons la traversée de l'ancien lit du lac, qui s'étend sur quarante milles au-delà des marais. C'est la zone la plus désolée que nous ayons vue jusqu'à présent. Rien ne pousse sur ces fonds salés, parfois soulevés et rompus par des hexagones cristallins, plaques déchiquetées d'un pied de large. Il y a aussi des dangers : en traversant un espace bizarrement lisse, le cheval de tête crève subitement la croûte et s'enfonce jusqu'au poitrail dans une infecte vase verte, l'homme qui le mène restant un instant suspendu en l'air, stupéfait, avant de couler à son tour. Nous nous démenons pour les tirer de là ; la croûte salée se fendille sous les sabots du cheval qui se débat, le trou s'élargit, une puanteur saumâtre se répand. Le lac n'est pas derrière nous, nous le voyons maintenant : il s'étend en dessous de nous, parfois sous un couvercle de plusieurs pieds d'épaisseur, parfois sous un mince parchemin de sel friable. Combien de temps a-t-il passé depuis que le soleil a éclairé pour la dernière fois ces eaux mortes ? Nous allumons un feu sur un sol plus ferme pour réchauffer le rescapé, agité de tremblements, et sécher ses vêtements. Il secoue la tête.

« J'avais toujours entendu dire : attention aux taches vertes, mais c'est la première fois que je vois ça. »

Cet homme est notre guide, le seul parmi nous qui ait voyagé à l'est du lac. Après cet épisode, nous pressons encore davantage nos chevaux : nous avons hâte de quitter le lac mort, peur de nous perdre dans un fluide plus froid que la glace, minéral, souterrain, sans air. Tête baissée, nous filons face au vent, qui gonfle nos manteaux derrière nous ; nous nous faisons un chemin sur les éclats de sel aux arêtes vives, évitant les plaques lisses. A travers le fleuve de poussière qui s'écoule majestueusement dans le ciel, le soleil, telle une orange, luit sans rien réchauffer. Quand vient l'obscurité, nous enfonçons en force les piquets de tente dans des fentes de ce sel qui a la dureté d'un roc. Nous brûlons notre bois à un rythme extravagant et, comme des marins, prions pour que la terre apparaisse.

Le cinquième jour, nous laissons derrière nous le fond du lac et traversons une zone de sel cristallin lisse, qui fait bientôt place au sable et à la pierre. Nous sommes tous soulagés, même les chevaux, qui n'ont reçu pendant la traversée de la saline que quelques poignées de graines de lin et un seau d'eau saumâtre. Ils sont visiblement mal en point.

Quant aux hommes, ils ne se plaignent pas. La viande fraîche tire à sa fin, mais il reste de la viande salée, des haricots secs et une quantité de farine et de thé, denrées de base de la route. A chaque halte, nous préparons du thé et faisons frire de petits beignets : des morceaux de roi pour les affamés. Ce sont les hommes qui font la cuisine ; la jeune fille les intimide, ils ne sont pas sûrs de son statut, et surtout, ils ne sont pas sûrs de ce que nous faisons en l'emmenant chez les barbares. Ils évitent donc de lui adresser la parole, ils la regardent à peine et, bien entendu, ne lui demandent pas d'aider à préparer les repas. Je ne la force pas à se mettre en avant, espérant que cette gêne disparaîtra sur la route. J'ai choisi ces hommes parce qu'ils étaient vaillants, honnêtes et décidés. Ils me suivent d'un cœur aussi léger qu'il est possible dans de telles conditions, même si maintenant les belles armures émaillées que portaient les deux jeunes soldats quand nous avons franchi les portes de la ville sont emballées et sanglées sur les chevaux de somme, et si leurs fourreaux sont pleins de sable.

Peu à peu, l'étendue plate et sablonneuse se transforme ; les dunes apparaissent. Montant et descendant péniblement à flanc de dune, nous progressons plus lentement. C'est le pire terrain possible pour les chevaux, qui avancent laborieusement, pied à pied, leurs sabots s'enfonçant profondément dans le sable. Je me tourne vers notre guide, mais il ne peut que hausser les épaules : « Il y en a pour des milles et des milles, il faut passer par là, il n'y a rien d'autre à faire. » Debout au sommet d'une dune, m'abritant les yeux, je regarde droit devant moi et ne vois que le sable qui tourbillonne.

Ce soir-là, un des chevaux de somme refuse de manger. Le lendemain matin, même sous les coups de fouet les plus violents, on ne peut le forcer à se lever. Nous redistribuons les charges et jetons une partie du bois de chauffage. Pendant que les autres partent, je reste en arrière. Je jurerais que la bête sait ce qui va lui arriver. En voyant le couteau, elle roule les yeux. Le sang jaillissant de son cou, elle s'arrache au sable et fait dans le sens du vent deux ou trois pas chancelants, avant de s'effondrer. J'ai entendu dire qu'en cas d'extrême nécessité les barbares incisent les veines de leurs chevaux. Viendrons-nous à regretter le sang répandu si largement sur le sable ?

Le septième jour, les dunes sont enfin derrière nous : nous distinguons, sur le fond gris-brun du paysage morne et désert, une bande d'un gris plus sombre. De plus près, nous constatons qu'elle s'étend sur des milles, à l'est et à l'ouest. Nous voyons même les silhouettes noires d'arbres rabougris. « Nous avons de la chance, dit notre guide : là, il y aura forcément de l'eau. »

C'est le lit ancien d'un étang disparu. Des roseaux morts, d'un blanc fantomatique et friables au toucher, bordent ce qui était ses rives. Les arbres sont des peupliers, morts eux aussi depuis longtemps, depuis que la nappe souterraine s'est retirée trop loin pour que leurs racines puissent atteindre l'eau, il y a bien des années de cela.

Nous déchargeons les bêtes et commençons à creuser. A deux pieds de profondeur, nous atteignons une lourde argile bleue. En dessous de cette couche, il y a de nouveau du sable, puis une autre épaisseur d'argile, visiblement moite. A sept pieds de profondeur, mon cœur bat la chamade, mes oreilles tintent : je dois refuser mon tour de prendre la pelle. Les trois hommes continuent à trimer, extrayant de la fosse la terre ameublie dans une toile de tente nouée aux quatre coins.

A dix pieds, un peu d'eau afflue autour de leurs pieds. Elle est douce, sans une trace de sel ; nous nous sourions, ravis. Mais elle met trop longtemps à venir et, à mesure qu'ils creusent, il faut constamment dégager les côtés de la fosse. Ce n'est qu'à la fin de l'après-midi que nous pouvons jeter ce qui nous restait de l'eau saumâtre du lac, et remplir les outres. Dans la pénombre, nous descendons une futaille dans notre puits et faisons boire les chevaux.

Entre-temps, puisqu'il y a du bois de peuplier en abondance, les hommes ont creusé deux petits fours dos à dos dans l'argile et par-dessus allument un feu d'enfer pour faire sécher la terre humide. Dès que le feu s'apaise, ils ratissent les braises, les mettent dans les fours et entreprennent d'y faire cuire du pain. La jeune fille les regarde s'activer, debout, appuyée sur ses cannes auxquelles j'ai adapté des disques de bois pour l'aider à marcher dans le sable. Dans la camaraderie libre et allègre de ce jour heureux, avec la perspective d'une journée de repos, la conversation va bon train. Les hommes plaisantent avec elle et lui font pour la première fois des avances amicales : « Venez vous asseoir avec nous, venez voir quel goût a le pain cuit par des hommes ! » Elle leur sourit en retour, levant le menton — je suis peut-être le seul à reconnaître dans ce geste un effort pour y voir. Avec précaution, elle s'assied près d'eux et se chauffe à la douce lueur des fours.

Moi, je reste un peu à l'écart, abrité du vent, à l'entrée de ma tente, éclairé par la lumière vacillante d'une des lampes à huile ; je rédige sur le journal de route le rapport de la journée, mais j'écoute aussi. Leur badinage continue, dans le sabir des Marches, et elle n'est pas gênée pour leur donner la réplique. Je suis surpris par sa facilité d'élocution, sa vivacité, son assurance. Je me prends même à ressentir une bouffée de fierté : ce n'est pas la catin du vieux bonhomme, c'est une jeune femme spirituelle et attirante ! Peut-être que si j'avais su dès le début employer avec elle ce jargon jovial et sans souci, il y aurait eu plus de chaleur entre nous. Mais — imbécile que je suis — au lieu de la faire rire, je lui ai imposé ma tristesse oppressante. En vérité, le monde devrait appartenir aux chanteurs et aux danseurs! Amertume futile, mélancolie oiseuse, vains regrets! Je souffle la lampe et contemple le feu, le menton appuyé sur un poing, écoutant les grondements de mon estomac.

Je dors du sommeil de l'épuisement total. C'est à peine si j'émerge à la conscience quand elle soulève le bord de la vaste peau d'ours et vient se blottir contre moi. « Un enfant qui a froid dans la nuit » — c'est ce que je me dis, les idées brouillées, l'attirant au creux de mon bras et retombant dans ma torpeur. Je m'endors peut-être de nouveau profondément, l'espace d'un moment. Puis, complètement éveillé, je sens sa main qui tâtonne sous mes vêtements, sa langue qui me lèche l'oreille. Une onde de joie sensuelle me parcourt, je bâille, m'étire, et souris dans le noir. Sa main trouve ce qu'elle cherche. « Qu'en est-il? me dis-je. Et si nous périssons au cœur de nulle part? Au moins, ne mourons pas coincés et malheureux! » Sous sa blouse, elle est nue. Je me hisse sur elle; elle est chaude, gonflée, prête à m'accueillir; en une minute, cinq mois d'hésitation absurde sont effacés et je flotte à nouveau dans le fleuve doux et sensuel de l'oubli.

Quand je me réveille, j'ai le cerveau si vide, comme lavé de tout souvenir, que la terreur monte en moi. Il me faut un effort délibéré pour m'insérer à nouveau dans le temps et dans l'espace: un lit, une tente, une nuit, un monde, un corps orienté vers l'ouest et vers l'est. Bien que je pèse, affalé sur elle, de tout le poids d'un bœuf

105

mort, la fille dort, ses bras noués mollement derrière mon dos. Je me dégage, mets en ordre mes couvertures, et tente de retrouver mes esprits. Je n'imagine pas un instant que je puisse lever le camp demain, retourner à l'oasis, m'installer dans la villa ensoleillée du magistrat et y vivre des jours paisibles avec une jeune épouse, dormant à ses côtés, engendrant ses enfants, regardant tourner la roue des saisons. Je n'ai pas peur de reconnaître qu'elle n'aurait sans doute eu nul besoin de moi si elle n'avait pas passé la soirée avec les jeunes gens, autour du feu de camp. Peut-être, en vérité, étreignait-elle l'un d'eux quand je la tenais dans mes bras. Je prête une attention scrupuleuse aux réverbérations intérieures de cette idée, mais ne peux déceler en mon cœur aucun abattement qui m'indiquerait que je suis blessé. Elle dort ; ma main passe et repasse sur son ventre poli, caresse ses cuisses. C'est fait, je suis content. Je suis en même temps prêt à croire que rien ne serait arrivé si je n'avais pas dû, d'ici quelques jours, me séparer d'elle. Et pour être franc, le plaisir que je trouve en elle, le plaisir dont ma paume sent encore l'écho lointain, n'a pas de profondeur. Pas plus qu'avant, mon cœur ne bondit, mes artères ne battent à son contact. Si je suis avec elle, ce n'est pas pour je ne sais quelles voluptés qu'elle pourrait promettre ou donner, mais pour d'autres raisons, qui restent pour moi aussi obscures que jamais. Il ne m'a pourtant pas échappé qu'au lit, dans le noir, les marques que ses tortionnaires ont imprimées sur elle — pieds tordus, yeux à demi aveugles — sont aisément oubliées. Est-ce donc là l'explication : c'est la femme complète que je veux ; le plaisir que je prends en elle sera gâté tant que ces traces ne seront pas effacées et, elle, rendue à elle-même ? Ou bien, autre hypothèse (je ne suis pas stupide, ces choses-là, je peux les dire), ce sont les marques qu'elle portait qui m'ont attiré vers elle ; mais, à ma déception, j'ai constaté qu'elles ne la marquaient pas assez profondément. Trop ou trop peu : est-ce elle que je veux, ou les traces d'une Histoire imprimée sur son corps ? Longtemps, allongé, je plonge mon regard dans ce qui semble d'épaisses ténèbres, même lorsqu'on sait que le toit de la tente n'est éloigné que de la longueur d'un bras. Aucune des pensées que j'élabore, aucune formulation, si contradictoire soit-elle, de l'origine de mon désir, ne semble me troubler. « Je dois être fatigué, me dis-je. Ou bien peut-être, tout ce qui peut être formulé s'énonce faussement. » Mes lèvres bougent, formant et reformant les mots en silence. « Ou peut-être qu'on ne doit vivre que ce qui n'a pas été formulé. » J'examine cette dernière proposition sans déceler en moi-même de penchant à répondre par l'affirmative ou la négative. Les mots posés devant moi deviennent de plus en plus opaques ; ils ont bientôt perdu toute signification. Je soupire devant la fin d'une longue journée, au milieu d'une longue nuit. Puis je me tourne vers la jeune fille, je l'enlace, je la serre étroitement contre moi. Elle ronronne d'aise, sans se réveiller ; je l'ai bientôt rejointe dans le sommeil.

Le huitième jour, nous nous reposons, car les chevaux sont maintenant dans un état réellement pitoyable. Ils mâchent avidement la fibre desséchée des roseaux morts. Ils se gonflent la panse d'eau et lâchent des vents sans arrêt. Nous leur avons donné le reste de graines de lin et même un peu de notre pain. Si nous ne trouvons pas de pâturage d'ici un jour ou deux, ils vont périr.

Nous laissons derrière nous notre puits et le monceau de déblais, et nous poussons vers le nord. Nous allons tous à pied, sauf la jeune fille. Nous avons abandonné tout ce qui n'était pas indispensable, pour alléger le fardeau des chevaux ; mais puisque nous ne pouvons survivre sans feu, ils doivent encore porter de volumineuses charges de bois.

J'interroge notre guide :

« Quand verrons-nous les montagnes ?

— Encore un jour. Deux jours. C'est difficile à dire. Je n'ai jamais voyagé dans ces régions. » Il a longé en chassant le rivage oriental du lac et la périphérie du désert, mais il n'a pas eu de raisons de le traverser. J'attends, lui laissant toute possibilité de parler librement, mais il ne semble pas inquiet, il ne pense pas que nous soyons en danger. « Deux jours peut-être avant de voir les montagnes, et encore un jour de marche avant de les atteindre. » Il fronce les yeux, cherchant à percer la brume ocre qui voile l'horizon. Il ne demande pas ce que nous ferons quand nous atteindrons les montagnes.

Nous atteignons la fin de cette plaine aride et caillouteuse et gravissons une série de corniches rocheuses jusqu'à un plateau peu élevé, où nous rencontrons enfin des tertres couverts d'une herbe flétrie par l'hiver. Les bêtes la dévorent sauvagement. C'est un grand soulagement de les voir manger.

Je m'éveille en sursaut au milieu de la nuit, envahi par la sensation d'un désastre. La jeune fille se dresse à côté de moi :

« Que se passe-t-il ?

— Écoute. Le vent s'est arrêté. »

Pieds nus, enroulée dans une fourrure, elle me suit en rampant ; nous sortons de la tente. Il neige doucement. De tous côtés, la terre est blanche, sous une pleine lune voilée. Je l'aide à se mettre debout et la soutiens, les yeux levés vers le vide d'où descendent les flocons de neige, dans un silence que nous pourrions toucher après cette semaine où le vent nous a fouetté les oreilles sans relâche. Les hommes de l'autre tente nous rejoignent. Nous nous sourions bêtement. « Neige de printemps, dis-je ; la dernière neige de l'année. » Ils hochent la tête. Non loin, un cheval s'ébroue, et nous sursautons.

Dans la tiédeur de la tente entourée de neige, je lui fais de nouveau l'amour. Elle est passive, se prête à mes désirs. Au début, je suis sûr que c'est le bon moment ; je l'étreins, baignant dans l'intensité du plaisir, dans une orgueilleuse vitalité ; mais à mi-chemin, le contact avec elle semble rompu, et l'acte se perd dans le vide. Mes intuitions sont évidemment faillibles. Mon cœur garde pourtant sa chaleur affectueuse à l'égard de cette femme qui s'endort si brusquement au creux de mon bras. Il y aura une autre fois ; et même si ce n'est pas le cas, je crois que cela m'est égal.

Une voix me hèle par la fente de l'ouverture de la tente :

« Monsieur, réveillez-vous ! »

J'ai vaguement conscience d'avoir trop dormi. C'est le silence, me dis-je ; c'est comme si nous étions encalminés dans le silence. J'émerge de la tente à la lumière du jour.

« Regardez, monsieur ! dit l'homme qui m'a réveillé, en indiquant le nord-est. Le mauvais temps arrive ! »

Sur la plaine neigeuse, une vague noire gigantesque déferle vers nous. Elle est encore à des milles de distance, mais elle semble engloutir la terre sur son passage. Sa crête se perd dans les nuages obscurs. Je crie : « Une tempête ! » Je n'ai jamais rien vu de si effrayant. Les hommes se hâtent de démonter leur tente. « Ramenez les chevaux, attachez-les ici, au centre ! » Les premières rafales nous atteignent déjà, la neige commence à tourbillonner et à voler.

La jeune fille est près de moi, appuyée sur ses cannes. « Vois-tu ce qui arrive ? »

Elle jette un de ses curieux regards tordus et hoche la tête. Les hommes entreprennent de défaire la deuxième tente.

« En fait, ce n'était pas bon signe qu'il neige ! » Elle ne répond pas. Je sais que je devrais aider les autres, mais je ne parviens pas à détacher les yeux du mur de ténèbres qui descend sur nous en rugissant, à la vitesse d'un cheval au galop. Le vent se lève et nous fait vaciller ; nos oreilles s'emplissent à nouveau de ce hurlement familier.

Je me mets en mouvement. Je tape dans mes mains : « Vite ! Vite ! » Un homme, à genoux, plie les toiles de tente, roule les feutres, emballe la literie ; les deux autres s'occupent de ramener les chevaux. Je crie à la jeune fille : « Assieds-toi ! » et je me presse d'aider à tout ranger. Le front de la tempête n'est plus noir : c'est un chaos tourbillonnant de sable, de neige et de poussière. Puis, d'un seul coup, le vent se met à hurler et arrache mon bonnet de ma tête : la tempête fond sur nous. Je roule sur le dos, heurté non par le vent mais par un cheval qui s'est détaché et titube, les oreilles couchées, roulant des yeux affolés. Je crie : « Attrapez-le ! » Mes mots ne sont qu'un murmure, je ne peux même pas les entendre. Le cheval s'évanouit comme un fantôme. Au même instant, la tente s'envole haut dans le ciel. Je me jette sur le rouleau de feutres, je les plaque au sol, gémissant de rage contre moi-même. Puis, à quatre pattes, traînant les feutres derrière moi, je rampe pouce par pouce vers la jeune fille. C'est comme si je luttais contre le courant. Mes yeux, mon nez, ma bouche sont déjà encombrés de sable. Je halète.

Elle est debout, ses bras déployés comme des ailes au-dessus des cous de deux chevaux. Elle semble leur parler : bien que leurs prunelles étincellent, ils se tiennent tranquilles.

« Notre tente est partie ! »

Je lui hurle à l'oreille, agitant un bras vers le ciel. Elle se tourne : sous son bonnet, son visage est enveloppé dans un foulard noir ; ses yeux même sont recouverts. Je crie à nouveau :

« Tente partie ! »

Elle hoche la tête.

Cinq heures durant, nous restons blottis à l'abri de la pile de bois de chauffage et des chevaux, pendant que le vent nous cingle de neige, de glace, de pluie, de sable, de menus graviers. Un froid atroce nous pénètre jusqu'à la moelle des os. Les flancs des chevaux, tournés au vent, sont couverts d'une croûte de glace. Hommes et bêtes, nous nous serrons les uns contre les autres, partageant notre chaleur, nous efforçant de vivre.

Puis, à midi, le vent tombe aussi brusquement que si, quelque part, une vanne avait été fermée. Nos oreilles tintent dans ce calme insolite. Nous devrions bouger nos membres engourdis, nous nettoyer, charger les bêtes, faire n'importe quoi pour que le sang circule à nouveau dans nos veines, mais notre seule envie est de rester un

111

peu plus longtemps couchés dans notre nid. Léthargie funeste ! J'arrache à ma gorge une voix éraillée :

« Allons, les gars, il faut charger. »

Des bosses dans le sable révèlent où sont enfouis nos bagages éparpillés. Nous cherchons dans la direction où soufflait le vent, mais ne trouvons pas trace de la tente perdue. Nous aidons à se relever les chevaux qui renâclent, et nous les chargeons. Le froid de la tempête n'est rien à côté du froid qui lui succède, et s'abat sur nous comme un manteau de glace. Notre haleine se change en givre, nous frissonnons dans nos bottes. Après trois pas tremblants, en zigzag, le cheval de tête s'effondre sur son arrière-train. Nous jetons le bois qu'il transporte, le remettons debout à l'aide d'une perche, le faisons avancer à coups de fouet. Je me maudis moi-même — ce n'est pas la première fois — pour avoir entrepris un voyage difficile avec un guide peu sûr en une saison perfide.

Le dixième jour : un jour plus chaud, un ciel plus clair, un vent plus doux. Nous continuons notre longue marche à travers la plaine, quand soudain notre guide crie et pointe son doigt. Je pense : « Les montagnes ! » et mon cœur bondit. Mais ce ne sont pas les montagnes qu'il voit. Les petites taches qu'il désigne dans le lointain sont des hommes, des hommes à cheval : des barbares, nécessairement ! Je me tourne vers la jeune fille, dont je mène la monture éreintée :

« Nous sommes presque arrivés. Il y a des gens là-bas, nous saurons bientôt qui ils sont. »

Mes épaules se dégagent de l'accablement des journées précédentes. Passant en tête, hâtant le pas, je dirige notre colonne vers les trois silhouettes minuscules, dans le lointain.

Nous forçons notre allure pendant une demi-heure avant de nous rendre compte que nous ne nous rapprochons pas. A mesure que nous avançons, ils avancent eux aussi. Je me dis : « Ils nous ignorent », et je songe à allumer un feu. Mais lorsque j'ordonne une halte, les trois silhouettes semblent s'arrêter à leur tour ; quand nous nous remettons en marche, elles se mettent en mouvement. Je m'interroge : « Seraient-ils nos propres reflets, la lumière nous joue-t-elle un tour ? » Nous ne parvenons pas à combler l'écart. Y a-t-il longtemps qu'ils nous poursuivent ? S'imaginent-ils que nous les poursuivons ?

« Arrêtez ; il est absurde de les pourchasser, dis-je aux hommes. Voyons s'ils accepteront de rencontrer un homme seul. »

Je prends donc le cheval de la jeune fille et je m'avance seul vers les inconnus. Pendant un moment, ils semblent rester immobiles, guetter, attendre. Puis ils commencent à s'éloigner, silhouettes lumineuses et tremblantes au bord de la brume de poussière. J'ai beau le presser, mon cheval est trop faible pour que j'en obtienne plus qu'un trot exténué. Je renonce à la poursuite, mets pied à terre, et attends que mes compagnons me rejoignent.

Pour préserver les forces des chevaux, nous avons fait des étapes de plus en plus courtes. Cet après-midi-là, nous ne parcourons pas plus de six milles, sur un terrain plat et ferme, avec devant nous les trois silhouettes vagues des cavaliers, toujours à portée de regard, puis nous dressons notre camp. Pendant une heure, les chevaux peuvent paître tout ce qu'ils trouvent d'herbe sèche et rabougrie, après quoi nous les attachons près de la tente et décidons de monter la garde. La nuit tombe, les étoiles apparaissent dans un ciel brumeux. Nous nous reposons autour du feu de camp, jouissant de sa chaleur, savourant la souffrance de nos membres fatigués, peu désireux de nous entasser dans la tente unique. En regardant vers le nord, je jurerais que j'aperçois la lueur d'un autre feu ; mais quand je cherche à l'indiquer aux autres, la nuit reste d'une noirceur impénétrable.

Les trois hommes proposent de dormir dehors, en alternant les tours de garde. Je suis touché : « D'ici quelques jours : quand il fera plus chaud. » Nous dormons par à-coups, quatre corps empilés dans une tente prévue pour deux personnes ; par pudeur, la jeune fille s'est placée vers l'extérieur.

Avant l'aube, je suis debout, les yeux tournés vers le nord. Tandis que les roses et les mauves du soleil levant se muent en or, les silhouettes se matérialisent à nouveau sur la surface nue de la plaine : non pas trois, mais huit, neuf, dix, douze peut-être.

Avec une perche et une chemise en lin blanc, j'improvise un drapeau et je pars à cheval à la rencontre des inconnus. Le vent est tombé, l'air est limpide. Je compte à mesure que j'avance : douze personnages minuscules, à flanc de coteau et, loin derrière eux, une indication très vague, fantomatique, du bleu des montagnes. Puis, sous mes yeux, les personnages commencent à bouger. Ils se mettent en file, telles des fourmis, gravissent la côte. Arrivés sur la crête, ils s'arrêtent. Un nuage de poussière les cache, puis ils réapparaissent : douze hommes à cheval se détachent sur l'horizon. Je continue mon chemin, le drapeau blanc claquant au-dessus de mon épaule. Bien que je garde les yeux fixés sur la crête, je ne parviens pas à saisir l'instant précis de leur disparition.

« Il ne faut pas tenir compte d'eux », dis-je à mes compagnons.

Nous rechargeons, et reprenons notre marche vers les montagnes. Bien que les charges se fassent plus légères de jour en jour, nos cœurs souffrent de devoir faire avancer à coups de fouet nos bêtes émaciées.

La jeune fille saigne ; pour elle, ces jours-là sont arrivés. Elle ne peut le cacher, aucune discrétion n'est possible, elle n'a pas le moindre buisson derrière lequel se dissimuler. Elle est gênée, les hommes sont gênés, eux aussi. C'est une vieille histoire : le flux d'une femme porte malheur, il est mauvais pour les récoltes, mauvais pour la chasse, mauvais pour les chevaux. Ils maugréent : ils exigent qu'elle se tienne à l'écart des chevaux, ce qui est impossible ; ils ne veulent pas qu'elle touche à leur nourriture. Honteuse, elle s'isole toute la journée et ne se joint pas à nous pour le repas du soir. Dès que j'ai mangé, je porte un bol de haricots et de boulettes à la farine jusqu'à la tente où elle est assise.

« Vous ne devriez pas me servir, dit-elle. Je ne devrais même pas être dans la tente. Mais il n'y a nulle part d'autre où aller. »

Elle ne met pas en question son exclusion. Je la rassure :

« Cela ne fait rien. »

Je touche sa joue de ma main, et m'assieds un moment, la regardant manger.

Il serait futile d'insister pour que les hommes dorment avec elle dans la tente. Ils restent dehors, entretenant le feu, prenant leurs tours de garde. Le matin, à leur intention, je me livre avec la jeune fille à une brève cérémonie

115

de purification (car je suis souillé, ayant dormi dans son lit) : à l'aide d'un bâton, je dessine une ligne dans le sable, je la fais passer de l'autre côté, je lave ses mains, puis les miennes, enfin je la ramène par-dessus la ligne, dans l'enceinte du camp.

« Il va falloir que tu recommences demain matin », murmure-t-elle.

Douze jours sur la route nous ont rendus plus proches que des mois passés dans le même appartement.

Nous avons atteint les contreforts. Les cavaliers mystérieux, loin devant nous, remontent le lit sinueux d'un torrent asséché. Nous avons cessé de chercher à les rejoindre. Nous le comprenons maintenant : tout en attachant leurs pas aux nôtres, ils nous guident.

A mesure que le terrain se fait plus rocailleux, nous progressons plus lentement. Quand nous faisons halte pour nous reposer, ou perdons de vue les étrangers dans une boucle du torrent, nous ne craignons pas de les voir disparaître.

D'un seul coup, alors que nous escaladons une corniche, encourageant les chevaux, tirant, poussant, halant, voilà que nous tombons sur eux. Ils émergent des roches, d'un ravin dissimulé : des hommes — douze et plus — montant des poneys au long poil, vêtus de pelisses et de bonnets en peau de mouton, basanés, burinés, les yeux fendus étroitement — les barbares en chair et en os, sur leur terre natale. Là où je me tiens, je suis assez près d'eux pour les sentir : sueur de cheval, fumée, cuir à demi tanné. L'un d'eux braque sur moi un mousquet antique presque aussi long qu'un homme, appuyé sur un support à deux pieds fixé près de la bouche. Mon cœur cesse de battre. Je chuchote : « Non. » Avec une prudence méticuleuse, je lâche les rênes du cheval que je mène et montre mes mains vides. Tout aussi lentement, je fais volte-face, reprends les rênes et, glissant et trébuchant sur les éboulis, je guide le cheval sur les trente pas qui nous séparent du pied de la corniche, où attendent mes compagnons.

Au-dessus de nous, les barbares se détachent sur le ciel. Il y a le battement de mon cœur, le souffle haletant des chevaux, la plainte du vent ; il n'y a pas d'autre bruit. Nous avons franchi les limites de l'Empire. C'est un moment qu'il convient de ne pas prendre à la légère.

J'aide la jeune fille à mettre pied à terre.

« Écoute-moi bien : je vais te conduire en haut de la pente et tu pourras leur parler. Prends tes cannes. Le sol est meuble, on ne peut monter que par là. Quand tu leur auras parlé, tu pourras décider de ce que tu veux faire. Si tu veux partir avec eux, s'ils acceptent de te ramener à ta famille, pars avec eux. Si tu décides de repartir avec nous, tu peux repartir avec nous. Tu comprends ? Je ne te force pas. »

Elle hoche la tête. Elle est très nerveuse.

Un bras passé autour d'elle, je l'aide à gravir la pente caillouteuse. Les barbares ne bougent pas. Je dénombre trois mousquets à canon long ; sinon, ils portent les arcs courts que je connais déjà. Quand nous atteignons la crête, ils reculent légèrement.

Essoufflé, je lui demande :

« Peux-tu les voir ? »

Elle tourne la tête — ce mouvement bizarre, comme indifférent.

« Pas bien, répond-elle.

— Aveugle : comment dit-on aveugle ? »

Elle prononce un mot. Je m'adresse aux barbares.

« Aveugle », dis-je en me touchant les paupières.

Ils ne réagissent pas. Le fusil appuyé entre les oreilles du poney est toujours braqué sur moi. Les yeux de son détenteur luisent allégrement. Le silence se prolonge.

« Parle-leur. Dis-leur pourquoi nous sommes ici. Dis-leur ton histoire. Dis-leur la vérité. »

Elle me regarde de biais, et esquisse un petit sourire.

« Vous voulez vraiment que je leur dise la vérité ?

— Dis-leur la vérité. Qu'y a-t-il d'autre à dire ? »

Le sourire ne quitte pas ses lèvres. Elle secoue la tête, garde le silence.

« Dis-leur ce que tu veux. Mais maintenant que je t'ai ramenée, aussi loin que j'ai pu, je voudrais te demander très clairement de revenir à la ville avec moi. De ton propre chef. » Je lui serre le bras. « Tu comprends ce que je dis ? Voilà ce que je veux.

— Pourquoi ? »

Le mot tombe de ses lèvres avec une douceur mortelle. Elle sait à quel point cette question me déconcerte, et m'a déconcerté dès le début de notre histoire. L'homme au fusil avance lentement jusqu'à être presque contre nous. Elle hoche la tête.

« Non. Je ne veux pas retourner là-bas. »

Je dévale la pente. J'ordonne aux hommes :

« Faites un feu, préparez du thé, nous nous arrêtons ici. »

D'en haut, telle une cascade, les paroles chantantes de la jeune fille me parviennent, hachées par les rafales de vent. Elle est appuyée sur ses deux cannes ; descendant de leurs montures, les cavaliers s'attroupent autour d'elle. Je ne peux distinguer un seul mot. « Quel gâchis, me dis-je : ces longues soirées vides, elle aurait pu les passer à m'enseigner sa langue ! Trop tard maintenant. »

118

Je sors de ma sacoche de selle les deux plats d'argent que j'ai transportés à travers le désert. Je tire la pièce de soie de son emballage.

« J'aimerais que tu prennes ceci. »

Je guide sa main pour qu'elle puisse sentir la douceur de la soie et les ciselures des plats, un entrelacs de poissons et de feuillages. J'ai aussi apporté son petit baluchon. Ce qu'il contient, je l'ignore. Je l'ai posé sur le sol.

« T'emmèneront-ils jusqu'au bout ? »

Elle hoche la tête.

« D'ici le milieu de l'été, à ce qu'il dit. Il dit qu'il veut aussi un cheval. Pour moi.

— Dis-lui qu'une route dure et longue nous attend. Nos chevaux sont mal en point, comme il peut le voir. Demande-lui si nous ne pouvons pas plutôt leur acheter des chevaux. Dis que nous paierons en argent. »

Elle transmet mes paroles au vieil homme ; moi, j'attends. Ses compagnons ont mis pied à terre mais il est toujours sur son cheval, le vieux fusil énorme en bandoulière, dans son dos. Les étriers, la selle, la bride, les rênes : pas de métal, de l'os et du bois durci au feu, cousus avec du boyau, liés par des lanières. Des corps vêtus de laine et de peaux de bêtes, nourris dès l'enfance de viande et de lait, ignorant le toucher suave du coton, les vertus paisibles des grains et des fruits : voilà le peuple que l'expansion de l'Empire chasse des plaines jusqu'aux montagnes. C'est la première fois que je rencontre des hommes du Nord sur leur propre terrain, d'égal à égal : les barbares que j'ai fréquentés sont ceux qui viennent faire du troc dans l'oasis, ceux, peu nombreux, qui dressent leur camp le long du fleuve, enfin, les misérables captifs de Joll. Quel grand jour, quel jour de honte que celui que je vis aujourd'hui ! Plus tard, mes successeurs collectionneront les objets confectionnés par ces gens, pointes de flèches, manches de couteaux sculptés, plats en bois, et les exposeront à côté de mes œufs d'oiseaux et de mes énigmes calligraphiques. Et voici que j'aménage les relations entre les hommes de l'avenir et les hommes du passé, en rendant, avec mes excuses, un corps dont nous avons aspiré la substance. Entremetteur, chacal de l'Empire déguisé en agneau !

« Il refuse. »

Je prends dans mon sac un petit lingot d'argent, que je présente à l'homme.

« Dis-lui qu'il aura ceci contre un cheval. »

Il se penche, prend le lingot brillant, le mord soigneusement, et le fait disparaître dans son manteau.

« Il dit non. L'argent, c'est pour le cheval qu'il ne prend pas. Il ne prend pas mon cheval, il prend l'argent à la place. »

Je manque perdre mon calme ; mais à quoi bon marchander ? Elle s'en va, elle est presque partie. C'est la dernière occasion de la regarder en pleine lumière, face à face, d'examiner les mouvements de mon cœur, d'essayer de comprendre qui elle est réellement : je sais que, par la suite, j'entreprendrai de l'éliminer de mon répertoire de souvenirs en fonction de mes désirs suspects. Je lui touche la joue, je lui prends la main. Sur ce coteau désolé, au milieu de cette matinée, je ne trouve en moi aucune trace de l'érotisme hébété qui m'attirait vers son corps, soir après soir, ni même de la camaraderie affectueuse de la route. Il n'y a plus que le blanc de l'absence, et de la tristesse, à cause de cette absence blanche. Quand je resserre l'étreinte de ma main sur sa main, il n'y a pas de réponse. Ce que je vois, je ne le vois que trop clairement : une fille râblée, à la bouche large, les cheveux coupés en frange sur le front, dont le regard passe par-dessus mon épaule et se perd dans le ciel ; une étrangère ; une voyageuse venue de régions inconnues et qui rentre maintenant chez elle, après une visite qui n'a guère été heureuse.

« Au revoir, dis-je.

— Au revoir », dit-elle.

Il n'y a pas plus de vie dans sa voix que dans la mienne. J'entreprends de redescendre la côte ; lorsque j'atteins le bas de la pente, ils lui ont déjà pris ses cannes, et l'aident à monter sur un poney.

Autant qu'on puisse en être sûr, le printemps est arrivé. L'air est d'une douceur exquise, les pousses vertes de l'herbe nouvelle font leur apparition çà et là, nous levons sur notre passage des vols affolés de cailles du désert. Si nous avions quitté l'oasis maintenant, et non il y a quinze jours, nous aurions voyagé plus vite, et n'aurions pas risqué nos vies. D'un autre côté, aurions-nous eu la chance de trouver les barbares ? Aujourd'hui même, j'en suis sûr, ils plient leurs tentes, chargent leurs chariots, rassemblent à coups de fouet leurs troupeaux pour la transhumance printanière. Je n'ai pas eu tort de prendre ce risque, même si, je le sais, les hommes me le reprochent. (J'imagine leurs paroles : « Nous amener ici en hiver ! Nous n'aurions jamais dû accepter ! » Et que doivent-ils penser, maintenant qu'ils comprennent que loin de constituer, comme je l'avais laissé entendre, un détachement envoyé en ambassade vers les barbares, ils servent simplement d'escorte à une femme, une prisonnière barbare oubliée par les siens, une fille sans importance, la catin du magistrat ?)

Nous nous efforçons de reprendre aussi exactement que possible l'itinéraire de l'aller, en nous référant aux étoiles dont j'ai pris soin de relever la position. Nous marchons vent arrière, le temps est plus chaud, les charges des chevaux sont allégées, nous savons où nous sommes, nous n'avons aucune raison de ne pas voyager vite. Mais dès le premier soir, à la halte, il y a un ennui. On m'appelle près du feu de camp où l'un des jeunes soldats est assis, abattu, le visage dans ses mains. Il a ôté ses chaussures, défait les bandes qui couvraient ses pieds.

« Regardez son pied, monsieur », me dit notre guide.

Le pied droit est gonflé et enflammé. J'interroge le garçon :

« Qu'est-ce qui ne va pas ? »

Il lève le pied et me montre un talon encroûté de sang et de pus. Dominant l'âcreté des bandes sales, je perçois une odeur putride. Je hurle :

« Depuis combien de temps votre pied est-il dans cet état ? » Il se cache le visage. « Pourquoi n'avez-vous rien dit ? Ne vous ai-je pas expliqué à tous que vous devez avoir les pieds propres, que vous devez changer vos bandes tous les deux jours et les laver, que vous devez mettre de la pommade et des pansements sur les ampoules. J'avais une raison de donner ces ordres ! Comment allez-vous faire pour marcher, avec un pied pareil ? »

Le garçon ne répond pas.

« Il ne voulait pas nous retarder, murmure son ami.

— Il ne voulait pas nous retarder, mais, maintenant, il va falloir le porter tout le long du chemin ! Faites bouillir de l'eau, veillez à ce qu'il se lave le pied et mette un bandage ! »

J'ai raison. Le lendemain matin, quand ils essaient de l'aider à se chausser, il ne peut cacher une extrême souffrance. En emballant dans un sac le pied bandé, il parvient à boiter quand le terrain est facile ; mais le plus souvent, il est forcé de monter à cheval.

Nous serons tous contents de voir ce voyage se terminer. Nous sommes fatigués les uns des autres.

Le quatrième jour, nous atteignons le lit de l'étang asséché et le suivons sur plusieurs milles vers le sud-est avant d'arriver à notre vieux trou d'eau, avec son triste bosquet de troncs de peupliers. Nous y passons une journée de repos, rassemblant nos forces pour l'étape la plus difficile. Nous faisons frire une provision de beignets et réduisons en purée la dernière marmite de haricots.

Je me tiens à l'écart. Les hommes parlent à voix basse et se taisent lorsque je m'approche. L'expédition a perdu toute sa fièvre, non seulement parce que son point culminant a été si décevant — une palabre dans le désert, suivie d'un retour par le même chemin —, mais aussi parce que la présence de la jeune fille stimulait les hommes, les incitant à une parade sexuelle, à une rivalité fraternelle, remplacée maintenant par une morosité irritable. Cette humeur noire, ils la dirigent à tort et à travers contre moi, qui les ai engagés dans une aventure imprudente, contre les chevaux, coupables d'être récalcitrants, contre leur camarade au pied blessé, qui les retarde, contre l'équipement inanimé qu'ils sont contraints de transporter, contre eux-mêmes enfin. Je

123

montre l'exemple en déroulant mon sac de couchage près du feu, à la belle étoile, préférant l'air libre à la chaleur étouffante d'une tente partagée avec trois compagnons maussades. Le lendemain soir, personne ne propose de dresser la tente, et nous dormons tous dehors.

Le septième jour, nous entamons la traversée du désert salé. Nous perdons un autre cheval. Les hommes, las de leur régime monotone de haricots et de galettes, demandent la permission de le dépecer. Je les y autorise, mais sans me joindre à eux. « J'irai de l'avant avec les autres chevaux. » Qu'ils se livrent à leurs réjouissances. Je ne les empêcherai pas d'imaginer qu'ils me coupent la gorge, qu'ils m'arrachent les entrailles, qu'ils me brisent les os. Peut-être cela les rendra-t-il plus amicaux.

Je songe avec mélancolie à la succession des tâches familières, à la venue de l'été, aux longues siestes rêveuses, aux conversations avec les amis, au crépuscule, sous les noyers ; on nous servirait du thé et de la limonade, et devant nous, sur la place, les jeunes filles les plus fréquentables défileraient, par deux ou par trois, vêtues de leurs plus beaux atours. Quelques jours seulement depuis que je l'ai quittée, l'autre, et déjà son visage se fige dans mon souvenir, devient opaque, imperméable, comme s'il se recouvrait d'une coque par lui-même sécrétée. Tandis que je chemine péniblement sur la croûte salée, je me retrouve soudain stupéfait d'avoir pu aimer un être appartenant à un règne si lointain. Tout ce que je désire maintenant, c'est d'achever ma vie à mon aise, dans un univers familier, mourir dans mon lit et être escorté par de vieux amis jusqu'à ma dernière demeure.

A dix milles de distance, nous distinguons déjà les tours de guet qui pointent vers le ciel ; lorsque nous sommes encore sur la piste au sud du lac, l'ocre des murs commence à se dissocier de la toile de fond grise du désert. Je jette un coup d'œil aux hommes qui me suivent. Ils ont eux aussi pressé l'allure ; ils ont du mal à dissimuler leur excitation. Il y a trois semaines que nous n'avons pas pris de bain ni changé de vêtements, nous puons, notre peau battue par les vents et le soleil est couturée de marques noires, nous sommes exténués, mais nous marchons comme des hommes, même le soldat qui boitille maintenant sur son pied bandé, bombant le torse. Cela aurait pu être pire ; cela aurait peut-être pu être mieux, mais cela aurait pu être pire. Même les chevaux, le ventre gonflé d'herbes des marais, semblent rendus à la vie.

Dans les champs, les premières pousses du printemps commencent à pointer. Les notes aigres d'une trompette nous résonnent à l'oreille ; les cavaliers détachés pour nous accueillir franchissent les portes, leurs casques resplendissant au soleil. Nous avons l'air d'épouvantails : il aurait mieux valu que je dise aux hommes de mettre leur armure pour parcourir les derniers milles. Je regarde les cavaliers qui arrivent au trot ; je m'attends à tout moment à les voir piquer un galop, tirer en l'air et pousser des cris. Mais leur maintien reste professionnel, et je commence à comprendre qu'ils ne sont pas là pour nous souhaiter la bienvenue ; aucun gamin ne leur court aux trousses, ils se séparent en deux groupes et nous encadrent, il n'y a parmi eux pas un visage qui me soit connu, leurs yeux sont durs, ils ne répondent pas à mes questions mais nous poussent comme des prisonniers et nous font franchir les portes ouvertes de la ville. Ce n'est que lorsque nous arrivons sur la place, en voyant les tentes et en entendant le vacarme, que nous comprenons : l'armée est arrivée, la campagne contre les barbares a commencé.

IV

Dans le bureau derrière le tribunal, un homme est assis à ma table. Je ne l'ai jamais vu auparavant, mais les insignes qu'il arbore sur sa tunique lilas m'apprennent qu'il appartient au Troisième Bureau de la Garde civile. Une pile de dossiers marron noués de ficelles roses est posée près de son coude ; l'un d'eux est ouvert devant lui. Je reconnais ces dossiers : ils contiennent l'enregistrement de taxes et de contributions remontant à plus de cinquante ans. Se peut-il qu'il soit vraiment en train de les examiner ? Que cherche-t-il ? Je parle :

« Puis-je vous aider en quelque chose ? »

Il feint de ne pas m'entendre. Quant aux deux soldats qui me gardent, ils sont si raides qu'ils pourraient être en bois. Je suis loin de me plaindre. Après les semaines passées dans le désert, ce n'est pas une lourde peine que de rester sans rien faire. De plus, je sens comme l'ombre lointaine d'une grande joie à l'idée que la fausse amitié entre le Bureau et moi va sans doute prendre fin.

« Puis-je parler au colonel Joll ? »

Conjecture hasardeuse : qui peut dire si le colonel Joll est revenu ?

Il ne répond pas, continuant à affecter de lire les documents. Il est beau ; il a des dents blanches régulières et de jolis yeux bleus. Mais vaniteux, je pense. Je me le représente assis dans un lit à côté d'une fille, gonflant les muscles pour elle, se repaissant de son admiration. J'imagine que c'est le genre d'homme qui traite son corps comme une machine, sans savoir qu'il a des rythmes qui lui sont propres. Quand il me regardera, ce qui va se produire dans un moment, son regard viendra de derrière ce beau visage immobile et traversera ces yeux clairs, comme un acteur regarde à travers un masque.

Il lève les yeux de la page. C'est exactement ce que je pensais.

« Où étiez-vous ? dit-il.

— J'étais parti pour un long voyage. Je regrette de n'avoir pas été ici à votre arrivée pour vous offrir l'hospitalité. Mais je suis de retour maintenant, et tout ce qui est à moi est à vous. »

D'après ses galons, il est adjudant. Adjudant au Troisième Bureau : qu'est-ce que cela veut dire ? Je conjecture : cinq ans de coups et de brutalités ; mépris des forces de police régulières et de l'exercice normal de la justice ; une haine farouche pour les beaux parleurs patriciens de mon espèce. Mais peut-être suis-je injuste avec lui — il y a longtemps que j'ai quitté la capitale.

« Vous avez eu des intelligences coupables avec l'ennemi. »

Voilà, c'est dit. « Intelligences coupables » : la formule sort d'un livre.

« Nous sommes en paix, ici, dis-je. Nous n'avons pas d'ennemis. » Il y a un silence. « A moins que je ne fasse erreur. A moins que nous ne soyons l'ennemi. »

Je ne suis pas sûr qu'il me comprend.

« Les indigènes sont en guerre avec nous », dit-il. Je ne pense pas que, de sa vie, il ait posé les yeux sur un barbare. « Pourquoi vous êtes-vous associé avec eux ?

Qui vous a donné la permission de quitter votre poste ? »

D'un haussement d'épaules, j'écarte cette provocation.

« C'est une affaire privée. Il vous faudra me croire sur parole. Je n'ai pas l'intention d'en discuter. Si ce n'est pour affirmer que la magistrature de district n'est pas un poste qu'on peut abandonner comme une guérite de sentinelle. »

Mon pas se fait élastique, lorsque, flanqué de mes deux gardes, je suis conduit vers la prison. Je leur dis : « J'espère que vous m'autoriserez à me laver. » Ils m'ignorent. Tant pis.

Je connais la source de mon euphorie : mon alliance avec les gardiens de l'Empire est révolue, je me suis placé dans l'opposition, le lien est brisé, je suis un homme libre. Qui ne sourirait pas ? Mais quelle joie dangereuse ! Il ne devrait pas être aussi facile d'atteindre le salut. Et y a-t-il, sous mon opposition, le moindre principe ? N'ai-je pas simplement réagi à un spectacle provocateur : un des nouveaux barbares usurpant mon bureau, tripotant mes papiers ? Quant à cette liberté que je suis sur le point de rejeter loin de moi, quelle valeur a-t-elle pour moi ? L'année passée, ai-je vraiment profité de l'absence de toute contrainte, alors que, plus que jamais, ma vie était entre mes mains, pour en faire chaque jour ce que je voulais ? Par exemple, ma liberté de traiter la jeune fille comme cela me chantait, d'en faire une épouse, une concubine, une enfant, une esclave, ou bien tout cela à la fois, ou rien, selon mon caprice, parce que je n'avais d'autre devoir à son égard que ce qu'il m'arrivait de ressentir, d'un moment sur l'autre — sortant de l'oppression d'une telle liberté, qui n'acclamerait l'enfermement comme une libération ? Dans mon opposition, rien d'héroïque — pas un instant je ne dois oublier cela.

C'est la même salle de la caserne — celle qu'ils utilisaient l'année dernière pour les interrogatoires. Je patiente, pendant qu'on sort la literie des soldats qui dormaient là, qu'on l'empile près de la porte. Voilà mes compagnons : toujours sales et en haillons, ils émergent de la cuisine pour assister au spectacle. Je crie : « Qu'est-ce que vous mangez ? Apportez-moi quelque chose avant qu'ils ne m'enferment ! » L'un d'eux court vers moi avec son bol de bouillie de millet chaude. « Tenez », dit-il. Le garde me fait signe d'entrer. « Encore un instant ; qu'il m'apporte mon sac de couchage. Après, je ne vous ennuierai plus. » Ils attendent pendant que, debout dans une flaque de soleil, j'engloutis ma bouillie comme si je mourais de faim. Le garçon au pied malade se tient près de moi, un bol de thé à la main. Il sourit. Je me tourne vers lui : « Merci. N'ayez pas peur, ils ne vous feront pas de mal. Vous n'avez fait qu'exécuter les ordres. » Le sac de couchage et la vieille peau d'ours sous le bras, j'entre dans ma cellule. Les marques de suie sont encore sur le mur, à l'emplacement du brasero. La porte se ferme, l'obscurité s'abat.

Je dors toute la journée et toute la nuit, à peine dérangé par un bruit de coups de pioche derrière ma tête, de l'autre côté du mur, par le grondement lointain des brouettes ou les cris des ouvriers. Mes rêves me conduisent à nouveau dans le désert, où je traverse péniblement un espace sans fin, en marche vers un but obscur. Je soupire, je m'humecte les lèvres. Quand le gardien m'apporte à manger, je lui demande : « Quel est ce bruit ? » Ils démolissent les maisons bâties contre le mur sud de la caserne, m'explique-t-il ; ils vont agrandir la caserne et construire de vraies cellules. « Bien sûr, dis-je.

Il est temps que s'épanouisse la fleur noire de la civilisation. » Il ne comprend pas.

Il n'y a pas de fenêtre : un simple trou, percé haut dans le mur. Mais au bout d'un jour ou deux, mes yeux s'habituent à la pénombre. Je dois les protéger de la lumière quand, matin et soir, on ouvre grand la porte pour m'apporter à manger. L'heure la plus agréable, c'est le début de la matinée : au réveil, je reste étendu, j'écoute, dehors, le premier chant d'oiseau, je guette, dans l'ouverture carrée, l'instant où les ténèbres font place à la première lumière gris tourterelle.

On me donne les mêmes rations qu'aux simples soldats. Tous les deux jours, on verrouille pour une heure le portail de la caserne et on me laisse sortir, pour que je me lave et prenne de l'exercice. Il y a toujours des visages appuyés aux barreaux du portail, venus s'ébahir devant le spectacle du pouvoir déchu. J'en reconnais beaucoup ; mais personne ne me salue.

La nuit, quand tout est calme, les cafards partent en exploration. J'entends, à moins que je ne l'imagine, le cliquetis de leurs ailes cornées, le trottinement de leurs pattes sur le dallage. Ils sont attirés par l'odeur de la tinette, dans le coin, par les débris de nourriture sur le sol, et aussi, à coup sûr, par cette montagne de chair qui dégage des senteurs complexes de vie et de corruption. Une nuit, je suis réveillé par un frôlement léger : un de ces insectes me passe sur le cou. Dès lors, mes nuits sont entrecoupées de réveils brusques. Je me secoue et m'époussette, sentant des antennes fantômes m'effleurer les lèvres et les yeux. Sur de telles origines croissent les obsessions : j'en suis averti.

Le jour durant, je contemple les murs nus, incapable de croire que l'empreinte des douleurs et des humiliations dont ils ont été témoins ne se matérialisera pas sous un regard suffisamment intense ; ou je ferme les yeux, m'efforçant d'ajuster mon ouïe à un niveau infiniment faible, celui où vibrent encore d'un mur à l'autre les cris de tous ceux qui ont souffert ici. J'appelle de mes prières le jour où ces murs seront nivelés, où les échos inquiets prendront enfin leur vol ; mais il est difficile d'ignorer le bruit si proche des briques qu'on pose sur les briques.

J'aspire ardemment à l'heure de la promenade, où je peux sentir le vent sur mon visage et la terre sous mes pieds, voir d'autres visages, entendre des paroles humaines. Après deux jours de solitude, mes lèvres me paraissent molles et inutiles, mon propre langage me semble étranger. En vérité, l'homme n'est pas fait pour vivre seul ! Déraisonnablement, je bâtis mes journées autour des heures où l'on me nourrit. Je bâfre comme un chien. Une vie bestiale me transforme en bête.

Cependant, ce n'est qu'au long des journées vides où je suis entièrement livré à moi-même que je peux m'appliquer sérieusement à évoquer les fantômes emprisonnés entre ces murs : hommes et femmes qui, après un séjour ici, n'ont plus ressenti l'envie de manger, n'ont plus pu marcher sans aide.

Il y a toujours, quelque part, un enfant qu'on bat. Je pense à quelqu'un qui, malgré son âge, était encore une enfant ; qu'on a amenée ici, et blessée sous les yeux de son père ; qui l'a regardé, lui, subir devant elle toutes ces humiliations, et qui a vu aussi qu'il savait ce qu'elle voyait.

Mais peut-être, à ce moment-là, n'y voyait-elle déjà plus, et lui fallut-il d'autres moyens de savoir : le ton de sa voix, par exemple, quand il les suppliait d'arrêter.

Il advient toujours en moi un moment où je recule

devant ces évocations, devant les détails de ce qui s'est passé ici.

Après cela, elle n'a plus eu de père. Son père s'était anéanti lui-même, c'était un homme mort. Ce doit être à cette période, où elle se ferma à lui, qu'il se jeta sur ceux qui l'interrogeaient, s'il y a la moindre vérité dans leur récit, leur sautant à la gorge comme une bête sauvage jusqu'à ce qu'ils l'assomment.

Je ferme les yeux pendant des heures, assis par terre dans la faible lumière du jour, et je tente d'évoquer l'image de cet homme dont restent si peu de souvenirs. Je ne vois qu'une figure dénommée *père* : ce pourrait être la figure de n'importe quel père qui sait que l'on bat un enfant, et qui ne peut le protéger. A l'égard de quelqu'un qu'il aime, il ne peut remplir son devoir. Il sait que de cela, il ne sera jamais pardonné. Ce savoir des pères, cette conscience d'une condamnation, c'est plus qu'il n'en peut supporter. Rien d'étonnant à ce qu'il ait voulu mourir.

J'ai accordé ma protection à la jeune fille, lui offrant, à ma manière équivoque, d'être son père. Mais je suis arrivé trop tard, après qu'elle eut cessé de croire aux pères. J'ai voulu agir de façon juste, j'ai voulu réparer ; je ne nierai pas cet élan honorable, même si des motifs plus suspects s'y mêlaient : on doit toujours laisser une place à la pénitence et à la réparation. Cependant, je n'aurais jamais dû admettre qu'on ouvre les portes de la ville à des gens pour qui il existe des considérations plus élevées que celles de la simple honnêteté. Ils lui ont montré la nudité de son père et l'ont fait balbutier de douleur devant elle ; ils ont blessé la fille devant le père, et il n'a pas pu les en empêcher (ce jour-là, je l'ai passé à m'occuper des registres, dans mon bureau). Dès lors, elle a cessé d'être pleinement humaine, d'être notre sœur à tous. En elle, certaines compassions sont mortes, certains mouvements du cœur ne lui ont plus été possibles. Moi aussi, si je passe assez de temps dans cette cellule hantée par des fantômes — non seulement ceux du père et de la fille, mais aussi celui de l'homme qui, même à la lumière des lampes, n'enlevait pas les disques noirs qui couvraient ses yeux, et celui du subalterne qui avait pour tâche d'entretenir le feu dans le brasero — touché à mon tour par la contagion, je deviendrai un être incapable de toute croyance.

Je continue donc à décrire des cercles autour de l'image irréductible de la jeune fille, projetant sur elle l'un après l'autre les réseaux de mes interprétations. Elle s'appuie sur ses deux cannes, tournant vers le ciel un regard vague. Que voit-elle? Les ailes protectrices d'un albatros vigilant, ou la forme noire d'un corbeau couard, qui craint de frapper sa proie tant qu'elle respire encore?

Bien que les gardiens aient l'ordre de ne me parler de rien, il n'est pas difficile de rapiécer en un récit cohérent les lambeaux de conversations que je capte lors de mes promenades dans la cour. Tout le monde parle de l'incendie sur les berges du fleuve. Il y a cinq jours, ce n'était qu'une traînée plus sombre sur la brume du nord-ouest. Depuis, il s'est lentement frayé un chemin le long du fleuve, s'apaisant parfois, mais pour mieux se ranimer, et désormais nettement indiqué depuis la ville par un voile brunâtre qui s'étend au-dessus du delta à l'endroit où le fleuve se jette dans le lac.

Je me doute de ce qui s'est passé. Quelqu'un a estimé

que les berges aideraient les barbares à se mettre à couvert, que le fleuve constituerait une ligne beaucoup plus facile à défendre si l'on en dégageait les rives. Ils ont donc mis le feu aux broussailles. Comme le vent soufflait du nord, l'incendie s'est propagé d'un côté à l'autre de la vallée peu profonde. J'ai déjà vu de tels incendies. Les flammes courent à travers les roseaux, les peupliers s'embrasent comme des torches. Les animaux les plus rapides — antilopes, lièvres, félins — s'échappent ; terrifiés, les oiseaux s'enfuient par volées entières ; tout le reste est consumé. Mais il y a le long du fleuve tant de bandes de terrain dénudées que le feu se propage rarement. Il est donc clair que, dans le cas présent, un détachement doit suivre l'incendie vers l'aval pour veiller à sa propagation. C'est ainsi que le corps expéditionnaire envoyé contre les barbares se prépare à sa campagne, en ravageant la terre, en dévastant notre patrimoine.

Les étagères ont été déblayées, dépoussiérées et cirées. La surface du bureau luit d'un éclat intense ; elle est vide, à l'exception d'une soucoupe garnie de petites boules de verre de différentes couleurs. La pièce est d'une propreté immaculée. Un vase de fleurs d'hibiscus, posé dans un coin, sur une table, emplit l'air de son parfum. Il y a un tapis neuf par terre. Mon bureau n'a jamais eu un aspect aussi agréable.

Debout près de mon gardien, vêtu des vêtements que je portais pendant le voyage — mon linge de corps a été lavé une ou deux fois, mais mon manteau est toujours imprégné de l'odeur du feu de bois —, j'attends. Je regarde par la fenêtre le soleil qui joue sur les fleurs d'amandier, et je suis content.

Au bout d'un long moment, il entre, jette une liasse de papiers sur le bureau et s'assied. Il me dévisage sans mot dire. Il s'efforce, de façon un peu trop théâtrale, de me faire une certaine impression. Cette pièce où tout a été soigneusement réorganisé — le désordre et la poussière remplacés par un vide immaculé —, sa façon de traverser la pièce, lentement, comme à la parade, l'insolence délibérée de l'examen auquel il me soumet, tout cela est destiné à me faire savoir quelque chose : non seulement que, maintenant, c'est lui qui commande (comment pourrais-je le contester ?), mais aussi qu'il sait comment se tenir dans un bureau, qu'il sait même y introduire une note d'élégance fonctionnelle. Pourquoi pense-t-il que je mérite la peine que lui coûte une pareille démonstration ? Parce que, malgré l'odeur de mes vêtements, malgré ma barbe hérissée, je reste membre d'une *vieille famille,* même si elle a connu, dans ce coin perdu au fin fond de l'arrière-pays, une dégénérescence méprisable. Craint-il que je ricane s'il ne se cuirasse pas à l'aide d'un décor inspiré, j'en suis sûr, par une observation attentive des lieux où trônent ses supérieurs du Bureau ? Il ne me croira pas si je lui dis que cela n'a pas d'importance. Je dois prendre garde à ne pas sourire.

Il s'éclaircit la gorge :

« Magistrat, je vais vous lire des extraits des dépositions que nous avons rassemblées. Vous aurez ainsi une idée de la gravité des charges retenues contre vous. »

Sur un geste de lui, le gardien quitte la pièce.

« En voici une : *Son comportement dans l'exercice de ses fonctions laissait beaucoup à désirer. Ses décisions étaient caractérisées par l'arbitraire ; les requérants devaient parfois attendre des mois avant d'être entendus, et il ne tenait aucune comptabilité régulière des sommes reçues.* » Il pose le papier. « J'ajoute qu'une vérification de vos comptes a confirmé la présence d'irrégularités. *Bien qu'il ait été le fonctionnaire administratif principal du district, il contracta une liaison avec une fille des rues qui a mobilisé une part importante de ses énergies, au détriment de ses charges officielles. Cette liaison a nui au prestige moral de l'administration impériale ; en effet, la femme en question avait noué commerce avec les simples soldats, et figurait dans de nombreuses histoires obscènes. Je ne répéterai pas ces histoires.*

» Je vais vous lire un extrait d'une autre déposition. *Le 1er mars, deux semaines avant l'arrivée du corps expéditionnaire, il nous a ordonné, à moi-même et à deux autres hommes (suivent les noms), de nous préparer immédiatement en vue d'un long voyage. Il n'a pas précisé, à ce moment-là, où nous nous rendions. Nous avons été surpris de découvrir que la jeune barbare allait voyager avec nous, mais nous n'avons pas posé de questions. Nous avons aussi été surpris du caractère hâtif des préparatifs. Nous ne comprenions pas pour quelle raison nous n'aurions pas attendu le dégel de printemps. Ce n'est qu'après notre retour que nous avons compris le but du voyage ; il s'agissait pour lui de prévenir les barbares de la campagne à venir... Nous avons établi le contact avec les barbares à la date approximative du 18 mars. Il a eu avec eux de longues consultations, dont nous étions exclus. Un échange de présents s'est également déroulé. A ce moment-là, nous avons discuté entre nous de ce que nous ferions s'il nous ordonnait de passer aux barbares. Nous avons décidé que nous refuserions et que nous nous arrangerions pour rentrer seuls... La fille est repartie chez les siens. Il était fou d'elle, mais elle ne s'intéressait pas à lui.* »

« Voilà. » Il pose méticuleusement les papiers sur la table et régularise les angles de la liasse. Je garde le silence. « Je n'ai lu que des extraits. Pour que vous voyiez comment les choses se présentent. Il est regrettable que nous soyons forcés de venir nettoyer l'administration locale. Ce n'est même pas notre travail.

— Je me défendrai devant un tribunal.

— Ah oui ? »

Ce qu'ils font ne me surprend pas. Je connais parfaitement le poids dont on peut charger les insinuations et les nuances, ou l'art de poser une question de façon à dicter sa réponse. Ils emploieront la loi contre moi tant que cela leur sera utile, puis ils auront recours à d'autres méthodes. Ainsi procède le Bureau. Pour des gens qui ne sont qu'un instrument parmi beaucoup d'autres.

Je parle.

« Personne n'oserait répéter tout cela devant moi. A qui est due la première déposition ? »

Il agite la main et se cale dans son fauteuil.

« Peu importe. Vous aurez la possibilité de répondre. »

Nous nous contemplons donc dans le calme du matin, jusqu'à ce que le moment soit venu pour lui de claquer les mains afin que le gardien m'emmène.

Je pense beaucoup à lui dans la solitude de ma cellule, m'efforçant de comprendre son animosité, m'efforçant de me voir moi-même comme il me voit. Je pense aux efforts qu'il a consacrés à mon bureau. Au lieu de jeter mes papiers dans un coin et de poser ses bottes sur ma table, il se donne du mal pour me faire une démonstration de ce qu'il considère comme du bon goût. Pourquoi ? Un homme qui a la taille fine d'un adolescent et les bras musclés d'un amateur de rixes, ficelé dans l'uni-

forme lilas conçu par le Bureau pour son propre usage.
Vaniteux, avide de louanges, j'en suis sûr. Un mangeur
de femmes, insatisfait, peu satisfaisant. A qui on a dit
qu'on ne peut atteindre le sommet qu'en escaladant une
pyramide de corps. Et qui rêve qu'un jour ou l'autre il
me mettra le pied sur la gorge et appuiera. Et moi ? J'ai
du mal à lui rendre sa haine. Le chemin du sommet doit
être ardu pour les jeunes gens sans fortune, sans protection, dotés du minimum d'instruction ; des hommes qui
auraient pu aussi facilement choisir de mener une vie cri-
minelle que s'engager au service de l'Empire. (Mais quel
meilleur secteur pourraient-ils choisir que le Bureau ?)

Cependant, je ne m'accommode pas facilement des
humiliations de l'emprisonnement. Parfois, lorsque, assis
sur ma paillasse, je contemple trois taches sur le mur et
me sens dériver pour la millième fois vers les questions :
*Pourquoi sont-elles en rang ? Qui les a mises là ? Représen-
tent-elles quelque chose ?* ou quand je m'aperçois, en
arpentant la pièce, que je compte *un-deux-trois-quatre-
cinq-six-un-deux-trois...* ou que je me passe la main mécaniquement sur la figure, je me rends compte des dimen-
sions minuscules auxquelles je leur ai permis de réduire
mon univers, de ma ressemblance chaque jour plus
grande avec un animal ou une machine rudimentaire, un
jouet en forme de rouet, par exemple, autour duquel
figurent huit petits personnages : le père, l'amant, le
cavalier, le voleur... Je réagis alors par des accès de terreur vertigineuse ; je me précipite dans tous les coins de
la cellule en agitant les bras, en me tirant la barbe, en
tapant des pieds, n'importe quel geste qui puisse me sur-
prendre, me rendre le souvenir d'un monde extérieur
plein de diversité.

Il y a encore d'autres humiliations. On néglige mes

demandes de vêtements propres. Je n'ai rien à me mettre, sinon ce que j'avais emporté. Les jours de promenade, sous les yeux du gardien, je lave un article : une chemise, ou un caleçon, avec des cendres et de l'eau froide, et je le mets à sécher dans ma cellule (la chemise que j'avais étendue dans la cour avait disparu deux jours après). J'ai toujours dans les narines l'odeur de moisi que prend le linge quand il ne voit jamais le soleil.

Il y a pire. Avec ce régime monotone de soupe, de bouillie et de thé, il m'est devenu atrocement douloureux d'aller à la selle. J'hésite pendant des jours, malgré une sensation de crampe et de gonflement, avant de me résigner à m'accroupir au-dessus du seau et à subir les élancements violents, les déchirures de muqueuses qui accompagnent ces évacuations.

Personne ne me frappe, personne ne m'affame, personne ne me crache dessus. Comment puis-je me considérer comme la victime de persécutions quand mes souffrances sont si insignifiantes ? Mais cette insignifiance même les rend d'autant plus dégradantes. Je me rappelle que j'ai souri quand la porte s'est fermée derrière moi pour la première fois, et que la clé a tourné dans la serrure. Cela ne me paraissait pas un châtiment bien lourd de passer d'une existence quotidiennement solitaire à la solitude d'une cellule où j'apportais avec moi un monde de pensées et de souvenirs. Mais je commence maintenant à percevoir à quel point la liberté est rudimentaire. Quelle liberté m'a-t-on laissée ? La liberté de manger ou d'avoir faim ; de garder le silence ou de jacasser pour moi-même, de cogner sur la porte, de hurler. Si j'étais, quand ils m'ont enfermé ici, la victime d'une injustice, d'importance d'ailleurs secondaire, je ne suis plus maintenant qu'un tas de sang, d'os et de chair qui est malheureux.

C'est un petit garçon, le petit-fils de la cuisinière, qui m'apporte mon repas du soir. Je suis sûr qu'il est intrigué de voir le vieux magistrat enfermé tout seul dans une pièce sombre, mais il ne pose pas de questions. Pendant que le gardien lui tient la porte ouverte, il entre, droit et fier, portant le plateau. Je lui dis : « Merci, je suis si content que tu sois venu, je commençais à avoir très faim... » Je pose ma main sur son épaule, comblant avec les mots des hommes l'espace qui nous sépare, pendant qu'il attend gravement que je goûte et que j'approuve. « Et comment va ta grand-mère, aujourd'hui ?

— Elle va bien, monsieur.

— Et le chien ? Est-il revenu, le chien ? »

De l'autre côté de la cour, j'entends sa grand-mère appeler.

« Non, monsieur.

— C'est le printemps, tu sais, la saison des amours ; les chiens vont en visite, ils partent pendant plusieurs jours, et puis ils reviennent sans raconter où ils sont allés. Ne te fais pas de souci, il reviendra.

— Oui, monsieur. »

Je goûte la soupe, comme il veut que je le fasse, et je fais claquer mes lèvres.

« Dis à ta grand-mère : merci pour le dîner, c'est délicieux.

— Oui, monsieur. »

On l'appelle à nouveau : il ramasse le gobelet et l'assiette du matin et se prépare à partir.

« Et, dis-moi : les soldats sont-ils revenus ?

— Non, monsieur. »

Je tiens la porte ouverte et reste un moment debout dans l'embrasure, écoutant les derniers trilles des oiseaux dans les arbres, sous le grand ciel violet, pendant que l'enfant traverse la cour avec son plateau. Je n'ai rien à lui donner, pas même un bouton ; je n'ai même pas le temps de lui montrer comment faire claquer les jointures de ses doigts ou comment se coincer le bout du nez dans le poing.

Je suis en train d'oublier la jeune fille. Au moment de glisser dans le sommeil, j'envisage ce fait avec une froide clarté : une journée entière s'est écoulée sans que je pense à elle. Pire encore : je ne peux pas me rappeler son apparence avec certitude. De ses yeux vides semblait toujours émaner une brume, une absence qui la couvrait toute. Les yeux ouverts sur l'obscurité, j'attends qu'une image se forme ; mais le seul souvenir dont je suis absolument certain, c'est celui de mes mains huilées passant sur ses genoux, ses mollets, ses chevilles. J'essaie de me rappeler nos quelques moments d'intimité, mais ils se confondent avec des souvenirs de toute cette chair tiède dans laquelle je me suis enfoui, au long de toute une vie. Je l'oublie, et je sais que cet oubli est volontaire. Depuis l'instant où je me suis arrêté devant elle, près du portail de la caserne, et où je l'ai choisie, je n'ai jamais su d'où venait que j'avais besoin d'elle ; et maintenant, j'ai entrepris délibérément de l'ensevelir dans l'oubli. Mains froides, cœur froid : me remémorant le proverbe, je porte mes paumes à mes joues, et soupire dans le noir.

Dans le rêve, quelqu'un est agenouillé à l'abri du mur. La place est tout à fait vide ; le vent chasse des nuages de poussière ; elle s'enfonce dans le col de son manteau, tire sur son bonnet pour se couvrir le visage.

Je me penche vers elle et lui demande : « Où cela fait-il mal ? » Je sens les mots se former dans ma bouche, puis je les entends émerger, ténus, sans épaisseur, comme des mots prononcés par quelqu'un d'autre.

142

Elle étend gauchement ses jambes devant elle et se touche les chevilles. Elle est si petite qu'elle est presque perdue dans le manteau d'homme qu'elle porte. Je m'agenouille, délace les vastes chaussettes de laine, déroule les bandages. Les pieds sont posés devant moi dans la poussière, détachés de son corps, monstrueux, deux poissons échoués, deux énormes pommes de terre.

J'en place un sur mes genoux et me mets à le frictionner. Les larmes s'accumulent derrière ses paupières et coulent le long de ses joues.

« C'est douloureux ! gémit-elle d'une toute petite voix.

— Chut, dis-je. Je vais te tenir chaud. »

Je soulève l'autre pied et je les serre tous deux ensemble entre mes bras. Le vent nous arrose de poussière ; il y a du sable sur mes dents. Je me réveille les gencives douloureuses, avec du sang dans la bouche. La nuit est calme, la lune est obscure. Je reste un moment les yeux levés vers les ténèbres, puis je m'enfonce de nouveau dans le rêve.

Je franchis le portail de la caserne et fais face à une cour aussi illimitée que le désert. Il n'y a aucun espoir d'atteindre l'autre côté, mais je chemine, portant la jeune fille qui est pour moi la seule clé du labyrinthe, sa tête ballant contre mon épaule, ses pieds morts pendant de l'autre côté.

Il y a d'autres rêves, dans lesquels le personnage que j'appelle *la jeune fille* change de contours, de sexe, de taille. Dans un des rêves, il y a deux formes qui m'emplissent d'horreur : massives et lisses, elles grandissent, grandissent jusqu'à envahir l'espace de mon sommeil. Je me réveille suffoqué, hurlant, la gorge bouchée.

Quant aux journées, leur texture est aussi monotone que de la bouillie. Je ne me suis jamais à ce point frotté le museau dans le quotidien. Le cours des événements dans le monde extérieur, la dimension morale de mon malheur, si malheur il y a, même la perspective de me défendre devant un tribunal, tout cela a perdu tout intérêt sous la pression de l'appétit, des fonctions physiques, de l'ennui des heures qu'il faut vivre l'une après l'autre. J'ai pris froid ; mon être entier se préoccupe de renifler et d'éternuer, absorbé par la souffrance de n'être rien d'autre qu'un corps qui se sent malade et aspire à guérir.

· Un après-midi, je n'entends plus ces faibles bruits irréguliers, succession de raclements et de tintements, qui me disaient que, de l'autre côté du mur, les maçons jouaient de la truelle. Allongé sur ma paillasse, je tends l'oreille : il y a dans l'air un bourdonnement lointain, le calme après-midi vibre d'un vague frisson électrique qui ne se matérialise par aucun son perceptible, mais crée en moi une tension, une inquiétude. Un orage ? J'ai beau appuyer l'oreille contre la porte, je ne distingue rien. La cour de la caserne est vide.

Plus tard, les truelles se remettent à tinter.

A l'approche du soir, la porte s'ouvre et mon petit ami entre avec mon dîner. Je vois bien qu'il sait quelque chose qu'il brûle de me révéler ; mais le gardien est entré avec lui, il a posé une main sur son épaule. Seuls ses yeux peuvent me parler ; ils brillent d'excitation, et ce qu'ils me disent, j'en jurerais, c'est que les soldats sont revenus. Dans ce cas, pourquoi n'y a-t-il eu ni clairons ni acclamations, pourquoi les chevaux n'ont-ils pas traversé la grande place au trot, pourquoi n'entend-on pas le bruit

144

de la fête qu'on prépare ? Pourquoi le gardien serre-t-il si fort l'épaule du gamin, pourquoi l'écarte-t-il sèchement avant que j'aie pu poser un baiser sur son crâne rasé ? La réponse est évidente : les soldats sont revenus, mais pas en triomphateurs. S'il en est ainsi, je dois prendre garde.

Plus tard dans la soirée, on entend un grand bruit dans la cour, et tout un tumulte de voix. On ouvre et on claque des portes, on piétine en tous sens. Une partie des paroles échangées me parviennent clairement : il ne s'agit pas de stratégie, ni d'armées barbares, mais de pieds douloureux, de gens exténués, et on se querelle à propos des lits qu'il faut trouver aux malades. Une heure plus tard, le calme est revenu. La cour est déserte. Il n'y a donc pas de prisonniers. Voilà au moins une raison de se réjouir.

C'est le milieu de la matinée, et je n'ai encore rien eu à manger. Je marche de long en large ; mon estomac gronde comme celui d'une vache affamée. En pensant à la bouillie salée, au thé noir, l'eau me vient à la bouche, que je le veuille ou non.

Et rien ne donne à croire qu'on va me laisser sortir ; pourtant, c'est jour de promenade. Les maçons sont de nouveau à l'œuvre ; de la cour monte la rumeur des activités quotidiennes ; j'entends même la cuisinière qui appelle son petit-fils. Je cogne à la porte, mais personne ne me prête la moindre attention.

Enfin, au milieu de l'après-midi, la clé grince dans la serrure et la porte s'ouvre.

« Qu'est-ce que vous voulez ? demande mon gardien. Pourquoi avez-vous tapé sur la porte ? »

145

Comme il doit me haïr! Consacrer des journées entières de sa vie à surveiller une porte close et à subvenir aux besoins animaux d'un autre homme! A lui aussi, on a volé sa liberté et, à ses yeux, c'est moi le voleur.

« Vous ne me laissez pas sortir, aujourd'hui? Je n'ai rien eu à manger.

— C'est pour ça que vous m'avez appelé? Vous l'aurez, votre nourriture. Apprenez donc la patience. De toute façon, vous êtes trop gras.

— Attendez. Il faut que je vide mon seau. C'est une puanteur, ici. Je veux lessiver le sol. Et je veux aussi laver mon linge. Je ne peux pas me présenter devant le colonel dans des vêtements aussi malodorants. Cela ne pourrait que déconsidérer mes gardiens. Il me faut de l'eau chaude, du savon, un chiffon. Permettez-moi de vider rapidement mon seau et d'aller chercher de l'eau chaude à la cuisine. »

J'ai dû viser juste en parlant du colonel : il ne me contredit pas. Il élargit l'ouverture de la porte et s'écarte.

« Dépêchez-vous! » lance-t-il.

A la cuisine, il n'y a qu'une servante. Elle sursaute quand nous arrivons tous les deux, en fait, elle semble presque sur le point de s'enfuir. Qu'est-ce que les gens ont pu raconter sur mon compte?

« Donnez-lui de l'eau chaude », ordonne le gardien.

Elle baisse la tête et se tourne vers le fourneau où il y a toujours un énorme chaudron d'eau bouillante.

Par-dessus mon épaule, je dis au gardien :

« Un seau — je vais chercher un seau, pour l'eau. »

En quelques enjambées, j'ai traversé la cuisine, et j'arrive au réduit mal éclairé où l'on range les balais et les têtes-de-loup, avec les sacs de farine, de sel, de millet

146

pilé, de pois et de haricots secs. Pendue à son clou, au niveau des yeux, la clé de la resserre où l'on accroche les carcasses de mouton. En un éclair, je la glisse dans ma poche. Quand je me retourne, j'ai un seau en bois à la main. Je le tiens à bonne hauteur pendant que la fille y verse de l'eau bouillante à l'aide d'un pochon. Je lui parle :

« Comment allez-vous ? » Sa main tremble si fort que je suis forcé de lui prendre le pochon. « Puis-je avoir un peu de savon et un vieux chiffon, je vous prie ? »

Rentré dans ma cellule, je me déshabille et me lave dans l'eau délicieusement chaude. Je lave mon seul caleçon de rechange, qui sent les oignons pourris, je l'essore, l'accroche au clou derrière la porte, et vide le seau sur le sol dallé. Puis je m'allonge pour attendre la tombée de la nuit.

La clé tourne sans bruit dans la serrure. A part moi, combien de gens savent que la clé de la resserre ouvre à la fois la porte de ma prison et le grand placard du réfectoire de la caserne, que la clé de l'appartement situé au-dessus des cuisines est identique à celle de l'armurerie, que la clé de l'escalier de la tour nord-ouest donne aussi accès à l'escalier de la tour nord-est, au petit placard du réfectoire, et à la trappe pratiquée au-dessus de la conduite d'eau, dans la cour ? On ne passe pas en vain trente ans plongé dans les détails infimes de la vie d'un minuscule établissement humain.

Les étoiles scintillent dans un ciel noir limpide. Je discerne, par les barreaux du portail, la lueur d'un feu plus loin sur la place. Près du portail, je distingue, au prix

147

d'un effort de vision, une forme sombre : un homme, assis contre le mur ou roulé sur lui-même dans le sommeil. Est-ce qu'il peut me voir, debout au seuil de ma cellule ? Pendant quelques minutes, je reste en alerte. Il ne bouge pas. Je commence alors à me déplacer le long du mur ; mes pieds nus font un léger murmure là où le sol est couvert de gravier.

Je franchis le coin et passe devant la porte de la cuisine. La porte suivante conduit à mon vieil appartement, à l'étage. Elle est fermée à clé. La troisième et dernière porte est béante. Elle donne sur une petite pièce utilisée parfois comme infirmerie, parfois simplement pour y cantonner des soldats. Ramassé sur moi-même, tendant une main à la rencontre des obstacles, je rampe vers la faible lumière de la fenêtre, un carré bleu coupé de barreaux, craignant de trébucher sur les corps que j'entends respirer autour de moi.

De cet écheveau, un fil se sépare : l'homme qui dort à mes pieds, le souffle rapide, geint à chaque expiration. Est-ce qu'il rêve ? Je marque une pause, pendant qu'à quelques pouces de moi, comme une machine, il continue à haleter et à gémir. Puis je reprends ma reptation.

Debout à la fenêtre, je contemple la grand-place, m'attendant à voir des feux de camp, des rangées de chevaux attachés à des piquets, des faisceaux d'armes, des alignements de tentes. Mais presque rien ne s'offre à mon regard : les braises d'un seul feu, qui se meurt, et peut-être, loin là-bas, sous les arbres, l'éclat de deux tentes blanches. Le corps expéditionnaire n'est donc pas de retour ? Serait-il possible que ces quelques âmes-ci soient tout ce qu'il en reste ? A cette idée mon cœur cesse de battre. Non, ce n'est pas possible ! Ces hommes ne sont pas allés faire la guerre : au pire, ils ont rôdé dans les terres d'amont, pourchassant des bergers sans armes, violant leurs femmes, pillant leurs maisons, dispersant leurs troupeaux ; au mieux, ils n'ont rencontré personne, et sûrement pas la ligue de clans barbares dont la rage justifierait les mesures de protection prises par le Troisième Bureau.

Des doigts aussi légers qu'une aile de papillon m'effleurent la cheville. Je tombe à genoux. « J'ai soif », confie une voix. C'est l'homme qui haletait. Il ne dormait donc pas.

Je murmure : « Chut, mon fils. » En écarquillant les yeux, je distingue le blanc de ses propres yeux, levés vers moi. Je lui touche le front : il a la fièvre. Sa main monte à la rencontre de la mienne : « J'avais si soif ! »

Je lui murmure à l'oreille : « Je vais t'apporter de l'eau. Mais il faut me promettre de rester tranquille. Il y a des malades ici, il faut qu'ils dorment. »

Près du portail, l'ombre n'a pas bougé. Peut-être que ce n'est rien — rien qu'un vieux sac ou qu'un tas de bûches. Sur la pointe des pieds, je traverse le gravier jusqu'à l'auge où se lavent les soldats. L'eau n'est pas propre, mais je ne puis prendre le risque de déboucher le tuyau. Une écuelle cabossée pend sur le côté de l'auge. Je la remplis d'eau et reviens sur la pointe des pieds.

Le garçon essaie de se redresser, mais il est trop faible. Je le soutiens pendant qu'il boit, et lui demande dans un murmure : « Que s'est-il passé ? » Un autre dormeur s'agite. « Es-tu blessé ou malade ? »

Il se plaint : « J'ai si chaud ! »

Il veut rejeter sa couverture, mais je l'en empêche.

« Il faut suer pour chasser la fièvre. »

Il secoue la tête lentement, d'un côté à l'autre. Je lui

tiens le poignet jusqu'à ce qu'il sombre à nouveau dans le sommeil.

Il y a trois barreaux, fixés sur un cadre de bois : toutes les fenêtres du rez-de-chaussée de la caserne sont munies de barreaux. Je cale mon pied contre le cadre, m'accroche au barreau du milieu, et tire de toutes mes forces. Je sue, je m'évertue, un élancement douloureux me déchire le dos, mais le barreau ne bouge pas. Puis, d'un seul coup, le cadre se fend, et je dois me cramponner pour ne pas tomber en arrière. Le garçon se remet à gémir, un autre dormeur s'éclaircit la gorge. Je manque crier de surprise, tant la douleur est vive quand je porte le poids de mon corps sur la jambe droite.

La fenêtre est ouverte. Je pousse les barreaux sur le côté, j'enfonce la tête et les épaules par le passage ainsi libéré, je me démène pour sortir, et finis par rouler sur le sol derrière la rangée de buissons taillés qui longe le mur nord de la caserne. Je n'arrive à penser qu'à ma douleur, je n'ai qu'un désir : rester allongé dans la position la plus confortable possible, sur le côté, les genoux pliés vers le menton. Pendant au moins une heure, alors que je pourrais continuer ma fuite, je reste là, entendant par la fenêtre ouverte les soupirs des dormeurs, les marmonnements du jeune garçon qui parle tout seul. Les dernières braises du feu allumé sur la place s'éteignent. Les hommes et les bêtes dorment. C'est l'heure qui précède l'aube, l'heure la plus froide. Je sens la froidure de la terre me pénétrer les os. Si je passe plus de temps étendu ici, je vais mourir gelé, et demain matin l'on me charriera jusqu'à ma cellule dans une brouette. Comme un limaçon blessé, je me mets à ramper le long du mur vers l'embouchure sombre de la première rue qui part de la place.

La barrière de la petite arrière-cour de l'auberge, pourrie, est à demi arrachée de ses charnières. La cour elle-même sent la pourriture. On y jette, depuis la cuisine, les épluchures, les os, l'eau de vaisselle, la cendre, qu'on enfonce dans le sol à coups de fourche ; mais la terre est lasse, la fourche qui enfouit les déchets de cette semaine fait revenir au jour ceux de la semaine passée. Pendant la journée, l'air vibre de mouches ; au crépuscule, les bousiers et les cafards prennent la relève.

En dessous de l'escalier de bois qui monte au balcon et aux chambres des domestiques, il y a un réduit où l'on entrepose le bois et où les chats s'abritent quand il pleut. Je m'y faufile et me pelotonne sur un vieux sac. Il sent l'urine, il est certainement plein de puces, j'ai si froid que je claque des dents ; mais pour le moment, tout ce qui me préoccupe, c'est de pallier la douleur de mon dos.

Je suis réveillé par un bruit de pas sur l'escalier. Il fait jour : hébété, la tête lourde, je me recroqueville dans ma tanière. Quelqu'un ouvre la porte de la cuisine. Des poulets accourent de toutes parts. Dans peu de temps, je risque d'être découvert.

Aussi hardiment que je peux, mais sans pouvoir maîtriser mes tressaillements de douleur, je gravis l'escalier. Quel aspect présenté-je au monde avec ma chemise et mon pantalon douteux, ma barbe mal tenue ? Celui d'un domestique, j'espère ; un palefrenier qui rentre chez lui après une nuit de ribote.

Le couloir est vide, la chambre de la jeune fille est ouverte. La pièce est toujours aussi propre et bien rangée : la toison sur le plancher, à côté du lit, le rideau à carreaux rouges tiré devant la fenêtre, le coffre poussé contre le mur, au fond de la pièce, en dessous d'une tringle d'où pendent des vêtements. J'enfouis mon visage dans le parfum de son linge, et je pense au petit garçon qui m'apportait mes repas : quand ma main reposait sur son épaule, comme je sentais le pouvoir curatif de ce contact parcourir un corps ankylosé par une solitude contre nature !

Le lit est fait. Quand je glisse la main entre les draps, j'ai l'impression de pouvoir sentir l'écho lointain de sa chaleur. Rien ne me plairait plus que de me blottir dans son lit, de poser ma tête sur son oreiller, d'oublier peines et souffrances, de ne pas songer à la chasse qui doit maintenant s'être déclenchée contre moi et, comme la petite fille du conte, de plonger dans l'inconscience. Ce matin, de quelle volupté se parent à mes yeux le doux, le tiède, le parfumé ! En soupirant, je me mets à genoux et je fourre mon corps sous le lit. La face contre terre, si serré entre le plancher et les lames du bois du sommier qu'au moindre mouvement de mes épaules, le lit se soulève, j'essaie de m'apprêter à passer une journée caché.

Je somnole et me réveille, dérivant d'un rêve informe à un autre. Dès le milieu de la matinée, il fait trop chaud pour dormir. Aussi longtemps que je le peux, je reste à suer dans mon refuge étouffant et poussiéreux. Mais bien que je retarde le moment le plus possible, il faut enfin que je me soulage. En gémissant, je me dégage et je vais m'accroupir au-dessus du pot de chambre. A nouveau la douleur, la déchirure. Je me tamponne avec un mouchoir blanc volé, qui s'ensanglante. La chambre est empuantie ; même moi, qui ai vécu pendant des semaines à côté d'une tinette, j'en suis dégoûté. J'ouvre la porte et je boitille le long du couloir. Le balcon donne sur une enfilade de toits, puis, au-delà, sur le rempart sud et sur le désert qui se perd dans les lointains bleus. Personne n'est en vue, sauf une femme qui balaie le seuil de sa maison, de l'autre côté de la ruelle. Derrière elle, un enfant se déplace à quatre pattes en poussant dans la poussière quelque chose que je ne peux pas identifier. Son mignon petit derrière pointe dans l'air. A un moment, la femme me tourne le dos ; je sors de l'ombre et jette le contenu du pot sur le tas d'ordures, en bas. Elle ne remarque rien.

Déjà, une torpeur pèse sur la ville. Le travail du matin est terminé : en prévision de la chaleur de midi, les gens se retirent dans leurs cours ombragées, ou dans la fraîcheur verte de l'intérieur des maisons. Le bruissement de l'eau qui ruisselle dans les rigoles s'apaise et enfin se tait. Je n'entends plus que le tintement du marteau du maréchal-ferrant, le roucoulement des tourterelles, et quelque part, au loin, le vagissement d'un nourrisson.

En soupirant, je m'étends sur le lit, dans le doux parfum de fleurs dont je me souviens bien. Comme il est tentant de suivre dans sa sieste le reste de la ville ! Ces jours, ces tièdes journées de printemps qui déjà deviennent l'été — comme il m'est facile de me couler dans leur humeur langoureuse ! Comment accepter que le désastre ait submergé ma vie quand les cycles du monde se succèdent encore avec une telle tranquillité ? Il ne m'est pas difficile d'imaginer que lorsque les ombres s'allongeront, dès que le premier souffle de vent agitera les feuilles, je m'éveillerai, bâillerai, m'habillerai, descendrai l'escalier et traverserai la place pour me rendre à mon bureau, saluant au passage amis et voisins, que j'y passerai une heure ou deux, rangerai mes papiers, fermerai à clé derrière moi, qu'il en sera ainsi comme il en a toujours été. Je suis à vrai dire obligé de secouer la tête et de cligner des yeux pour me rappeler que moi qui suis allongé ici, je suis un homme traqué, que des soldats, ne faisant que leur devoir, vont venir ici, s'emparer de moi et m'enfermer à nouveau, me privant du spectacle du ciel et des autres êtres humains. *Pourquoi ?* Je gémis dans l'oreiller : *Pourquoi moi ?* Il n'a jamais existé d'être plus inconscient que moi, plus innocent des choses du monde. Un véritable bébé ! Pourtant, s'ils le peuvent, ils me mettront à croupir dans un cachot, soumettront de temps à autre mon corps à leurs soins répugnants, puis, un jour, sans crier gare, m'extrairont de ma prison et me feront subir une des procédures accélérées, à huis clos, qu'ils appliquent en vertu de l'état d'urgence, sous la présidence du petit colonel guindé, qui fera lire l'acte d'accusation à son acolyte et déguisera deux sous-officiers en assesseurs pour conférer au procès un semblant de légalité, dans la salle déserte du tribunal ; enfin, surtout s'ils ont essuyé des revers, surtout si les barbares les ont humiliés, ils me jugeront coupable de trahison — faut-il que j'en doute ? Du tribunal, ils me traîneront devant le bourreau, et je pleurerai et me débattrai, aussi désarmé que le jour de ma naissance, m'accrochant jusqu'au bout à la conviction qu'aucun mal ne peut frapper ceux qui n'ont pas fait le mal. « Tu vis dans un rêve ! » me dis-je à moi-même. Je prononce la phrase à voix haute, je l'examine, je tente de saisir sa signification : « Il faut te réveiller ! » Je m'applique à me remémorer des images d'innocents que j'ai connus : le garçon nu, sous la lampe, pressant ses aines de ses mains, les prisonniers barbares accroupis dans la poussière, se protégeant les yeux, attendant la suite, quelle qu'elle soit. La bête monstrueuse qui les a piétinés, pourquoi serait-il inconcevable qu'elle me piétine à mon tour ? Je crois vraiment que je n'ai pas peur de la mort. Ce que je refuse, il me semble, c'est la honte de mourir dans un tel état de stupidité et de confusion.

Dans la cour, en bas, il y a un brouhaha de voix d'hommes et de femmes. Je file dans ma cachette, et j'entends aussitôt des pas lourds qui montent l'escalier. Ils s'éloignent jusqu'à l'autre extrémité du balcon, puis reviennent lentement, s'arrêtant à chaque porte. A cet étage où dorment les serviteurs et où les soldats de la garnison peuvent s'offrir une nuit d'intimité, les parois qui séparent les pièces ne sont que des lattes recouvertes de papier. J'entends nettement mon poursuivant qui ouvre avec brusquerie chaque porte, tour à tour. Je m'aplatis contre le mur. J'espère qu'il ne me flaire pas.

Les pas tournent le coin et s'engagent dans le couloir. On ouvre ma porte, on la tient ouverte pendant quelques secondes, on la referme. J'ai réchappé sain et sauf d'une première épreuve.

J'entends une démarche plus rapide, plus légère : quelqu'un court le long du couloir et entre dans la pièce. Ma tête est tournée dans le mauvais sens, je ne peux même pas voir ses pieds, mais je sais que c'est la jeune fille. C'est maintenant que je devrais sortir à l'air libre, la supplier de me cacher jusqu'à la tombée de la nuit, où je pourrais me glisser hors de la ville et gagner les rivages du lac. Mais comment faire ? Le temps que les mouvements du lit s'arrêtent et que j'en émerge, elle se sera déjà enfuie en hurlant à l'aide. Et qui peut dire si elle offrirait un refuge à l'un des nombreux hommes qui ont séjourné dans sa chambre, un parmi tant d'hommes de passage grâce à qui elle gagne sa vie, un déchu, un fugitif ? Me reconnaîtrait-elle seulement, dans l'état où je suis ? Ses pieds trottinent dans la chambre, s'arrêtant ici et là. Je ne peux repérer la signification de ces mouvements. Je me tiens immobile, respirant doucement, dégoulinant de sueur. D'un seul coup, la voilà partie : l'escalier craque, et c'est le silence.

En moi aussi, une accalmie intervient, une plage de lucidité qui m'aide à voir à quel point tout cela est ridicule — courir, se cacher ; quelle absurdité d'être couché sous un lit, jusqu'à ce que vienne l'occasion de m'enfuir dans les roselières, où je vivrai, je suppose, d'œufs d'oiseaux et de poissons que j'attraperai à la main, dormant dans un trou creusé dans la terre, attendant patiemment que la roue de l'Histoire renvoie dans le passé la phase actuelle, et que les Marches reviennent à leur somnolence ancienne. A la vérité, je ne suis plus moi-même ; la terreur s'est emparée de moi, je m'en rends compte, dès l'instant, dans ma cellule, où j'ai vu les doigts du gardien se crisper sur l'épaule du petit garçon pour lui rappeler qu'il ne devait pas me parler, et où j'ai su qu'on allait me faire grief des événements de ce jour-là, quels qu'ils fussent. Quand je suis entré dans cette cellule, j'étais doté de tout mon bon sens, et sûr de la justesse de ma cause, même si je continue à me révéler incapable de préciser la nature de cette cause ; mais au bout de deux mois parmi les cafards, sans rien à voir sinon quatre murs et une trace de suie énigmatique, sans rien à sentir sinon la puanteur de mon propre corps, sans personne à qui parler sinon un fantôme apporté par un rêve et dont les lèvres semblent scellées, je suis beaucoup moins sûr de moi. L'envie violente de toucher un autre corps humain, et d'être touché, me submerge parfois avec tant de force que j'en gémis ; avec quelle impatience j'espérais le contact unique et bref qu'on me laissait avoir avec le petit garçon, matin et soir ! Dormir dans les bras d'une femme, dans un vrai lit, avoir de bonnes choses à manger, marcher au soleil — comme tout cela paraît plus important que le droit de déterminer sans que la police s'en mêle qui sont mes amis et qui mes ennemis ! Comment pourrais-je avoir raison, quand il n'y a pas dans toute la ville une âme pour approuver mon escapade avec la jeune barbare, quand il n'y a personne qui ne m'en voudrait pas si des jeunes gens d'ici étaient tués par mes protégés barbares ? Et à quoi bon souffrir entre les mains des hommes en bleu si mes certitudes ne sont pas à toute épreuve ? Même si je disais la vérité aux inquisiteurs, si je rapportais chacun des mots que j'ai prononcés lors de ma rencontre avec les barbares, même s'ils étaient tentés de me croire, ils s'obstineraient dans leur sinistre tâche, car ils ont pour article de foi qu'on n'atteint la vérité extrême que dans la dernière extrémité. Je fuis la souffrance et la mort. Je n'ai aucun plan d'évasion. Si je me cache dans les roseaux, je mourrai de faim, ou on m'enfumera pour me forcer à sortir. Pour dire la vérité, je cherche simplement un peu de confort, en fuyant vers le seul lit moelleux, les seuls bras amicaux qui me restent.

De nouveau, un bruit de pas. Je reconnais la démarche vive de la jeune fille. Elle n'est pas seule, cette fois ; elle est avec un homme. Ils entrent. D'après sa voix, ce n'est guère qu'un adolescent. Il lui parle avec véhémence.

« Tu ne devrais pas leur permettre de te traiter comme ça ! Tu n'es pas leur esclave !

— Tu ne comprends pas, répond-elle. De toute façon, je ne veux pas en parler maintenant. »

Puis c'est le silence, puis des bruits qui révèlent leur intimité.

Je m'échauffe. Il est intolérable d'assister à cela. Pourtant, tel le cocu de la farce, je retiens mon souffle, m'enfonçant encore d'un cran dans la déchéance.

L'un d'eux s'assied sur le lit. Des souliers tombent par terre, des vêtements se froissent, deux corps s'étendent, un pouce au-dessus du mien. Les lames du sommier se plient et me pressent le dos. Je me bouche les oreilles, honteux d'écouter les paroles qu'ils échangent, mais je ne peux m'empêcher d'entendre les frôlements, les gémissements que je me rappelle si bien, poussés par la jeune fille en proie au plaisir, la jeune fille pour qui j'avais autrefois mes propres tendresses.

Les lames de bois m'écrasent de plus en plus. Je me fais aussi plat que je peux ; le lit commence à craquer. Suant, échauffé, écœuré de découvrir combien je suis excité malgré moi, j'en arrive à gémir ; long et bas, le gémissement échappe à ma gorge et se mêle sans que nul le remarque au bruit de leurs souffles haletants.

Enfin, c'est fini. Ils soupirent et s'apaisent, les frissons, les tressaillements s'interrompent, ils sont allongés côte à côte, détendus, flottant vers le sommeil, pendant que moi, douloureux, crispé, vigilant, j'attends le meilleur moment pour m'échapper. C'est l'heure où même les poulets somnolent, l'heure où il n'y a plus qu'un empereur, le soleil. La chaleur, dans cette chambre minuscule sous le toit plat, est devenue étouffante. Je n'ai ni mangé ni bu de toute la journée.

En poussant contre le mur avec mes pieds, je m'extrais de ma cachette, jusqu'à ce qu'enfin je puisse m'asseoir avec précaution. La douleur de mon dos — une douleur de vieillard — s'annonce à nouveau. Je chuchote : « Excusez-moi. » Ils sont vraiment endormis, comme des enfants, un garçon et une fille nus, la main dans la main, baignés de sueur, le visage reposé, lavé par l'oubli. La marée de la honte me submerge avec une force redoublée. La beauté de la jeune fille n'éveille en moi aucun désir : non, il me semble de plus en plus obscène que ce vieux corps avachi, lourd, infect (comment ont-ils pu ne pas remarquer l'odeur ?) l'ait tenue un jour dans ses bras. Qu'est-ce que j'ai fait tout ce temps-là, à m'imposer à ces enfants-fleurs aux tendres pétales — à elle, mais aussi à l'autre ? Il fallait que je reste là où j'ai ma place, parmi les êtres grossiers et pourrissants : femmes obèses aux aisselles âcres et à l'humeur revêche, putains aux cons énormes et avachis. Je sors sur la pointe des pieds, je descends l'escalier en boitant, dans l'éclat éblouissant du soleil.

Le vantail supérieur de la porte de la cuisine est ouvert. Une vieille femme voûtée, édentée, mange debout à même une marmite en fonte. Nos yeux se croisent ; elle s'interrompt, la cuiller en l'air, bouche bée. Elle me reconnaît. Je lève la main et souris — je suis étonné que le sourire me vienne aussi facilement. La cuiller reprend son mouvement jusqu'aux lèvres qui se referment sur elle, le regard de la femme glisse, je passe.

La porte nord est fermée par des barres. Je monte l'escalier qui mène à la tour de guet, à l'angle des murailles, et je pose un regard affamé sur ce paysage bien-aimé : la bande verte qui s'étire le long du fleuve, maintenant noircie par endroits ; le vert plus clair des marais, où pointent les jeunes pousses des roseaux ; la surface étincelante du lac.

Mais il y a quelque chose qui ne va pas. Pendant combien de temps ai-je été sous les verrous, coupé du monde : deux mois ou dix ans ? Dans les parcelles que surplombent les remparts, le blé en herbe devrait atteindre hardiment une hauteur de dix-huit pouces. Il n'en est rien. Sauf à la limite ouest de la zone irriguée, les jeunes plants sont chétifs, d'un jaune maladif. Plus près du lac, il y a de grandes plaques dénudées, et à côté du barrage, une rangée de meulettes grisâtres.

Sous mes yeux, les champs négligés, la place accablée de soleil, les rues vides s'allient en une configuration nouvelle et sinistre. On est en train d'évacuer la ville — que puis-je supposer d'autre ? — et les bruits que j'ai entendus il y a deux nuits étaient ceux du départ, et non de l'arrivée ! A cette idée, mon cœur vacille (d'horreur ? de gratitude ?). Mais je dois me tromper : en observant la place plus attentivement, j'aperçois deux petits garçons qui jouent tranquillement aux billes sous les mûriers ; et d'après ce que j'ai vu de l'auberge, la vie continue comme à l'ordinaire.

Dans la tour sud-est, une sentinelle, assise sur son haut tabouret, contemple le désert d'un regard vide. Je suis arrivé à moins d'un pas de lui lorsqu'il me remarque enfin, et sursaute.

« Descendez d'ici, dit-il d'une voix impersonnelle. Vous n'avez pas le droit d'être en haut. »

C'est la première fois que je le vois. Mais en somme, depuis que j'ai quitté ma cellule, je n'ai vu aucun des soldats qui constituaient l'ancienne garnison. Pourquoi n'y a-t-il plus que des inconnus dans la place ?

« Vous ne me connaissez pas ?

— Descendez d'ici.

— Je vais le faire, mais je voudrais d'abord vous poser une question très importante. Vous comprenez, il n'y a que vous à qui je peux la poser — à part vous, tout le monde semble dormir, ou être parti. Voilà ce que je voudrais vous demander : Qui êtes-vous ? Où sont les gens que je connaissais autrefois ? Qu'est-ce qui s'est

160

passé, là-bas, dans les champs ? On croirait qu'il y a eu une inondation. Mais pourquoi est-ce qu'il y aurait eu une inondation ? » Ses yeux se rétrécissent tandis que je déverse ce flot de paroles. « Je suis désolé de poser des questions aussi stupides, mais j'ai eu la fièvre, j'ai dû garder la chambre — cette formule bizarre me vient d'elle-même — et c'est la première fois, aujourd'hui, qu'on m'autorise à sortir. C'est pour cela que...

— Il faut faire attention au soleil de midi, père », me dit-il. Ses oreilles dépassent d'une casquette trop grande pour lui. « A cette heure-là, vous feriez mieux de vous reposer.

— Oui... Est-ce que je pourrais vous demander un peu d'eau ? » Il me passe sa gourde et je bois le liquide tiède, m'efforçant de ne pas révéler la soif atroce qui me tenaille. « Mais dites-moi, que s'est-il passé ?

— Les barbares. Ils ont abattu une partie de la digue, là-bas, et ils ont inondé les champs. Personne ne les a vus. Ils sont venus en pleine nuit. Le lendemain matin, c'était comme un deuxième lac. » Il a bourré sa pipe, et maintenant il me la propose. Je refuse courtoisement (« Je vais me mettre à tousser, et ce n'est pas bon pour moi. »). « Oui ; les paysans sont très malheureux. Ils disent que la moisson est dévastée, et il est trop tard pour semer à nouveau.

— C'est une mauvaise nouvelle. Cela veut dire que l'hiver sera dur. Nous allons devoir nous serrer la ceinture.

— Oui, je ne vous envie pas, vous, les gens d'ici. Ils pourraient recommencer, n'est-ce pas, les barbares. Ils pourraient inonder ces champs chaque fois que l'envie leur en viendrait. »

Nous parlons des barbares et de leur perfidie. Ils ne se

battent jamais en face, selon lui : leur manière, c'est de ramper par-derrière et de vous planter un couteau dans le dos.

« Pourquoi ne nous laissent-ils pas tranquilles ? Ils ont leurs territoires à eux, non ? »

Je détourne la conversation en parlant des temps anciens, de l'époque où tout était calme sur la frontière. Il m'appelle « père », ce qui est la façon dont les paysans marquent leur respect, et m'écoute comme on écoute les vieillards un peu fous ; j'imagine que n'importe quoi vaut mieux que de contempler le vide toute la journée.

« Dites-moi : il y a deux nuits, j'ai entendu des cavaliers, et j'ai cru que la grande expédition était revenue.

— Non. (Il rit.) Ce n'étaient que quelques hommes qu'ils ont renvoyés ici. Ils les ont chargés dans un des grands chariots. C'est sans doute ce que vous avez entendu. Ils sont tombés malades à cause de l'eau — c'est de la mauvaise eau là-bas, à ce qu'il paraît — et on les a renvoyés ici.

— Je vois ! Je ne comprenais pas ce que ça pouvait être. Mais à quel moment le gros des troupes doit-il revenir ?

— Bientôt ; bientôt, sûrement. On ne peut guère vivre des produits de la terre, ici, n'est-ce pas ? Je n'ai jamais vu un pays aussi aride. »

Je descends les marches. Notre conversation m'a laissé le sentiment d'être presque vénérable. Il est étrange que personne ne l'ait mis en garde contre un vieillard replet vêtu de haillons ! A moins qu'il n'ait été juché ici depuis la nuit dernière sans personne à qui parler ? Qui aurait cru que je saurais mentir aussi effrontément ! C'est le milieu de l'après-midi. Mon ombre glisse à mes côtés, pareille à une flaque d'encre. Entre

ces quatre murs, je semble le seul être doté de mouvement. Ma joie est telle que je voudrais chanter. Même
mon dos douloureux n'a plus d'importance.

J'ouvre la petite porte latérale et je sors. Du haut de la
tour de guet, mon ami me regarde. Je le salue de la
maison ; il me rend mon salut. Il lance : « Il vous faudra
un chapeau ! » Je tapote mon crâne nu, hausse les
épaules, souris. Le soleil est écrasant.

En effet, le blé de printemps est dévasté. Une boue
tiède et ocre gicle entre mes orteils. Par endroits, des fla-
ques subsistent. L'eau a arraché du sol beaucoup de
jeunes plants. Toutes les feuilles ont pris une couleur
jaunâtre. La zone proche du lac est la plus touchée. Plus
une seule tige ne se dresse ; en fait, les cultivateurs ont
déjà entrepris d'empiler les plants morts pour les brûler.
Dans les champs les plus éloignés, une élévation de quelques pouces a fait toute la différence. On pourra donc
peut-être sauver un quart des récoltes.

Le remblai lui-même, murette de terre longue de
presque deux milles qui retient les eaux du lac lorsqu'il
monte à son niveau estival, a été réparé, mais la quasi-
totalité du système complexe de chenaux et de vannes
qui distribuent l'eau dans les champs a été emportée par
le flot. Sur la rive du lac, le barrage et la roue hydrau-
lique n'ont pas souffert, mais je ne vois pas le cheval qui
actionne habituellement la roue. Visiblement, de dures
semaines de travail attendent les paysans. Et à tout
moment, leur travail peut être réduit à néant par quelques hommes armés de pelles ! Comment pouvons-nous
gagner une telle guerre ? A quoi servent les opérations
militaires conçues d'après les manuels, les offensives, les
raids de représailles au cœur du territoire ennemi, quand
nous pouvons subir chez nous une saignée mortelle ?

Je prends l'ancienne route qui fait le tour du mur ouest avant de dégénérer en une piste qui ne mène nulle part, sinon aux ruines ensablées. Les enfants ont-ils encore le droit d'aller jouer là-bas, je me le demande, ou leurs parents les retiennent-ils à la maison en leur parlant de barbares embusqués au creux des dunes ? Je lève les yeux vers le rempart ; mais mon ami, sur la tour, semble s'être endormi.

Toutes les fouilles de l'année dernière ont été comblées par le sable. Seuls quelques poteaux d'angle se dressent çà et là, dans ce paysage désolé que peuplèrent jadis des êtres humains, il faut le croire. Je me creuse un trou et m'assieds pour me reposer. Je ne pense pas qu'on vienne jamais me chercher ici. Je pourrais m'adosser à ce poteau antique orné de motifs sculptés, vagues et dauphins à demi effacés, me faire cuire par le soleil, dessécher par le vent, et enfin geler par le froid de l'hiver, et on ne me trouverait pas, jusqu'au jour d'une lointaine ère de paix où les enfants de l'oasis reviendraient sur leur terrain de jeux et découvriraient le squelette, révélé par le vent, d'un ancien habitant du désert vêtu de guenilles mystérieuses.

Je suis réveillé par le froid. Un soleil immense et rouge est posé sur l'horizon de l'ouest. Le vent se lève ; déjà des tourbillons de sable sont venus s'amonceler autour de moi. Je suis avant tout conscient d'avoir soif. Le projet que j'avais nourri — passer la nuit ici, parmi les fantômes, à trembler de froid, à attendre que le spectacle familier des murs de la ville et de la cime des arbres se dégage à nouveau de l'obscurité — est insoutenable. Pour moi, aucune perspective hors des murs, sinon celle de crever de faim. En fuyant d'un trou à l'autre comme une souris, je renonce même à paraître innocent. Pourquoi aiderais-je mes ennemis en faisant leur travail ? S'ils veulent verser mon sang, qu'ils portent au moins le poids de leur faute. La peur lugubre de la veille a perdu sa force. Peut-être cette escapade n'aura-t-elle pas été vaine, si je retrouve, même confusément, le sentiment de l'outrage.

Je secoue le portail de la caserne.

« Ne savez-vous pas qui est là ? J'ai pris mes vacances, laissez-moi rentrer maintenant ! »

Quelqu'un arrive en courant : dans la pénombre, nous nous dévisageons à travers les barreaux : c'est l'homme qu'on a chargé de me garder. Il murmure entre ses dents : « Ne faites pas de bruit ! » et manœuvre les verrous. Derrière lui, un bruit de voix : des gens se rassemblent.

Il m'empoigne le bras et me fait traverser la cour au trot. « Qui va là ? » lance quelqu'un. Je brûle d'envie de répondre, de sortir la clé et de l'agiter, mais je sens que ce geste serait imprudent. Je patiente donc près de ma porte retrouvée jusqu'à ce que mon gardien en ouvre la serrure ; puis il me pousse à l'intérieur et nous enferme tous les deux. La voix qui me parvient dans l'obscurité est crispée de rage :

« Écoutez-moi : si vous racontez à quelqu'un que vous êtes sorti, je ferai de votre vie un enfer ! Vous comprenez ? Vous allez payer ! Ne dites rien ! Si quelqu'un vous pose des questions sur ce qui s'est passé ce soir, dites que je vous ai emmené faire un tour, prendre de l'exercice, c'est tout. Vous me comprenez ? »

Je détache ses doigts de mon bras et m'écarte de lui. Je murmure :

« Vous voyez avec quelle facilité je pourrais m'enfuir et aller chercher refuge chez les barbares. A votre avis, pourquoi suis-je revenu ? Vous n'êtes qu'un simple soldat, vous ne pouvez qu'obéir aux ordres. Mais réfléchissez-y quand même. »

Il me serre le poignet, et de nouveau je défais l'emprise de ses doigts.

« Demandez-vous pourquoi je suis revenu et ce que cela aurait signifié si je n'étais pas revenu. Vous ne pouvez compter sur aucune sympathie de la part des hommes en bleu, vous le savez, n'est-ce pas ? Pensez à ce qui pourrait se passer si je repartais une autre fois. »

Maintenant, c'est moi qui lui prends la main.

« Mais ne vous inquiétez pas, je ne dirai rien ; inventez ce que vous voudrez, et je confirmerai votre récit. Je sais ce que c'est d'avoir peur. » Il y a un long silence méfiant. « Savez-vous ce que je désire par-dessus tout ? Je voudrais quelque chose à manger et à boire. Je meurs d'inanition, je n'ai rien eu de la journée. »

Tout est donc redevenu comme avant. L'incarcération absurde continue. Jour après jour, allongé sur le dos, je regarde le carré de lumière au-dessus de moi s'éclaircir, puis s'assombrir. J'écoute les bruits distants qui traversent le mur : la truelle du maçon, le marteau du charpentier. Je mange, je bois, et, comme tout le monde, j'attends.

Il y a d'abord les détonations des mousquets dans le lointain, aussi minuscules que le bruit de pistolets d'enfants. Puis, plus près, tirées depuis les remparts, des salves leur répondent. Il se fait dans la cour de la caserne un grand piétinement. Quelqu'un crie : « Les barbares ! » ; mais je crois qu'il se trompe. Par-dessus toute cette clameur, la grande cloche commence à sonner.

A genoux, l'oreille collée à la fente de la porte, j'essaie de comprendre ce qui se passe.

La rumeur venue de la place devient un véritable vacarme, d'où ne se détache aucune voix distincte. Toute la ville doit affluer pour les accueillir : des milliers d'âmes extatiques. Des salves de mousquet ne cessent de claquer. Puis le vacarme prend un autre caractère, passe à un registre plus élevé, plus fiévreux. On entend vaguement, par-dessus le reste, les accents cuivrés des clairons.

La tentation est trop forte. Qu'ai-je à perdre ? Je tourne la clé dans la serrure. Dans un soleil si éclatant que je dois cligner des yeux et mettre ma main en visière, je traverse la cour, franchis le portail, et rejoins les derniers rangs de la foule. Les salves et les volées d'applaudissements continuent. Une vieille femme en noir, à côté de moi, me prend le bras pour assurer son équilibre et se dresse sur la pointe des pieds.

« Vous voyez, vous ? me demande-t-elle.

— Oui, je vois des hommes à cheval. » Mais elle n'écoute pas ma réponse.

Je vois une longue file de cavaliers qui, parmi les bannières déployées, franchissent la porte de la ville et avancent jusqu'au centre de la place, où ils mettent pied à terre. Un nuage de poussière plane sur toute la place, mais je vois qu'ils sourient, qu'ils rient : l'un d'eux, sur son cheval, tient ses mains haut levées en signe de triomphe, un autre brandit une guirlande de fleurs. Leur progression est lente, car la foule se presse autour d'eux, cherchant à les toucher, jetant des fleurs ; certains battent des mains au-dessus de leur tête en signe de joie, d'autres tournent sur eux-mêmes dans les transports d'une extase secrète. Des enfants se faufilent devant moi, rampant entre les jambes des adultes pour arriver plus près de leurs héros. Les fusillades se succèdent sur les remparts, bordés de spectateurs enthousiastes.

Un groupe de cavaliers ne met pas pied à terre. Mené par un jeune caporal au visage sévère qui porte la bannière vert et or du bataillon, il passe parmi la masse humaine, marche jusqu'à l'extrémité de la place et entame un circuit, tout le long de son périmètre, suivi par la foule qui monte lentement dans son sillage. Un mot circule, repris de proche en proche comme une flamme : « Les barbares ! »

Le cheval porte-étendard est mené par un homme armé d'un lourd bâton, qui dégage la voie. Derrière lui, un autre homme de troupe tire une corde ; et au bout de la corde, attachés cou à cou, des hommes marchent en file, des barbares, absolument nus, tenant leurs mains contre leur visage d'une façon bizarre, comme s'ils avaient tous mal aux dents. Je reste un moment perplexe devant cette posture, devant leur hâte à suivre sur la pointe des pieds celui qui les entraîne, mais je perçois enfin un éclat métallique, et comprends aussitôt. Un simple fil de fer passe dans la chair de chaque main et par des trous percés dans les joues. Je me rappelle ce que me disait un soldat qui avait vu ce procédé mis en œuvre : « Cela les rend doux comme des agneaux ; ils ne pensent qu'à une chose, à bouger le moins possible. » J'ai mal au cœur. Je sais maintenant que je n'aurais pas dû quitter ma cellule.

Je dois tourner vivement les talons pour éviter d'être vu par les deux personnages qui ferment la procession, accompagnés de leur escorte à cheval : le jeune capitaine, tête nue, dont c'est le premier triomphe, et, à ses côtés, amaigri, la peau hâlée après des mois de campagne, le colonel de police Joll.

Le circuit est achevé, chacun a eu la possibilité de voir les douze misérables captifs, de prouver à ses enfants que les barbares existent. La foule, que je suis à contrecœur, s'écoule maintenant vers la grande porte, où des soldats disposés en demi-lune lui barrent le passage jusqu'à ce qu'elle ne puisse plus bouger, comprimée à l'avant et à l'arrière.

Je demande à mon voisin : « Que se passe-t-il ?

— Je ne sais pas, me répond-il, mais aidez-moi donc à le soulever. » Je l'aide à hisser sur ses épaules l'enfant qu'il portait dans ses bras. « Est-ce que tu vois ? demande-t-il à l'enfant.

— Oui.

— Qu'est-ce qu'ils font ?

— Ils forcent les barbares à s'agenouiller. Qu'est-ce qu'ils vont leur faire ?

— Je n'en sais rien. Attendons, nous verrons bien. »

Lentement, avec une énergie de titan, de toute ma force, je me tourne et j'entreprends de m'extraire de la foule. « Excusez-moi... Excusez-moi... La chaleur... Je vais être malade. » Pour la première fois je vois des têtes se tourner, des doigts se pointer vers moi.

Je devrais rentrer dans ma cellule. Ce geste n'aura aucun effet, on ne le remarquera même pas. Mais même si le geste n'est destiné qu'à moi seul, ne sert que moi seul, je devrais retourner dans la fraîcheur obscure, fermer la porte à clé, tordre la clé et me boucher les oreilles aux clameurs patriotiques, avides de sang, et serrer les lèvres pour ne plus jamais parler. Qui sait, peut-être suis-je injuste avec mes concitoyens, peut-être, à cet instant précis, le cordonnier, dans son échoppe, monte-t-il une chaussure sur une forme en fredonnant pour couvrir les cris, peut-être y a-t-il des ménagères qui écossent des pois dans leur cuisine et racontent des histoires pour calmer leurs enfants, peut-être y a-t-il des paysans qui s'emploient calmement à remettre en état les fossés. Si de tels camarades existent, comme je regrette de ne pas les connaître! Pour moi, au moment présent, alors que je m'éloigne à grands pas de la foule, il importe par-dessus tout de ne pas être contaminé par l'atrocité qui va bientôt être commise, et de ne pas non plus être empoisonné par ma haine impuissante de ceux qui la perpètrent. Je ne peux pas sauver les prisonniers : que je me sauve donc moi-même. Que du moins l'on dise, si l'on en vient un jour à le dire, s'il existe un jour, dans un lointain avenir, quelqu'un que notre façon de vivre intéresse : dans cet avant-poste extrême de l'Empire de la lumière, il y avait un homme qui, dans son cœur, n'était pas un barbare.

Je franchis le portail de la caserne, et rentre dans ma cour de prison. Près de l'abreuvoir, au milieu de la cour, je ramasse un seau vide que je remplis. Tenant devant moi le seau qui déborde de tous les côtés, je rejoins de nouveau l'arrière de la foule. « Excusez-moi » : je pousse, et force le passage. Les gens m'injurient, mais s'écartent ; le seau bascule et éclabousse, j'avance tant et si bien qu'en une minute je me retrouve à l'air libre, au premier rang de la foule, derrière le dos des soldats qui, tenant entre eux des hallebardes, préservent une arène dégagée en vue d'un spectacle exemplaire.

Quatre prisonniers sont agenouillés sur le sol. Les huit autres, toujours encordés, sont accroupis à l'ombre du mur, les mains contre les joues, et regardent.

Les prisonniers agenouillés se penchent côte à côte au-dessus d'une longue et lourde perche. Une corde est passée dans la boucle de fil de fer qui traverse la bouche du premier, puis sous la perche, puis dans la boucle du deuxième, et de nouveau sous la perche, remonte jusqu'à la troisième boucle, repasse sous la perche, et traverse enfin la quatrième boucle. Sous mes yeux, un soldat tend lentement la corde, et les prisonniers se plient encore plus, jusqu'à ce que leurs visages touchent la perche. L'un d'eux se tord les épaules de douleur ; il gémit. Les autres sont silencieux, concentrant toutes leurs pensées sur l'effort pour suivre sans saccades les mouvements de la corde, et ne pas donner au fil de fer l'occasion de déchirer leur chair.

Un officier dirige le soldat avec de petits gestes de la main : le colonel Joll. J'ai beau n'être qu'un élément d'une foule innombrable, il a beau avoir les yeux aussi protégés que jamais, je pose sur lui un regard si intense, dans un visage où resplendit tant de demande, que je sais immédiatement qu'il m'a vu.

Derrière moi, j'entends distinctement le mot *magistrat*. Est-ce que je l'imagine, ou est-ce que mes voisins s'écartent de moi ?

Le colonel fait un pas en avant. Il s'incline tour à tour au-dessus de chaque prisonnier, étale sur son dos nu une poignée de poussière et inscrit un mot avec un bâton de charbon de bois. Je déchiffre, à l'envers : ENNEMI... ENNEMI... ENNEMI... ENNEMI. Il recule et joint les mains. A moins de vingt pas de distance, nous nous contemplons l'un l'autre.

Puis la flagellation commence. Les soldats emploient de fortes verges de canne verte, qui s'abattent avec le choc mat et lourd de battoirs de lavandières, et font

171

surgir des bourrelets rouges sur le dos et les fesses des prisonniers. Ceux-ci étendent leur jambes avec une lenteur méticuleuse pour se retrouver à plat ventre : tous, sauf celui qui gémissait, et qui maintenant semble suffoquer sous chaque coup.

Le charbon noir et la poussière ocre commence à couler, mêlés de sueur et de sang. Le jeu, à ce que je vois, consiste à les battre jusqu'à ce que leurs dos soient nettoyés.

J'observe le visage d'une petite fille, debout au premier rang, qui s'accroche aux vêtements de sa mère. Elle a les yeux ronds, son pouce est dans sa bouche : silencieuse, terrifiée, curieuse, elle absorbe ce spectacle d'hommes nus et forts que l'on bat. Sur tous les visages qui m'entourent, même ceux qui sourient, je vois la même expression : ni haine, ni soif de sang, mais une curiosité si intense qu'elle draine toute vie de leur corps, la concentrant dans les yeux, organes d'un appétit nouveau et dévorant.

Les soldats qui manient les verges commencent à se fatiguer. L'un d'eux, debout, les mains sur les hanches, haletant, sourit et salue la foule. Sur un mot du colonel, ils cessent tous les quatre leur labeur et s'avancent vers les spectateurs, à qui ils offrent leurs cannes.

Une fille qui pouffe et se cache la figure est poussée en avant par ses amis. Ils l'encouragent : « Vas-y, n'aie pas peur ! » Un soldat lui met une canne dans la main et la conduit à l'endroit voulu. Elle reste là, incertaine, embarrassée, gardant une main sur la figure. On lui lance des cris, des plaisanteries, des conseils obscènes. Elle lève la verge, en assène un coup sec sur les fesses du prisonnier, la lâche, et s'enfuit à l'abri, saluée par un tonnerre d'applaudissements.

C'est la ruée vers les cannes, les soldats arrivent à peine à maintenir l'ordre, je perds les prisonniers de vue tant la foule se presse vers l'avant, chacun espérant avoir son tour ou simplement assister de plus près au spectacle. On m'a oublié, avec mon seau entre les pieds.

Enfin, la flagellation achevée, les soldats reprennent leurs places, la foule bat en retraite, l'arène est reconstituée, mais plus étroite qu'auparavant.

Le tenant au-dessus de sa tête, le colonel Joll présente à la foule un marteau, un de ces maillets de quatre livres qu'on utilise pour enfoncer les piquets de tente. A nouveau son regard rencontre le mien. La rumeur s'apaise.

« *Non!* » J'entends le mot sortir de ma gorge : rouillé, pas assez fort. Puis à nouveau : « *Non!* » Cette fois, le mot issu de ma poitrine résonne comme une cloche. Le soldat qui me barre le passage s'écarte en trébuchant. Je suis dans l'arène, et je lève les mains pour calmer la foule : « *Non! Non! Non!* »

Quand je me tourne vers le colonel Joll, il se dresse à moins de cinq pas de moi, les bras croisés. Je pointe un doigt vers lui. Je crie : « *Vous!* » Que tout soit dit. Qu'il soit celui sur qui déferle la colère. « Vous voulez dépraver ces gens! »

Il ne bronche pas, il ne répond pas.

« *Vous!* » Mon bras est braqué sur lui comme un fusil. Ma voix emplit la place. Le silence est absolu ; ou peut-être suis-je trop ivre pour entendre.

Quelque chose me heurte par-derrière. Je m'affale dans la poussière, le souffle coupé ; je sens la brûlure de ma vieille douleur me traverser le dos. Un bâton s'abat sur moi avec un choc lourd. Tendant le bras pour l'écarter, je reçois sur la main un coup cinglant.

Il devient important de se mettre debout, si difficile

que la douleur rende cette opération. Je me hisse sur mes pieds et je vois la personne qui me frappe. C'est un homme trapu, aux galons de sergent, qui a participé aux flagellations. Ramassé sur lui-même, les narines dilatées, le bâton levé, il est prêt à porter le coup suivant.

« Attendez ! dis-je dans un hoquet, montrant ma main qui pend mollement. Je crois que vous l'avez cassée ! »

Il frappe ; c'est mon avant-bras qui prend le coup. Je cache mon bras, baisse la tête, et tente de ramper vers lui et de le saisir. Des coups pleuvent sur ma tête et mes épaules. Peu importe ; tout ce que je veux, c'est quelques instants pour finir ce que je disais, maintenant que j'ai commencé. Je m'accroche à sa tunique et le serre contre moi. Il a beau se débattre, il ne peut plus manier sa canne ; par-dessus son épaule, je recommence à crier.

Je crie : « Pas avec ça ! » Le marteau repose au creux des bras croisés du colonel. « Vous ne vous serviriez pas d'un marteau sur une bête, même pas sur une bête ! » Dans un terrible élan de rage, je prends le sergent et je le jette au loin. La force d'un dieu est en moi. Dans une minute, cela passera : que je l'utilise bien, tant qu'elle dure ! Je crie : « Regardez ! » Je montre les quatre prisonniers couchés docilement par terre, leurs lèvres contre la perche, leurs mains à plat sur leur visage comme des pattes de singe, ignorant le marteau, inconscients de ce qui se passe derrière eux, soulagés parce que la marque outrageante a été effacée de leurs dos par les coups, espérant que le châtiment est terminé. Je lève vers le ciel ma main brisée. Je crie :

« Regardez ! Nous sommes le grand miracle de la création ! Mais ce corps miraculeux, il est certains coups dont il ne peut se remettre ! Comment... ! » Les mots me manquent. Je reprends : « Regardez ces hommes ! Ces... *hommes* ! »

174

Parmi la foule, ceux qui le peuvent se haussent pour regarder les prisonniers et même les mouches qui déjà se posent sur des bourrelets ensanglantés.

J'entends le coup s'abattre, et me tourne à sa rencontre. Il me touche en plein visage. Je pense : « Je suis aveugle ! » et je recule en titubant dans la nuit qui me couvre aussitôt. J'avale du sang ; sur mon visage, quelque chose s'épanouit, flamme rose et tiède qui se mue en souffrance ardente. Je me cache le visage dans les mains et je piétine en rond, essayant de ne pas crier, essayant de ne pas tomber.

La suite de ce que je voulais dire, je n'arrive pas à m'en souvenir. Un miracle de la création — je cours après cette idée, mais elle m'échappe comme un ruban de fumée. La pensée me vient que nous écrasons des insectes sous nos pieds, et ne sont-ils pas des miracles de la création, à leurs façons diverses, les scarabées, les vers, les cafards, les fourmis ?

J'enlève mes doigts de mes yeux, et un monde gris émerge à nouveau, baigné de larmes. Je suis si profondément reconnaissant que je cesse de sentir la douleur. Tandis qu'on me pousse à travers la foule qui murmure, encadré de deux hommes, pour me ramener à ma cellule, je me surprends même à sourire.

Ce sourire, cet élan de joie, laissent après eux un arrière-goût troublant. Je sais qu'ils commettent une erreur en me traitant de façon aussi sommaire. Car je ne suis pas un orateur. Qu'aurais-je dit s'ils m'avaient laissé continuer ? Qu'il est pire de réduire en purée les pieds d'un homme que de le tuer au combat ? Que lorsqu'on permet à une fillette de battre un homme fait, la honte infligée retombe sur tout le monde ? Que le spectacle de la cruauté corrompt le cœur des innocents ? Les mots qu'ils m'ont empêché de prononcer auraient sans doute été bien plats, et n'auraient guère risqué de soulever la populace. Qu'est-ce que je défends, en somme, outre un code archaïque de noblesse à l'égard des ennemis capturés ? Qu'est-ce que j'affronte, sinon cette science nouvelle de l'avilissement qui tue des gens qu'on a mis à genoux, qu'on a réduits à l'hébétement et humiliés à leurs propres yeux ? Aurais-je osé, face à la foule, demander justice pour ces grotesques prisonniers barbares, aux derrières levés en l'air ? *Justice* : une fois que ce mot a été prononcé, à quoi mène-t-il ? Il est plus facile de crier *Non !* Il est plus facile d'être roué de coups et de devenir un martyr. Il est plus facile de poser ma tête sur le billot que de défendre la cause de la justice pour les barbares : car à quoi aboutit cette position, sinon à rendre les armes et à ouvrir les portes de la ville à ceux dont nous avons ravi la terre ? Le vieux magistrat, défenseur de la loi, ennemi — à sa façon — de l'État, battu, emprisonné, à la vertu inattaquable, n'échappe pas pour autant aux affres du doute.

Mon nez est cassé, je le sens, et peut-être aussi la pommette, où la chair s'est fendue sous le coup de bâton. L'enflure est en passe de me fermer l'œil gauche.

A mesure que l'engourdissement disparaît, la douleur surgit par spasmes distants d'une minute ou deux, si intenses que je ne peux plus rester couché. A l'apogée du spasme, je trotte autour de la pièce en me tenant la figure et en geignant comme un chien ; dans les vallées bénies qui séparent les sommets, je respire profondément, m'efforçant de garder le contrôle de moi-même, de ne pas pousser des plaintes trop déshonorantes. Il me semble percevoir des flux et des reflux dans le vacarme qui monte de la cohue assemblée sur la place, mais je

176

ne suis pas sûr que ce ne sont pas mes tympans qui grondent.

On m'apporte mon repas du soir comme d'habitude, mais je ne peux pas manger. Je ne peux pas rester immobile, il faut que je marche de long en large ou que je me balance à croupetons pour me retenir de hurler, de déchirer mes vêtements, de me lacérer la chair, de faire tout ce qu'on fait quand on atteint la limite de son endurance. Je pleure ; je sens des larmes brûler la chair mise à nu. Je fredonne la vieille chanson du cavalier et du genévrier et, quand j'ai fini, je recommence, m'accrochant aux paroles gravées dans ma mémoire, même lorsqu'elles cessent d'avoir un sens. Un, deux, trois, quatre... Je compte. Je me dis : ce sera une sacrée victoire, si tu arrives à passer la nuit.

Aux premières heures de la matinée, si étourdi de fatigue que je chavire, je cède enfin et je sanglote de tout mon cœur, comme un enfant : je m'assieds dans un coin, contre le mur, et je pleure, et les larmes me coulent des yeux sans s'arrêter. Je pleure, je pleure, pendant que la douleur lancinante monte et descend suivant son propre cycle. Et là, dans cette position, le sommeil fond sur moi comme la foudre. Je suis stupéfait de revenir à moi dans la faible lueur grise du jour, affalé dans un coin, totalement inconscient du passage du temps. Les élancements sont encore là, mais je constate qu'ils sont supportables, à condition de ne pas bouger. En fait, ils ont perdu leur étrangeté. Peut-être feront-ils bientôt partie intégrante de mon être, comme la respiration.

Alors, tranquillement appuyé au mur, ma main blessée serrée sous mon aisselle pour la soulager, je tombe une deuxième fois dans le sommeil, dans une confusion d'images dont l'une est l'objet particulier de ma quête ;

177

les autres volent vers moi comme des feuilles, mais je les balaie. L'image que je cherche est celle de la jeune fille. Elle est à genoux, le dos tourné vers moi, devant le château de neige ou de sable qu'elle a bâti. Elle porte une ample robe bleu foncé. En m'approchant, je vois qu'elle creuse dans les entrailles du château.

Elle prend conscience de ma présence et se tourne. Je me trompais, ce n'est pas un château qu'elle a construit, mais un four d'argile. De la fumée monte de l'évent pratiqué à l'arrière. Elle tend les mains vers moi pour m'offrir quelque chose, une masse informe que je regarde de mauvais gré, à travers une brume. J'ai beau secouer la tête, ma vision ne s'éclaircit pas.

Elle porte une toque ronde brodée d'or. Ses cheveux sont tressés en une lourde natte qui repose sur son épaule ; la natte est entrelacée de fils d'or. Je voudrais lui dire : « Pourquoi portes-tu tes plus beaux atours ? Je ne t'ai jamais vue aussi belle. » Elle me sourit : quelles dents superbes elle a, quels yeux lumineux, d'un noir de jais ! Et je vois maintenant que, ce qu'elle me tend, c'est une miche de pain encore chaude, avec une croûte épaisse, fumante, fendillée. Un élan de gratitude monte en moi. Je voudrais lui dire : « Comment une enfant comme toi a-t-elle si bien appris à faire le pain, dans le désert ? » J'ouvre les bras pour l'étreindre, et je reviens à moi, baigné de larmes qui brûlent la blessure de ma joue. J'ai beau me hâter de me replier dans le refuge du sommeil, je ne peux plus pénétrer dans le rêve, je ne peux pas goûter au pain qui m'a mis l'eau à la bouche.

Le colonel Joll est assis à la table de travail, dans mon bureau. Pas de livres, pas de dossiers ; la pièce est vide et austère, à l'exception d'un vase de fleurs coupées.

Le bel adjudant dont j'ignore le nom pose sur la table le coffre en cèdre, et fait quelques pas en arrière.

Baissant les yeux pour se reporter à ses papiers, le colonel parle.

« Parmi les articles qui ont été trouvés dans votre appartement figure ce coffre en bois. J'aimerais que vous le considériez. Son contenu est insolite. Il contient approximativement trois cents planchettes de peuplier blanc, dont chacune mesure environ huit pouces sur deux, et dont plusieurs sont entourées par une ficelle. Le bois est sec et friable. Une partie des ficelles sont neuves, d'autres sont si vieilles qu'elles se sont effritées. Si l'on défait la ficelle, on constate que la planchette s'ouvre, révélant deux surfaces intérieures plates. Ces surfaces sont couvertes d'une écriture inconnue. Je pense que vous approuverez cette description. »

Je fixe les lentilles de verre noir. Il continue.

« Il est raisonnable de supposer que les planchettes comportent des messages échangés entre vous-même et d'autres parties, à une période que nous ignorons. Il vous incombe d'expliquer ce que disent ces messages et qui étaient vos correspondants. »

Il prend une languette dans le coffret et la fait glisser vers moi sur la surface cirée du bureau.

Je regarde les lignes de caractères écrites par un inconnu mort depuis bien longtemps. Je ne sais même pas s'il faut lire de droite à gauche ou de gauche à droite. Au cours des longues soirées que j'ai passées à étudier ma collection, j'ai isolé dans cette écriture plus de quatre cents caractères distincts, jusqu'à quatre cent cinquante, peut-être. Je n'ai aucune idée de ce qu'ils représentent. Est-ce que chacun d'eux correspond à une chose particulière : le cercle au soleil, le triangle à la femme, la vague au lac ; ou est-ce qu'un cercle veut simplement dire « cercle », un triangle « triangle », une vague « vague » ? Est-ce que chaque signe correspond à un état donné de la langue, des lèvres, de la gorge, des poumons, qui s'allient pour articuler un langage barbare disparu, inimaginable et complexe, ou bien est-ce que mes quatre cents caractères ne sont que des enjolivements calligraphiques d'un répertoire sous-jacent de vingt ou trente, que je suis trop stupide pour repérer sous leurs formes primitives ?

« Il envoie ses salutations à sa fille. » J'entends avec étonnement la voix pâteuse et nasillarde qui est mienne maintenant. Mon doigt suit de droite à gauche la ligne de caractères. « Il dit qu'il ne l'a pas vue depuis longtemps. Il espère qu'elle est heureuse et prospère. Il espère que l'agnelage s'est bien passé. Il a, dit-il, un cadeau pour elle ; mais il va le garder jusqu'au jour où ils se reverront. Il l'embrasse. Ce n'est pas facile de lire sa signature. C'est peut-être simplement *Ton père*, à moins que ce ne soit un nom. »

J'allonge la main vers le coffre et j'y puise une autre languette. L'adjudant, assis derrière Joll, un petit carnet ouvert sur ses genoux, me dévisage fixement, le crayon suspendu au-dessus du papier.

« Voici ce que dit celle-ci : *Je regrette de devoir vous envoyer de mauvaises nouvelles. Les soldats sont venus, ils ont pris ton frère. Je suis allé au fort tous les jours pour les*

180

supplier de le laisser revenir. Je m'assieds dans la poussière, la tête nue. Hier, pour la première fois, ils ont envoyé un homme me parler. Il dit que ton frère n'est plus ici. Il dit qu'on l'a fait partir. J'ai demandé où, il n'a pas voulu me le dire. N'en parle pas à ta mère, mais prie avec moi qu'il soit sain et sauf.

» Voyons maintenant ce que dit le suivant. »

Le crayon est toujours en l'air, il n'a rien écrit, il n'a pas bougé. *« Hier, nous sommes allés chercher ton frère. Ils nous ont fait entrer dans une salle où il gisait sur une table, cousu dans un drap. »*

Lentement, Joll se renverse en arrière dans son fauteuil. L'adjudant ferme son carnet et fait mine de se lever ; mais d'un signe, Joll le retient.

« Ils voulaient que je le prenne comme cela, mais j'ai insisté pour le regarder d'abord.

" Et si ce n'est pas le bon corps que vous me donnez ? " leur ai-je dit. " Vous avez tant de corps ici, de corps de vaillants jeunes gens. " J'ai donc ouvert le drap et j'ai vu que c'était bien lui. J'ai remarqué que chaque paupière était cousue par un point. J'ai demandé :

" Pourquoi avez-vous fait cela ?

— C'est notre coutume ", a-t-il répondu.

J'ai déchiré le drap complètement et j'ai vu qu'il avait des meurtrissures sur tout le corps, et que ses pieds étaient gonflés et brisés. J'ai demandé :

" Que lui est-il arrivé ?

— Je ne sais pas, a dit l'homme, ce n'est pas sur le papier ; si vous avez des questions à poser, il faut voir le sergent, mais il est très occupé. " Nous avons dû enterrer ton frère ici, devant le fort, parce qu'il commençait à puer. Je te prie de prévenir ta mère et d'essayer de la consoler.

» Voyons maintenant cette autre. Voyez, il n'y a qu'un

caractère. En barbare, ce caractère veut dire *guerre,* mais il a aussi d'autres sens. Il peut signifier *vengeance,* et si vous le renversez comme ceci, la tête en bas, il peut se lire *justice.* On ne peut savoir quel était le sens recherché. Voilà qui est caractéristique de la fourberie barbare. Il en est de même pour toutes ces languettes. »

Je plonge ma main valide dans le coffre dont je remue le contenu. « Elles forment une allégorie. On peut les lire dans différents ordres. De plus, on peut lire chaque languette de plusieurs manières. Prises ensemble, elles peuvent se lire comme un livre de raison, ou comme un plan de campagne, ou bien on peut les tourner sur le côté et les lire comme une histoire des dernières années de l'Empire — je veux dire l'ancien Empire. Les savants ne sont pas d'accord sur la façon d'interpréter ces reliques des anciens barbares. On peut trouver des séries allégoriques comme celle-ci enterrées partout dans le désert. Celle-ci, je l'ai trouvée à moins de trois milles d'ici, dans les ruines d'un édifice public. Il y a un autre bon endroit où chercher, ce sont les cimetières ; mais il n'est pas toujours facile de dire où se trouvent les lieux de sépulture des barbares. Il est recommandé de creuser simplement au hasard : peut-être qu'à l'endroit même où vous vous tenez, vous trouverez des débris, des tessons, des souvenirs des morts. Il y a l'air, aussi ; l'air est plein de soupirs et de cris. Il ne se perdent jamais : si vous écoutez attentivement, avec une oreille sensible, vous entendrez leur écho éternel se répercuter dans la deuxième sphère. Le meilleur moment, c'est la nuit : quelquefois, quand vous avez du mal à vous endormir, c'est que vos oreilles ont été touchées par les cris des morts, qui sont, comme leurs écrits, sujets à maintes interprétations.

»Merci. Ma traduction est terminée. »

Tout ce temps, je n'ai pas quitté Joll des yeux. Il n'a plus bougé, sauf pour poser une main sur la manche de son subordonné au moment où j'ai mentionné l'Empire, et où il s'est levé, prêt à me frapper.

S'il s'approche de moi, je mettrai dans le coup que je lui assènerai toute la force qui me reste. Je ne disparaîtrai pas sous la terre sans laisser ma marque imprimée sur leurs corps.

Le colonel parle.

« Vous n'imaginez pas à quel point votre conduite est fatigante. De tous les fonctionnaires avec qui nous avons dû travailler sur la frontière, vous êtes le seul qui ne nous ait pas accordé sa pleine coopération. En toute franchise, je vous avoue que ces bouts de bois ne m'intéressent pas. » Il agite la main vers les languettes éparpillées sur le bureau. « Ce sont certainement des jetons de jeu. Je sais que d'autres tribus des Marches utilisent des jetons de bois. Je vous demande d'y réfléchir calmement : quel avenir avez-vous ici ? On ne peut vous autoriser à rester à votre poste. Vous vous êtes absolument déshonoré. Même si vous n'êtes finalement pas l'objet de poursuites. »

Je crie.

« J'attends que vous me poursuiviez ! Quand allez-vous le faire ? Quand allez-vous me faire comparaître ? Quand aurai-je enfin la possibilité de me défendre ? »

Je suis en rage. Je ne suis plus affligé par l'incapacité de parler que je ressentais devant la foule. Si je devais affronter ces hommes maintenant, en public, dans un procès équitable, je trouverais les mots qui les couvriraient de honte. C'est une question de santé et de force : je sens des mots brûlants gonfler ma poitrine. Mais jamais ils ne soumettront à un procès un homme qui a

183

encore la santé et la force de les confondre. Ils m'enfermeront dans le noir jusqu'à ce que je sois un idiot balbutiant, le fantôme de moi-même ; puis ils me traîneront devant une cour siégeant à huis clos et expédieront en cinq minutes les formalités légales qui leur paraissent si pénibles.

« Pendant la durée de l'état d'urgence, comme vous le savez, reprend le colonel, l'administration civile n'a plus la charge de la justice, qui passe entre les mains du Bureau. » Il soupire. « Magistrat, vous semblez croire que nous n'osons pas vous faire passer en jugement parce que nous craignons que vous ne soyez trop apprécié dans cette ville. Je ne pense pas que vous vous rendiez compte de tout ce que vous avez perdu en négligeant vos devoirs, en fuyant vos amis, en fréquentant les gens les plus vils. De toutes les personnes avec qui j'ai parlé, il n'en est aucune qui ne se soit pas, à un moment ou à un autre, sentie offensée par votre comportement.

— Ma vie privée ne les regarde pas !

— Cependant, je peux vous assurer que notre décision de vous décharger de vos fonctions a été accueillie favorablement dans la plupart des milieux. Personnellement, je n'ai rien contre vous. Il y a quelques jours, à mon retour, j'avais décidé que je n'attendais de vous qu'une réponse claire à une question simple, après quoi vous auriez pu retourner voir vos concubines en homme libre. »

Je me dis tout à coup que l'insulte n'est peut-être pas gratuite, que peut-être, pour des raisons différentes, ces deux hommes se réjouiraient de me voir perdre mon calme. Frémissant sous l'outrage, chacun de mes muscles noué de colère, je garde le silence.

Il continue :

« Vous semblez cependant avoir une nouvelle ambition. Vous semblez aspirer à la renommée de Seul Homme Juste, d'homme prêt à sacrifier sa liberté au nom de ses principes. Mais je vous le demande : pensez-vous que vos concitoyens vous voient sous ce jour, après la façon ridicule dont vous vous êtes donné en spectacle sur la place, l'autre jour ? Croyez-moi, pour les gens de cette ville, vous n'êtes pas le Seul Homme Juste, vous n'êtes qu'un bouffon, un fou. Vous êtes sale, vous puez, ils peuvent vous flairer à un mille à la ronde. Vous avez l'air d'un vieux mendiant, d'un chiffonnier. Ils ne veulent plus de vous à aucun titre. Vous n'avez plus d'avenir ici. Vous désirez, je suppose, que l'Histoire garde de vous le souvenir d'un martyr. Mais qui va inscrire votre nom dans les livres d'histoire ? Ces conflits frontaliers n'ont aucune portée. D'ici peu, ils passeront, et la frontière s'endormira à nouveau pour une vingtaine d'années. Personne ne s'intéresse à l'histoire du fin fond de l'arrière-pays.

— Avant votre arrivée, il n'y avait pas de conflit frontalier.

— C'est absurde. En fait, vous ignorez la réalité. Vous vivez dans le passé. Vous croyez que nous avons affaire à de petits groupes de nomades pacifiques. En réalité, nous avons affaire à un ennemi bien organisé. Si vous aviez accompagné le corps expéditionnaire, vous vous en seriez vous-même aperçu.

— Ces prisonniers pitoyables que vous avez ramenés, ce sont *eux* l'ennemi que je devrais craindre ? C'est cela que vous me dites ? L'ennemi, c'est *vous*, colonel ! » Je ne peux plus me maîtriser. Je cogne sur le bureau à coups de poing. « L'ennemi, c'est *vous*, c'est vous qui avez fait la guerre, et vous leur avez donné tous les martyrs dont ils ont besoin — et cela ne date pas d'hier, mais d'il y a un an, quand vous avez commis ici vos premiers actes de barbarie ! L'Histoire me donnera raison !

— C'est absurde. Il n'y aura pas d'histoire : l'affaire est trop triviale. »

Il semble impassible, mais je suis sûr que je l'ai ébranlé.

« Vous êtes un tortionnaire répugnant ! Vous méritez d'être pendu !

— Ainsi parle le juge, le Seul Homme Juste », murmure-t-il.

Nous nous regardons fixement, dans les yeux.

« Et, maintenant, dit-il en arrangeant la pile de papiers posée devant lui, j'aimerais une déposition concernant tous les échanges qui ont eu lieu entre vous et les barbares lors de la visite récente et non autorisée que vous leur avez rendue.

— Je refuse.

— Très bien. Notre entretien est terminé. » Il se tourne vers son subordonné. « Vous êtes responsable de lui. »

Il se lève, quitte la pièce. Je me retrouve face à l'adjudant.

Jamais lavée ni pansée, la blessure de ma joue est enflée et enflammée. Elle s'est recouverte d'une croûte semblable à une grosse chenille. Mon œil gauche n'est qu'une fente, mon nez une masse informe parcourue d'élancements. Je suis forcé de respirer par la bouche.

Je suis couché dans un relent de vieille vomissure, obsédé par la pensée de l'eau. Je n'ai rien eu à boire depuis deux jours.

Dans ma souffrance, il n'y a rien d'ennoblissant. Et même, dans ce que j'appelle souffrance, la part de douleur est réduite. Ce qu'on me fait subir, c'est un asservissement aux besoins les plus élémentaires de mon corps : boire, se soulager, trouver la position la moins inconfortable. Quand l'adjudant Mandel et son aide m'ont ramené ici, qu'ils ont allumé la lampe et fermé la porte, je me suis demandé combien de douleur un vieux monsieur grassouillet et bon vivant pourrait supporter au nom de sa conception excentrique de ce que devrait être la conduite de l'Empire. Mais mes tortionnaires ne s'intéressaient pas au degré de la douleur. Tout ce qu'ils voulaient, c'était me démontrer ce que cela veut dire de vivre dans un corps, d'être un corps, un corps qui ne peut se nourrir de notions de la justice que lorsqu'il est intact et valide, qui les oublie très vite lorsqu'on lui prend la tête, qu'on enfonce un tuyau dans son gosier, qu'on verse dans le tuyau des litres d'eau salée, jusqu'à ce qu'il soit secoué de toux et de nausées, batte l'air de ses membres et enfin se vide. Ils ne sont pas venus me forcer à révéler ce que j'avais dit aux barbares et ce que les barbares m'avaient dit. Je n'ai donc pas eu l'occasion de leur cracher à la figure les mots sonores que j'avais préparés à leur intention. Ils sont venus dans ma cellule pour me montrer ce que c'était que l'humanité, et en une heure, ils m'ont beaucoup appris.

L'enjeu n'est pas non plus à qui tiendra le plus longtemps. Je pensais naguère : « Ils sont assis dans une autre pièce, et ils parlent de moi. Voilà ce qu'ils disent : " Dans combien de temps va-t-il ramper devant nous ? Retournons-y dans une heure, et nous verrons. " »

187

Mais ce n'est pas cela. Ils ne me soumettent pas à un système complexe de douleur et de privations. Pendant deux jours, je ne reçois ni eau ni nourriture. Le troisième jour, on me nourrit. « Je regrette, dit l'homme qui m'apporte à manger, nous avons oublié. » Ce n'est pas par malveillance qu'ils oublient. Mes tortionnaires ont leur propre vie à mener. Je ne suis pas le centre de leur univers. L'adjoint de Mandel passe probablement ses journées à compter des sacs dans le dépôt de vivres ou à surveiller les ouvrages d'irrigation, en grommelant à cause de la chaleur. Quant à Mandel, j'en suis sûr, il passe plus de temps à astiquer ses buffleteries qu'à s'occuper de moi. Quand l'envie lui en prend, il vient me donner une leçon d'humanité. Combien de temps pourrai-je résister à l'irrégularité de ces attaques ? Et que se passera-t-il si je succombe, pleure, me traîne dans la poussière, alors que les attaques continuent ?

Ils me font sortir dans la cour. Debout devant eux, je cache ma nudité et berce ma main meurtrie, vieil ours fatigué devenu apprivoisé d'avoir été trop harcelé. « Cours », dit Mandel. Je cours tout autour de la cour, sous un soleil accablant. Quand je ralentis, il me tape les fesses avec sa canne, et j'accélère le pas. Les soldats interrompent leur sieste et s'installent à l'ombre pour regarder, les servantes passent la tête par la porte de la cuisine, des enfants écarquillent les yeux, de l'autre côté des barreaux du portail. « Je ne peux plus ! » Je halète. « Mon cœur ! » Je m'arrête, baisse la tête, m'étreins la poitrine. Tout le monde attend patiemment que je me remette. Puis la canne m'aiguillonne, et je reprends ma course chancelante, n'avançant pas plus vite qu'un homme ne marche.

Parfois, je fais des tours pour eux. Ils tendent une corde à la hauteur des genoux et je saute par-dessus, en avant, en arrière. Ils font venir le petit-fils de la cuisinière et lui donnent un bout de la corde à tenir. « Tiens-la bien, disent-ils, nous ne voudrions pas qu'il trébuche. » L'enfant serre son bout de corde à deux mains, se concentrant sur cette tâche importante, attendant que je saute. Je me dérobe. La pointe de la canne s'insinue entre mes fesses et appuie. « Saute », murmure Mandel. Je cours, j'esquisse un petit bond, m'emmêle dans la corde, et ne bouge plus. Je sens la merde. On ne me permet pas de me laver. Les mouches me suivent partout, dessinant des cercles autour de la plaie appétissante de ma joue, se posant dès que je reste un instant immobile. Pour les chasser, je passe ma main en rond devant mon visage ; ce geste est devenu aussi automatique que le balancement de la queue d'une vache. Mandel parle au gamin : « Dis-lui qu'il doit mieux faire la prochaine fois. » L'enfant sourit et détourne la tête. Je m'assieds dans la poussière en attendant le tour suivant. « Tu sais sauter à la corde ? » dit l'homme à l'enfant. « Donne-lui la corde et demande-lui de te montrer comment on fait. » Je saute à la corde.

La première fois que j'ai dû sortir de ma tanière et me tenir nu devant ces badauds ou me trémousser en tous sens pour les amuser, j'ai connu l'angoisse de la honte la plus extrême. Je suis maintenant au-delà de la honte. Mon esprit ne pense qu'au moment menaçant où mes genoux s'amollissent, où mon cœur se resserre comme sous la pince d'un crabe et où il faut que je m'arrête ; et chaque fois, je découvre avec étonnement que si je me repose un peu, si l'on me fait un peu mal, on peut me forcer encore à bouger, à sauter, à bondir, à ramper, à courir un peu plus. Arrivera-t-il un stade où je me coucherai et dirai : « Tuez-moi — je préfère mourir que de continuer » ? J'ai quelquefois l'impression de m'approcher de ce stade, mais je me trompe toujours.

Il n'y a dans tout cela aucune grandeur réconfortante. Quand je me réveille la nuit en gémissant, c'est que je revis dans mes rêves les humiliations les plus viles. La seule mort qui me soit offerte, semble-t-il, c'est celle du chien qui crève dans un coin.

Un jour, ils ouvrent grande la porte et je sors pour faire face non à deux hommes mais à un peloton au garde-à-vous. « Tenez, dit Mandel en me tendant une blouse de femme en calicot. Enfilez ça.

— Pourquoi ?

— Très bien ; si vous préférez être tout nu, restez tout nu. »

Je passe la blouse par la tête. Elle m'arrive à mi-cuisses. Du coin de l'œil, j'aperçois les deux plus jeunes servantes qui battent en retraite dans la cuisine, pouffant de rire à en perdre le souffle.

On me joint les poignets dans le dos et on les attache.

« L'heure est venue, magistrat, murmure Mandel à mon oreille. Faites de votre mieux pour vous conduire en homme. »

Je suis sûr que son haleine est chargée d'alcool.

Ils me font sortir de la cour. Sous les mûriers, où la terre est violette du jus des fruits tombés, des gens attendent, attroupés. Des enfants sont juchés sur les branches. A mon approche, tout le monde se tait.

190

Un soldat lance l'extrémité d'une corde de chanvre blanc neuve ; fait une boucle autour d'une branche, et la renvoie.

Je sais que ce n'est qu'un tour de plus, une nouvelle façon de passer l'après-midi inventée par des hommes lassés des vieux tourments. Je sens pourtant mes entrailles se fondre en eau. Je murmure : « Où est le colonel ? » Personne ne relève ma question.

Mandel parle :

« Avez-vous quelque chose à dire ? Dites ce que vous voulez. Nous vous donnons cette possibilité. »

Je plonge mon regard dans ses yeux bleus limpides, aussi clairs que si des lentilles de cristal avaient été glissées par-dessus ses prunelles. Il me regarde à son tour. Je n'ai aucune idée de ce qu'il voit. En pensant à lui, je me suis répété les mots *torture... tortionnaire,* mais ce sont des mots étranges et, plus je les répète, plus ils deviennent étranges, jusqu'à ce qu'ils pèsent sur ma langue comme des cailloux. Peut-être cet homme, et l'homme par qui il se fait aider dans son travail, et leur colonel, sont-ils des tortionnaires, peut-être sont-ils ainsi désignés sur trois fiches dans quelque paierie de la capitale, bien qu'il y ait plus de chances pour que les fiches les dénomment officiers de sécurité. Mais quand je le regarde, je ne vois que les yeux bleus limpides, l'harmonie un peu rigide du visage, les dents un peu trop longues là où les gencives se rétractent. Il s'occupe de mon âme : tous les jours, il écarte la chair et expose mon âme à la lumière ; au cours de sa carrière, il a sans doute vu beaucoup d'âmes ; mais le soin des âmes ne semble pas avoir laissé plus de marques sur lui que le soin des cœurs n'en laisse sur le chirurgien.

« Je fais beaucoup d'efforts pour comprendre vos sentiments à mon égard. » Je marmonne, je ne peux pas faire autrement, ma voix tremble, j'ai peur et la sueur dégouline sur mon corps. « Bien davantage qu'une possibilité de m'adresser à ces gens, à qui je n'ai rien à dire, j'apprécierais quelques mots de votre part. De façon à ce que je puisse enfin comprendre pourquoi vous vous consacrez à ce travail. Et entendre ce que vous ressentez vis-à-vis de moi, d'une personne à qui vous avez fait beaucoup de mal et que vous semblez maintenant vous proposer de tuer. »

Je contemple avec stupéfaction ce véritable discours, à mesure qu'il se dévide de moi. Suis-je fou au point de chercher la provocation ?

« Voyez-vous cette main ? » dit-il. Il avance la main à un pouce de mon visage. « Quand j'étais plus jeune (il plie et déplie les doigts) j'arrivais à enfoncer ce doigt (il montre son index) à travers une écorce de potiron. »

Il pose le bout du doigt contre mon front, et il appuie. Je fais un pas en arrière.

Ils ont même préparé un bonnet pour moi, un sac à sel qu'ils m'enfilent sur la tête et qu'ils attachent autour de mon cou avec une ficelle. A travers la toile, je les regarde mettre l'échelle à la verticale et la caler contre la branche. On me guide vers elle, on me pose le pied sur le premier barreau, on me passe le nœud coulant sous l'oreille.

« Grimpe, maintenant », dit Mandel.

Je tourne la tête et je distingue deux silhouettes floues qui tiennent le bout de la corde.

« Je ne peux pas grimper avec les mains liées. »

Mon cœur bat à tout rompre.

« Grimpe », répète-t-il en me maintenant le bras. La corde se resserre. « Tenez-la serrée », ordonne-t-il.

Je grimpe, il grimpe derrière moi, en me guidant. Je compte dix échelons. Des feuilles me frôlent. Je m'arrête. Il durcit sa prise sur mon bras.

« Est-ce que vous croyez que c'est un jeu ? » Il parle en serrant les dents, avec une fureur que je ne comprends pas. « Vous croyez que je ne parle pas sérieusement ? »

A l'intérieur du sac, la sueur me brûle les yeux.

« Non, dis-je, je ne crois pas que vous plaisantiez. »

Tant que la corde reste tendue, je sais qu'ils jouent. Si la corde se relâche, et que je glisse, je mourrai.

« Eh bien, que voulez-vous donc me dire ?

— Je désire affirmer que rien de ce qui a été échangé entre les barbares et moi ne concernait des questions militaires. C'était une affaire privée. Je suis allé rendre la jeune fille à sa famille. Il n'y avait aucun autre but.

— C'est tout ce que vous voulez me dire ?

— Je voudrais dire que personne ne mérite de mourir. » Grotesquement vêtu d'une robe et d'un sac, avec dans la bouche une nausée de lâcheté, je déclare : « Je veux vivre. Tous les hommes veulent vivre. Vivre, vivre, vivre. Peu importe comment.

— Cela ne suffit pas. » Il lâche mon bras, je vacille sur le dixième barreau ; sans la corde, je perdrais l'équilibre. « Vous voyez ? » dit-il. Il redescend de l'échelle, me laissant seul.

La sueur ? Non : les larmes.

Il y a un froissement dans les branches, près de moi. Une voix enfantine :

« Vous y voyez, oncle ?

— Non.

— Hé, les singes, descendez ! » lance quelqu'un d'en bas. La corde tendue me renvoie la vibration de leurs mouvements dans les branches.

Je me tiens là longtemps, cherchant avec précaution mon équilibre sur le barreau, sentant le contact réconfortant du bois dans le creux de mes plantes de pied, m'efforçant de ne pas chanceler, évitant autant que possible toute variation de tension de la corde.

Pendant combien de temps une foule de badauds se satisfera-t-elle de regarder un homme debout sur une échelle ? Je suis prêt à rester là jusqu'à ce que la chair se détache de mes os, vienne l'orage, la grêle ou le déluge, pourvu que je vive.

Mais voici que la corde se tend, je l'entends même racler l'écorce, et je dois enfin m'étirer pour éviter qu'elle ne me coupe le souffle.

Ce n'est donc pas un concours de patience : si la foule n'est pas satisfaite, on change les règles. Mais à quoi sert de blâmer la foule ? On désigne un bouc émissaire, on proclame une fête, on suspend l'application des lois : qui n'accourrait pas pour profiter du divertissement ? Qu'est-ce qui me choque dans les spectacles d'avilissement, de souffrance et de mort organisés par notre nouveau régime, sinon leur manque de décorum ? Quelle trace ma propre administration laissera-t-elle dans les mémoires, en dehors du déménagement des abattoirs, déplacés il y a vingt ans de la place du marché aux faubourgs de la ville pour préserver les convenances ? J'essaie de lancer une phrase, un mot qui dirait ma peur aveugle, un simple cri, mais maintenant la corde est si serrée que je suis étranglé, muet. Le sang me martèle les oreilles. Je sens que mes orteils lâchent prise. Je me balance doucement dans l'air, je me heurte à l'échelle, mes pieds battent l'air. Le bruit dans mes oreilles, tel un roulement de tambour, devient plus lent, plus fort, couvre enfin tous les autres bruits.

Je suis debout devant le vieil homme, plissant les yeux à cause du vent, attendant qu'il parle. Le fusil antique est toujours appuyé entre les oreilles de son cheval, mais il n'est pas braqué sur moi. J'ai conscience du ciel immense qui nous entoure, et du désert.

J'observe ses lèvres. D'une minute à l'autre, il va parler : il faut que j'écoute soigneusement pour saisir chaque syllabe, pour que plus tard, en me les répétant, en méditant sur elles, je puisse découvrir la réponse à une question qui, temporairement, s'est envolée de ma mémoire comme un oiseau.

Je distingue chaque crin de la crinière du cheval, chaque ride sur le visage du vieil homme, chaque rocher, chaque crevasse au flanc de la colline.

La jeune fille, ses cheveux noirs nattés et pendants par-dessus son épaule à la manière barbare, est derrière lui, assise sur son cheval. Sa tête est baissée ; elle aussi, elle attend qu'il parle.

Je soupire. Je me dis : « Quel dommage. Il est trop tard, maintenant ! »

Je me balance librement. La brise soulève ma blouse et joue sur mon corps nu. Détendu, je flotte. Dans des vêtements de femme.

Des choses qui doivent être mes pieds touchent le sol, totalement insensibles. Je m'étire avec précaution, de tout mon long, léger comme une feuille. Ce qui tenait ma tête dans un étau si serré se relâche. Quelque part en moi, il se fait un énorme grincement. Je respire. Tout va bien.

Puis on m'enlève le capuchon, le soleil m'éblouit, on me hisse sur mes pieds, tout nage devant moi, il y a un blanc.

Quelque part aux lisières de ma conscience, j'entends chuchoter le mot *voler*. Oui, c'est vrai, j'ai volé.

Mes yeux se posent sur les yeux bleus de Mandel. Ses lèvres bougent, mais je ne discerne aucun mot. Je secoue la tête, et une fois que j'ai commencé, je m'aperçois que je ne peux plus m'arrêter.

Il parle : « Je disais : nous allons maintenant vous montrer une autre façon de voler.

— Il ne vous entend pas, dit quelqu'un.

— Il entend », affirme Mandel. Il fait glisser le nœud coulant au-dessus de ma tête et le noue à la corde qui attache mes poignets. « Montez-le. »

Si je parviens à raidir mes bras, si je suis assez acrobate pour lever un pied et le passer autour de la corde, j'arriverai à pendre la tête en bas et à ne pas souffrir : c'est ma dernière pensée avant qu'ils ne commencent à me hisser. Mais je suis aussi faible qu'un bébé, mes bras montent derrière mon dos, et au moment où mes pieds quittent le sol, je sens dans mes épaules une déchirure terrible, comme si des nappes entières de muscles étaient en train de céder. De ma gorge monte le premier hurlement lugubre, sec comme le jet d'une poignée de gravier. Deux petits garçons dégringolent de l'arbre et, la main dans la main, sans regarder en arrière, s'enfuient en courant. Je ne cesse de hurler, je ne peux rien faire pour l'empêcher, le bruit sort d'un corps qui se sait détruit au-delà peut-être de toute guérison et mugit de peur. Même si tous les enfants de la ville m'entendent, je ne peux rien y faire : espérons seulement qu'ils n'imitent pas les jeux de leurs aînés, ou demain il y aura une épidémie de petits corps accrochés aux arbres. Quelqu'un me pousse et je me mets à décrire un arc à un pied au-dessus du sol, me balançant d'avant en arrière, vieux papillon de nuit dont on aurait collé les ailes, beuglant et hurlant. « Il appelle ses amis barbares, assure quelqu'un. Ce que vous entendez, c'est la langue des barbares. » Il y a des rires.

V

Les barbares sortent la nuit. Avant qu'il fasse noir, il faut faire rentrer la dernière chèvre, barricader les portes, installer dans chaque mirador un veilleur chargé d'annoncer les heures. Toute la nuit, dit-on, les barbares rôdent, avides de meurtres et de rapines. En rêve, les enfants voient les volets s'entrouvrir, et de farouches visages barbares les regarder en grimaçant. « Les barbares sont là ! » hurlent les enfants, et on ne peut les consoler. Des vêtements disparaissent des cordes à linge, de la nourriture des garde-manger les mieux cadenassés. « Les barbares, disent les gens, ont creusé un tunnel sous les remparts ; ils vont et viennent comme ils veulent, prennent ce qu'ils veulent ; plus personne n'est à l'abri. » Les paysans travaillent encore la terre, mais ils sortent en bandes, jamais seuls. Ils n'y mettent aucune ardeur. « Les barbares, disent-ils, attendent que les cultures soient bien parties avant de les inonder à nouveau. »

Les gens se plaignent : pourquoi l'armée ne fait-elle rien contre les barbares ? La vie dans les Marches est devenue trop difficile. Ils parlent de retourner au Vieux Pays, mais se rappellent alors que les routes ne sont plus sûres, à cause des barbares. On ne peut plus acheter directement ni thé ni sucre : les commerçants font des réserves. Ceux qui mangent bien mangent derrière des portes closes, craignant de susciter la jalousie de leur voisin.

Il y a trois semaines, une petite fille a été violée. Ses camarades, qui jouaient dans les fossés d'irrigation, ne s'étaient pas aperçus de son absence jusqu'à ce qu'elle revienne vers eux ensanglantée, muette. Chez ses parents, elle passa des jours couchée, à regarder le plafond. Rien ne pouvait la convaincre de raconter son histoire. Dès qu'on éteignait la lampe, elle commençait à pleurer. Selon ses amis, c'est un barbare qui a fait le coup. Ils l'ont vu s'enfuir dans les roseaux. Ils ont su que c'était un barbare à cause de sa laideur. Maintenant, aucun enfant n'a le droit de jouer hors des murs, et quand les paysans vont aux champs, ils emportent des gourdins et des lances.

Plus l'opinion s'élève contre les barbares, plus je me fais petit dans mon coin, espérant qu'on ne se souviendra pas de moi.

Il y a longtemps que le deuxième corps expéditionnaire est parti bravement, avec ses drapeaux, ses trompettes, ses armures brillantes, ses destriers caracolants, pour chasser les barbares de la vallée et leur donner une leçon qu'ils n'oublieraient pas, ni eux, ni leurs enfants, ni leurs petits-enfants. Depuis, il n'y a eu ni dépêches ni communiqués. L'euphorie de l'époque où il y avait des défilés militaires quotidiens sur la place, des démonstrations de haute école, des exercices de tir, s'est dissipée depuis longtemps. Maintenant, l'air est plein de rumeurs anxieuses. Selon certains, des conflits ont éclaté sur les mille milles de la frontière, les barbares du Nord se sont alliés à ceux de l'Ouest, l'armée de l'Empire se déploie sur une surface trop vaste et devra un jour renoncer à la défense d'avant-postes reculés comme celui-ci pour concentrer ses forces sur la protection du cœur du pays. Selon d'autres, si nous ne recevons aucune nouvelle de la guerre, c'est que nos soldats ont poussé loin à l'intérieur du territoire ennemi et sont trop occupés à porter à l'adversaire des coups vigoureux pour envoyer des dépêches. « Bientôt, disent-ils, au moment où nous nous y attendrons le moins, nos hommes reviendront, fatigués mais victorieux, et nous connaîtrons la paix. »

Parmi la petite garnison qui a été laissée sur place, il y a plus de soûleries que je n'en ai jamais connu, et plus d'arrogance à l'égard des civils. Des incidents se sont produits : des soldats sont entrés dans des boutiques, ont pris ce qu'ils voulaient, et sont repartis sans payer. A quoi sert au commerçant de donner l'alarme quand les délinquants et la Garde civile ne font qu'un ? Les commerçants se plaignent à Mandel, à qui est confiée l'administration, en vertu de l'état d'urgence, tant que Joll est en campagne. Mandel promet d'agir, mais ne fait rien. Pourquoi agirait-il ? Tout ce qui compte pour lui, c'est de rester populaire auprès de ses hommes. Malgré les manifestations de vigilance sur les remparts et l'expédition hebdomadaire le long du lac (à la recherche de barbares en embuscade : aucun n'y a jamais été surpris), la discipline est relâchée.

Pendant ce temps, moi — mais qui suis-je ? un vieux bouffon qui a perdu ses derniers vestiges d'autorité le jour où, pendu à un arbre, vêtu d'une chemise de femme, il criait à l'aide ; une créature répugnante qui, ayant perdu l'usage de ses mains, a pendant une semaine léché sa nourriture à même les dalles, comme un chien —, je ne suis plus enfermé. Je dors dans un coin de la cour de la caserne ; je me traîne dans ma blouse crasseuse ; quand on lève le poing sur moi, je tremble de peur. Je vis comme une bête affamée qu'on tolère derrière la maison ; peut-être ne me garde-t-on en vie que pour prouver que dans tout ami des barbares se cache un être bestial. Je sais que je ne suis pas en sécurité. Je sens parfois peser sur moi un regard plein de rancœur ; je ne lève pas les yeux ; je sais que certains doivent résister difficilement à la tentation de nettoyer la cour en me logeant une balle dans la tête depuis une des fenêtres du premier étage.

Une vague de réfugiés est arrivée en ville, des pêcheurs venus des établissements minuscules disséminés le long du fleuve et sur la rive nord du lac, parlant une langue que personne ne comprend, transportant leurs possessions sur leur dos, escortés par des chiens osseux et des enfants rachitiques. Quand ils sont arrivés, les gens s'attroupaient autour d'eux. Ils demandaient : « Ce sont les barbares qui vous ont chassés ? », et faisaient des grimaces féroces, et tendaient des arcs imaginaires. Personne ne leur a demandé ce qu'ils pensaient de l'armée impériale et des feux de broussaille qu'elle a allumés.

Au début, il y a eu un mouvement de sympathie pour ces sauvages : les gens leur apportaient de quoi manger et de vieux vêtements, jusqu'à ce qu'ils se mettent à monter leurs cabanes en chaume contre la muraille, du côté de la place où poussent les noyers, jusqu'à ce que leurs enfants deviennent assez hardis pour aller voler dans les cuisines ; une nuit, enfin, une meute de leurs chiens a fait irruption dans la bergerie et a égorgé une douzaine de brebis. A ce moment-là, l'opinion s'est retournée contre eux. Les soldats ont pris des mesures, abattant leurs chiens à vue, et un matin, pendant que les hommes étaient encore sur le lac, détruisant toute la rangée de cabanes. Pendant des jours, les pêcheurs se sont cachés dans les roseaux. Puis, une par une, les petites huttes couvertes de chaume ont refait leur apparition, cette fois-ci en dehors de la ville, sous la muraille nord. Les huttes ont été tolérées, mais les sentinelles des portes ont reçu l'ordre de leur interdire d'entrer dans la ville. Cette règle s'est maintenant assouplie, et on peut les voir le matin colporter de porte en porte des poissons enfilés sur des ficelles. Ils n'ont aucune expérience de l'argent, on les roule outrageusement, ils cèdent n'importe quoi contre un dé à coudre de rhum.

C'est une peuplade maigre, avec des poitrines de pigeon. Leurs femmes ont toujours l'air enceintes ; leurs enfants sont chétifs ; il y a quelque beauté chez certaines jeunes filles, fragiles, aux yeux liquides ; je ne vois autrement en eux que des êtres ignorants, sournois, sales. Mais que voient-ils en moi, si tant est qu'ils me voient ? Une bête brute qui les regarde de l'autre côté d'un portail ; l'envers répugnant de cette belle oasis où ils ont trouvé une sécurité précaire.

Un jour, pendant que je somnole dans la cour, une ombre s'abat sur moi, un pied s'enfonce dans ma chair, et je lève les yeux pour rencontrer le regard bleu de Mandel.

« Vous êtes content de la nourriture ? dit-il. Reprenez-vous du poids ? »

Je fais oui de la tête en m'asseyant à ses pieds.

« Parce que nous ne pouvons pas continuer à vous nourrir éternellement. »

Il y a un long silence ; nous nous examinons mutuellement.

« Quand allez-vous vous décider à travailler, pour payer votre entretien ?

— Je suis un prisonnier attendant son jugement. Les prisonniers qui attendent leur jugement n'ont pas à payer leur entretien en travaillant. C'est la loi. Leur entretien est financé par les deniers publics.

— Mais vous n'êtes pas prisonnier. Vous êtes libre de partir quand vous voudrez. »

Il me laisse le temps de mordre à son hameçon trop voyant. Je ne dis rien. Il continue : « Comment pourriez-vous être prisonnier, puisque vous n'êtes pas dans nos registres ? Croyez-vous que nous n'avons pas de registres ? Vous ne figurez pas dans nos registres. Donc vous êtes nécessairement un homme libre. »

Je me lève et je traverse la cour sur ses pas, jusqu'au portail. Le gardien lui tend la clé, et il ouvre la serrure.

« Vous voyez ? La porte est ouverte. »

J'hésite avant de la franchir. Il y a quelque chose que j'aimerais savoir. Je pose mon regard sur le visage de Mandel, sur ses yeux clairs, fenêtres de son âme, sur la bouche par laquelle son esprit s'exprime.

« Avez-vous une minute à me consacrer ? » Nous sommes debout au milieu de l'entrée : à l'arrière-plan, le gardien fait semblant de ne rien entendre. Je continue : « Je ne suis plus un jeune homme, et l'avenir que je pouvais avoir ici est en ruine. » D'un geste, je montre la place, la poussière qui vole dans le vent chaud de la fin de l'été, ce vent qui rend malades les plantes et les gens. « De plus, je suis déjà mort une fois, sur cet arbre, mais vous avez décidé de me laisser la vie. Or il y a quelque chose que j'aimerais savoir avant de partir. S'il n'est pas trop tard, maintenant que les barbares sont à nos portes. » Je sens l'ombre d'un sourire sarcastique effleurer mes lèvres, je ne peux pas m'en empêcher. Je lève les yeux vers le ciel vide. « Pardonnez-moi si la question paraît impudente, mais je voudrais vous demander : comment faites-vous pour manger, après, une fois que vous avez... travaillé sur des gens ? C'est une question que je me suis toujours posée, en pensant aux bourreaux, à ce genre de gens. Attendez ! Écoutez-moi encore un instant, je suis sincère, cela m'a beaucoup coûté d'arriver à vous en parler, étant donné que vous me terrifiez — inutile que je vous le dise, vous vous en doutez certainement. Vous est-il facile de prendre un repas, après ? J'avais imaginé qu'on aurait envie de se laver les mains. Mais un lavage ordinaire ne suffirait pas, on aurait besoin de l'intervention d'un prêtre, d'une cérémonie de purification — qu'en pensez-vous ? Il faudrait aussi trouver moyen de purger l'âme ; c'est ce que j'ai imaginé. Sinon comment serait-il possible de revenir à la vie de tous les jours — de s'asseoir à table, par exemple, et de rompre le pain avec sa famille ou ses camarades ? »

Il se détourne, mais d'un geste lent ; de ma main pareille à une griffe, j'arrive à lui prendre le bras.

« Non, écoutez ! Ne le prenez pas mal : je ne vous blâme pas, je ne vous accuse pas, c'est un stade que j'ai dépassé depuis longtemps. Rappelez-vous que moi aussi j'ai consacré ma vie à la loi, je connais ses détours, je sais que les opérations de la justice sont souvent obscures. J'essaie seulement de comprendre. J'essaie de comprendre la sphère dans laquelle vous vivez. J'essaie d'imaginer comment vous faites pour respirer, manger, vivre, jour après jour. Mais je n'y arrive pas ! C'est ce qui me trouble ! Je me dis : si j'étais lui, mes mains me sembleraient si sales que j'en suffoquerais. »

Il se dégage sèchement et me porte à la poitrine un coup si fort que je recule en chancelant, le souffle coupé.

« Fumier ! hurle-t-il. Foutu vieux cinglé ! Fous le camp ! Va mourir ailleurs ! »

Je lance : « Quand allez-vous me faire passer en jugement ? »

Mais déjà il s'éloigne, et c'est à son dos que je m'adresse. Il ne réagit pas.

Il n'y a nulle part où se cacher. Et pourquoi me cacherais-je ? De l'aube au crépuscule, on me voit sur la place, errant autour des étals ou assis à l'ombre des arbres. Et peu à peu, comme le bruit circule que le vieux magistrat en a bavé et s'en est sorti, les gens cessent de se taire ou de tourner les talons dès que je m'approche. Je découvre que je ne manque pas d'amis, surtout chez les femmes, qui ont du mal à cacher leur désir d'entendre ma version de l'histoire. Et errant dans les rues, je passe devant l'épouse rondelette de l'intendant militaire, qui étend sa lessive. Nous échangeons des saluts.

« Comment allez-vous, monsieur ? demande-t-elle. Nous avons appris que vous aviez eu des moments bien difficiles. » Ses yeux brillent, avides mais prudents. « Entrez donc prendre une tasse de thé ! »

Nous nous asseyons donc ensemble à la table de la cuisine, et elle envoie les enfants jouer dehors ; pendant que je bois mon thé et m'attaque hardiment aux délicieux biscuits à la farine d'avoine qu'elle confectionne, elle déplace les premiers pions dans la partie tortueuse que nous allons jouer, au jeu des questions et des réponses :

« Vous êtes resté parti si longtemps, nous nous demandions si vous alliez revenir... Et tous ces ennuis que vous avez eus ! Comme tout a changé ! On n'avait pas tout ce remue-ménage quand vous vous occupiez des affaires.

205

Tous ces étrangers de la capitale, qui bouleversent tout ! »

C'est le moment de placer ma réplique ; je soupire :

« Eh oui, ils ne comprennent pas comment nous prenons les choses, nous autres, en province. Faire tant d'histoires à propos d'une fille... » J'engloutis un autre biscuit. Un nigaud amoureux, on se moque de lui, mais on finit toujours par lui pardonner. « Pour moi, c'était une question de bon sens de la ramener à sa famille, mais comment leur faire comprendre cela ? » Je continue mon bavardage ; elle écoute ce flot de demi-vérités, hochant la tête, posant sur moi un œil de faucon ; nous feignons de croire que la voix qu'elle entend n'est pas la voix de l'homme qui se balançait, pendu à l'arbre, et demandait grâce en criant assez fort pour réveiller les morts. « ... De toute façon, espérons que tout cela est terminé. J'ai encore des douleurs (je me touche l'épaule), le corps met si longtemps à guérir, quand on vieillit... »

Je paie donc ma nourriture par des chansons. Et si j'ai encore faim le soir, si j'attends près du portail de la caserne le coup de sifflet qui appelle les chiens, en me glissant discrètement à l'intérieur, j'arrive en général à soutirer aux servantes les restes du dîner des soldats, un bol de haricots froids, le fond somptueux de la marmite de soupe, ou une demi-miche de pain.

Le matin, je peux aussi flâner jusqu'à l'auberge, me pencher dans la cuisine par-dessus le vantail de la porte et humer toutes les bonnes odeurs, marjolaine, levure, oignons hachés croustillants, graisse de mouton fumante. Mai, la cuisinière, graisse les moules à pain : je regarde son doigt habile plonger dans le pot de saindoux et enduire le moule en trois cercles rapides. Je pense à ses gâteaux, à ses tourtes renommées — au jambon, aux épi-

206

nards, au fromage, et je sens la salive jaillir dans ma bouche.

« Il y a tant de gens qui sont partis, dit-elle en se penchant vers la grosse boule de pâte, vous ne pouvez pas vous imaginer. Il y a seulement quelques jours, il y a encore eu un départ important. Une des filles qui étaient ici — vous vous la rappelez peut-être, une petite, avec de longs cheveux plats — elle est partie dans ce groupe, avec son ami. » Elle me communique ce renseignement d'une voix sans expression, et je lui suis reconnaissant de sa délicatesse. « Bien sûr, c'est raisonnable : si on veut partir, il faut partir maintenant, la route est longue et dangereuse, et les nuits se refroidissent. » Elle me parle du temps, de l'été qui est fini et des signes qui annoncent l'hiver, comme si le lieu dont je reviens — ma cellule, à moins de trois cents pas de l'endroit où nous sommes — avait été absolument étanche à la chaleur et au froid, à la sécheresse et à l'humidité. A ses yeux, je m'en aperçois, j'ai disparu, puis réapparu, et dans l'intervalle, je n'ai plus été au monde.

Pendant qu'elle parlait, je l'ai écoutée, j'ai hoché la tête, j'ai rêvé. A mon tour maintenant.

« Vous savez, lui dis-je, quand j'étais en prison — dans la caserne, pas dans la nouvelle prison, dans une petite pièce où ils m'ont enfermé — j'avais si faim que je n'avais pas une pensée pour les femmes : il n'y avait que la nourriture. Pour moi, vivre, c'était aller d'un repas à un autre. Il n'y en avait jamais assez. Je dévorais comme un chien, et j'en aurais voulu plus. Il y a aussi eu, à diverses périodes, beaucoup de douleur : ma main, mon bras, et puis ceci — je touche mon nez épaissi et la vilaine cicatrice sous l'œil, qui fascine les gens, je commence à le savoir, même s'ils le cachent bien. Quand je rêvais d'une femme, je rêvais de quelqu'un qui viendrait la nuit et chasserait la douleur. Un rêve d'enfant. Ce que je ne savais pas, c'est que le désir pouvait s'accumuler au creux des os, et qu'un jour, sans crier gare, il se déversait. Il y a un instant, par exemple, — la jeune fille dont vous avez parlé — je l'aimais beaucoup, je pense que vous le savez, bien que par sollicitude, vous ayez évité... Quand vous m'avez appris qu'elle était partie, je l'avoue, j'ai eu l'impression de prendre quelque chose ici, en pleine poitrine. Un coup. »

Ses mains s'agitent, adroites, découpant des ronds dans l'abaisse de pâte avec le bord d'un bol, ramassant les chutes, les roulant en boule. Elle fuit mon regard.

· « Hier soir, je suis monté jusqu'à la chambre, mais la porte était fermée. J'ai fait comme si cela m'était égal. Elle a beaucoup d'amis, je n'ai jamais cru que j'étais le seul... Mais qu'est-ce que je voulais ? Un endroit où dormir, c'est certain ; mais plus encore. Pourquoi nous le masquer ? Ce que les vieillards cherchent, nous le savons tous, c'est à recouvrer leur jeunesse dans les bras de jeunes femmes. »

Elle frappe sur la pâte, la pétrit, l'étale : c'est elle-même une jeune femme, avec des enfants, qui vit avec une mère exigeante : qu'est-ce que j'attends d'elle, moi qui lui inflige mes bavardages sur la douleur et la solitude ? Désemparé, j'écoute le discours qui s'échappe de moi. « Que tout soit dit ! ai-je pensé quand j'ai pour la première fois fait face à mes tortionnaires. Pourquoi sceller stupidement tes lèvres ? Tu n'as pas de secrets. Ne les laisse pas ignorer qu'ils triturent de la chair et du sang ! Proclame ta terreur, hurle dès que survient la douleur ! Ils se repaissent de silences obstinés ; cela leur confirme que chaque âme est une serrure qu'il faut

patiemment crocheter. Mets-toi à nu ! Ouvre ton cœur ! »
J'ai donc poussé des cris, des hurlements, et j'ai dit tout
ce qui me passait par la tête. Fallacieuse argumentation !
Car ce que j'entends maintenant quand je laisse ma
langue voguer librement, c'est la plainte subtile d'un
mendiant. Voilà ce que je m'entends dire :

« Savez-vous où j'ai dormi la nuit dernière ? Vous
savez, ce petit appentis, derrière l'entrepôt à grains ?... »

Mais c'est par-dessus tout de nourriture que j'ai envie,
et cette envie se fait plus intense de semaine en semaine.
Je veux engraisser de nouveau. La faim est en moi, jour
et nuit. Je me réveille avec des bâillements d'estomac,
j'ai hâte de reprendre ma tournée : traîner devant le portail de la caserne, à renifler l'arôme fade et douceâtre de
la bouillie d'avoine, à attendre qu'on m'offre les fonds
de casserole brûlés ; cajoler les enfants pour qu'ils grim-
pent aux mûriers et me lancent des fruits, allonger le
bras au-dessus d'une clôture de jardin pour voler une
pêche ou deux ; aller de porte en porte, homme qui a eu
des malheurs, victime d'une folie amoureuse, mais guéri
maintenant, prêt à accepter avec le sourire ce qu'on lui
propose, une tartine de pain et de confiture, une tasse de
thé, ou peut-être, vers midi, un bol de ragoût ou une
assiette de haricots aux oignons et des fruits, toujours
des fruits, des abricots, des pêches, des grenades, toute la
richesse d'un été plantureux. Je mange comme un mendiant, me gavant avec tant d'appétit, nettoyant si bien
mon assiette qu'il y a de quoi réjouir le cœur. Rien
d'étonnant à ce que, de jour en jour, je rentre peu à peu
dans les bonnes grâces de mes concitoyens.

Et comme je sais flatter, comme je sais courtiser ! Plus
d'une fois, j'ai eu droit à une collation succulente, pré-
parée spécialement à mon intention : une côtelette de

mouton frite avec des poivrons et de la ciboulette, ou une tranche de pain garnie de jambon, de tomate et d'une lichette de fromage de chèvre. Si je peux, en échange, porter de l'eau ou du bois de chauffage, je le fais avec plaisir, en signe de reconnaissance, bien que je ne sois plus aussi fort qu'autrefois. Et s'il se trouve que j'ai épuisé mes ressources en ville — car je dois prendre garde à ne pas devenir un fardeau pour mes bienfaiteurs —, j'ai le recours de descendre jusqu'au camp des pêcheurs et de les aider à nettoyer le poisson. J'ai appris quelques mots de leur langue, ils m'accueillent sans méfiance, ils savent ce que c'est que de mendier, ils partagent leur nourriture avec moi.

Je veux être gras à nouveau, plus gras que jamais. Je veux pouvoir joindre mes mains sur mon ventre et l'entendre gargouiller d'aise, je veux sentir mon menton s'enfoncer dans les coussins de ma gorge et mes seins ballotter au rythme de ma marche. Je veux une vie de satisfactions simples. Je veux (vain espoir!) ne plus jamais connaître la faim.

Il y a presque trois mois qu'ils sont partis : toujours pas de nouvelles du corps expéditionnaire. Mais une sur-abondance de rumeurs effroyables : l'armée a été attirée dans le désert et exterminée ; à notre insu, on l'a rappelée pour défendre la métropole, abandonnant les villes de la frontière aux barbares, qui les cueilleront comme des fruits mûrs dès qu'ils le jugeront bon. Chaque semaine, un convoi quitte la ville ; les plus prudents partent vers l'est, par groupes de dix ou douze familles qui vont « séjourner chez des parents », selon l'euphémisme en vigueur, « jusqu'à ce que la situation s'améliore ». Ils partent, tirant des carrioles, poussant des charrettes à bras, portant des ballots sur leur dos, chargeant jusqu'aux enfants comme des ânes bâtés. J'ai même vu un long chariot bas à quatre roues, tiré par des moutons. On ne peut plus acheter de bêtes de somme. Ce sont les gens raisonnables qui partent, les maris et les femmes qui veillent la nuit pour échafauder des plans, et cherchent en chuchotant dans leur lit les meilleurs moyens de limiter les pertes. Ils tournent le dos à leur maison confortable, ferment la porte à clé — « en attendant notre retour » — et emportent la clé en souvenir. Dès le lendemain, des bandes de soldats forcent la porte, pillent la maison, fracassent les meubles, souillent les parquets. La hargne monte contre ceux que l'on voit se livrer aux préparatifs du départ. On les insulte en public, on les attaque ou on les vole impunément. Maintenant, certaines familles préfèrent disparaître en pleine nuit, soudoyant les gardiens pour qu'ils leur ouvrent les portes, prenant la route de l'est et attendant à la première ou à la deuxième étape qu'un groupe assez nombreux pour voyager en sécurité se soit rassemblé.

La soldatesque tyrannise la ville. Ils ont tenu sur la place une assemblée aux flambeaux pour dénoncer « les lâches et les traîtres » et affirmer collectivement leur loyauté à l'Empire. NOUS RESTONS : tel est maintenant le mot d'ordre des fidèles, et l'on voit partout ces mots barbouillés sur les murs. Cette nuit-là, je suis resté dans l'ombre, à la lisière de la foule énorme (personne n'avait eu le courage de rester chez lui), à écouter ces mots entonnés par des milliers de gorges, pesamment, sur le ton de la menace. Un frisson m'a parcouru le dos. Après l'assemblée, les soldats ont pris la tête d'une procession à travers les rues. Des portes ont été défoncées, des fenêtres brisées, une maison incendiée. Tard dans la nuit, on a bu et festoyé sur la place. J'ai cherché Mandel, mais je ne l'ai pas vu. Peut-être a-t-il perdu le contrôle de la garnison, si tant est d'ailleurs que les soldats aient jamais accepté de recevoir les ordres d'un policier.

Au début, lorsqu'ils ont pris leurs quartiers dans la ville, ces soldats, étrangers à nos mœurs, conscrits venus de tous les coins de l'Empire, furent accueillis fraîchement. « Nous n'avons pas besoin d'eux ici, disaient les gens, plus vite ils iront combattre les barbares, mieux ce sera. » Les commerçants leur refusaient tout crédit, les mères mettaient leurs filles sous les verrous. Mais dès que les barbares ont fait leur apparition à notre porte, cette attitude a changé. Maintenant qu'ils semblent être notre seul rempart contre la destruction, ces soldats étrangers sont l'objet d'une cour effrénée. Un comité de citoyens perçoit chaque semaine une taxe pour organiser en leur honneur un banquet où l'on rôtit des moutons entiers, où l'on met en perce des tonneaux de rhum. Les filles de la ville sont à leur disposition. Ils sont libres de prendre tout ce qu'ils veulent, pourvu qu'ils restent et préservent nos vies. Et plus on les adule, plus leur arrogance prospère. Nous savons que nous ne pouvons pas compter sur eux. Maintenant que les greniers sont presque vides et que le gros des troupes s'est évanoui en fumée, qu'est-ce qui les retiendrait, une fois la fête finie ? Tout ce que nous pouvons espérer, tout ce qui peut les empêcher de nous abandonner, c'est qu'ils hésiteront devant les rigueurs d'un voyage hivernal.

Car les signes avant-coureurs de l'hiver se multiplient. Au petit matin, une brise glaciale se lève au nord : les volets craquent, les dormeurs se blottissent au creux de

212

leur lit, les sentinelles s'enroulent dans leurs capotes et se retournent. Il y a des nuits où je me réveille en tremblant sur ma couche de vieux sacs et ne parviens plus à trouver le sommeil. Quand le soleil se lève, il semble plus lointain chaque jour ; la terre se refroidit avant même le coucher du soleil. Je pense aux petits convois de voyageurs éparpillés sur une route longue de plusieurs centaines de milles, en marche vers une métropole inconnue de la plupart, poussant leurs charrettes, aiguillonnant leurs chevaux, portant leurs enfants, surveillant leurs provisions, abandonnant jour après jour sur les bas-côtés des outils, de la vaisselle, des portraits, des horloges, des jouets, tous les biens qu'ils croyaient pouvoir sauver de la ruine avant de comprendre qu'ils pouvaient au mieux espérer s'en sortir vivants. Dans une semaine ou deux, le climat deviendra si dangereux que seuls les plus téméraires pourront prendre la route. Le lugubre vent du nord hurlera tout le jour, flétrissant toute végétation, chassant sur le vaste plateau une marée de poussière, apportant par rafales la grêle et la neige. Avec mes haillons et les vieilles sandales qu'on m'a données, un bâton à la main, un sac sur le dos, je ne m'imagine pas survivant à cette longue marche. Je n'y aurais pas le cœur. Quelle vie puis-je espérer trouver, loin de cette oasis ? Une vie de comptable indigent, dans la capitale, où je retrouverais tous les soirs, à la tombée de la nuit, une chambre meublée dans une rue triste, pendant que mes dents tomberaient une à une et que la logeuse reniflerait derrière la porte ? Si je devais m'associer à l'exode, je choisirais d'être un de ces vieillards discrets qui, un jour, s'écartent de la colonne, s'installent à l'abri d'un rocher, et attendent que le grand froid de la fin monte lentement le long de leurs jambes.

Mes pas errants me conduisent sur la large route qui descend vers le rivage. Devant moi, l'horizon est déjà gris, et se confond avec les eaux grises du lac. Derrière moi, le soleil se couche au milieu de traînées d'or et de carmin. Dans les fossés, on entend chanter le premier grillon. Ce monde, je le connais, je l'aime, je ne veux pas le quitter. J'ai souvent pris cette route la nuit, depuis ma jeunesse, et il ne m'est jamais arrivé malheur. Comment croirais-je que la nuit grouille d'ombres furtives de barbares ? S'il y avait des étrangers ici, je le sentirais dans mes os. Les barbares se sont retirés avec leurs troupeaux dans les vallées de montagne les plus reculées, attendant que les soldats se lassent et s'en aillent. A ce moment-là, les barbares sortiront à nouveau. Ils feront paître leurs moutons et nous laisseront tranquilles, nous ensemencerons nos champs et les laisserons tranquilles, et d'ici quelques années la frontière aura retrouvé la paix.

Je longe les champs dévastés, dégagés maintenant et à nouveau labourés, je traverse les fossés d'irrigation et le remblai du rivage. Sous mes pieds, le sol devient mou ; je foule bientôt une herbe gorgée d'eau, traversant avec difficulté des fourrés de roseaux, m'enfonçant dans l'eau jusqu'à la cheville dans la dernière lueur violacée du crépuscule. Des grenouilles sautent dans l'eau devant moi ; tout près, un oiseau se ramasse pour prendre son vol, et j'entends le faible bruissement de ses plumes.

J'avance dans l'eau, écartant les roseaux avec les mains, sentant la vase fraîche gicler entre mes orteils ; l'eau, qui retient plus longtemps que l'air la chaleur du soleil, résiste, puis cède, à chaque enjambée. Aux pre-

214

mières heures du matin, les pêcheurs mènent à la godille leurs bateaux à fond plat sur cette surface calme, et jettent leurs filets. Quelle façon paisible de gagner sa vie ! Je devrais peut-être renoncer à ma profession de mendiant et m'installer dans leur camp au pied de la muraille, me bâtir une hutte de terre et de roseaux, épouser une jolie fille de chez eux, festoyer quand la pêche est bonne, me serrer la ceinture quand elle ne l'est pas.

Debout jusqu'aux mollets dans l'eau apaisante, je me complais à cette vision nostalgique. Je n'ignore pas ce que signifient de telles rêveries — devenir un de ces sauvages qui ne pensent pas, prendre la route glaciale qui mène à la capitale, ramper à tâtons jusqu'aux ruines, dans le désert, m'enfermer à nouveau dans ma cellule, aller m'offrir aux barbares pour qu'ils fassent de moi ce qu'ils voudront. Sans exception, ces rêves parlent de la fin — je n'y rêve pas une façon de vivre, mais une façon de mourir. Et chacun, je le sais, dans cette ville ceinte de murs qui s'enfonce maintenant dans les ténèbres (j'entends les deux grêles sonneries de trompette qui annoncent la fermeture des portes) partage cette préoccupation. Tout le monde, sauf les enfants ! Les enfants ne doutent pas un instant, quand ils jouent à l'ombre des grands arbres, que ces arbres si vieux ne soient là pour toujours ; ils sont sûrs qu'un jour, ayant grandi, ils seront forts comme leurs pères, fertiles comme leurs mères, qu'ils vivront, prospéreront, élèveront à leur tour leurs enfants et vieilliront en ce lieu où ils sont nés. Pourquoi n'avons-nous pas pu vivre dans le temps comme des poissons dans l'eau, comme des oiseaux dans l'air, comme des enfants ? C'est la faute de l'Empire ! L'Empire a créé le temps de l'Histoire. L'Empire n'a pas

situé son existence dans le temps uni, récurrent, tournant, du cycle des saisons, mais dans le temps déchi-
queté de l'ascension et de la chute, du commencement et
de la fin, de la catastrophe. L'Empire se condamne à
vivre dans l'Histoire et à conspirer contre l'Histoire. Une
seule pensée occupe l'esprit submergé de l'Empire :
comment ne pas finir, comment ne pas mourir, comment
prolonger son ère. Le jour, il poursuit ses ennemis. Il est
rusé, impitoyable, il envoie partout ses limiers. La nuit, il
se repaît d'images de désastres : saccage, viol, pyramides
d'ossements, arpents dévastés. La vision est folle, et
pourtant virulente : moi, qui patauge dans la boue, je ne
suis pas moins contaminé que le loyal colonel Joll qui
traque les ennemis de l'Empire à travers le désert sans
bornes, l'épée dégainée pour abattre barbare sur barbare,
jusqu'à ce qu'enfin il trouve et exécute celui qui aurait
dû avoir pour destinée (ou sinon lui, du moins son fils
ou le petit-fils qu'il n'a pas encore eu) d'escalader le portail de bronze du palais d'Été et de renverser le globe
surmonté d'un tigre rampant qui symbolise la domina-
tion éternelle, salué par les acclamations et les salves de
mousquet de ses camarades.

Il n'y a pas de lune. Dans le noir, je regagne à tâtons
la terre ferme et je m'endors sur l'herbe, enroulé dans
mon manteau. Je me réveille, engourdi et gelé, d'un
enchevêtrement de rêves confus. L'étoile rouge a à peine
bougé dans le ciel.

Quand je longe la route qui mène au camp des
pêcheurs, un chien se met à aboyer ; aussitôt un autre se
joint à lui, et la nuit n'est plus qu'une clameur d'aboie-
ments, de cris d'alarme, de hurlements. Déconcerté, je
crie de toutes mes forces : « Ce n'est rien ! » mais personne ne m'entend. Je reste au milieu de la route,

impuissant. Quelqu'un me dépasse en courant dans la direction du lac ; puis quelqu'un d'autre entre en collision avec moi, une femme, je m'en aperçois tout de suite, qui s'étouffe de terreur dans mes bras avant de se libérer et de s'enfuir. Je suis aussi entouré de chiens qui montrent les dents : je tourne sur moi-même et pousse un cri quand l'un d'eux me happe la jambe, me déchire la peau, et bat enfin en retraite. Tout autour de moi, c'est un concert de jappements frénétiques. De l'autre côté des murs, les chiens de la ville hurlent en réponse. Je me ramasse sur moi-même et dessine des cercles, prêt à la prochaine attaque. La plainte cuivrée des trompettes déchire l'air. Les chiens aboient plus fort que jamais. Lentement, je me traîne vers le camp, jusqu'à ce qu'une des huttes se détache soudainement contre le ciel. J'écarte le rideau de paille qui pend devant l'ouverture et gagne la tiédeur moite où des gens dormaient encore, quelques minutes auparavant.

Dehors, la clameur s'apaise, mais personne ne revient. L'air sent le renfermé, incite à la torpeur. Je voudrais dormir ; mais je suis troublé par la résonance de ce choc doux que j'ai subi sur la route. Ma chair conserve comme une meurtrissure l'empreinte du corps qui s'est appuyé quelques secondes contre moi. Je crains ce dont je suis capable : revenir demain, quand il fera jour, encore meurtri de ce souvenir, et poser des questions jusqu'à ce que je découvre qui m'a heurté dans le noir, pour édifier autour d'elle, enfant ou femme, une aventure érotique encore plus ridicule. La sottise des hommes de mon âge ne connaît pas de limites. Notre seule justification, c'est que nous ne laissons pas notre marque sur les jeunes filles qui nous passent entre les mains : nos désirs tortueux, nos rituels amoureux, nos extases éléphantesques sont vite oubliés, elles s'esquivent, échappant à notre danse maladroite, et filent comme des flèches dans les bras des hommes — jeunes, vigoureux, directs — dont elles porteront les enfants. Nous aimons sans laisser de trace. Et l'autre jeune fille au visage aveugle, qui se rappellera-t-elle : moi, mon peignoir en soie, mes éclairages tamisés, mes parfums et mes onguents, et mes mornes plaisirs, ou cet autre homme froid aux yeux masqués qui donnait les ordres et soupesait les bruits que lui arrachait la souffrance ? Quel est le dernier visage qu'elle ait vu clairement sur cette terre, sinon celui de l'homme qui tenait le fer rouge ? Bien que je me sente aujourd'hui encore accablé de honte, je suis contraint de me demander si au fond de mon cœur, quand j'étais allongé près d'elle, ma tête contre ses pieds, et que je caressais et que j'embrassais ses chevilles brisées, je ne regrettais pas de ne pouvoir laisser sur elle une marque aussi tenace. Même si les siens la traitent maintenant avec bonté, jamais on ne lui fera la cour, jamais on ne l'épousera comme une femme normale : un étranger l'a marquée pour toujours comme sa propriété, et si quelqu'un vient vers elle, ce sera dans cet esprit de pitié sensuelle et morbide qu'elle avait décelé et rejeté en moi. Rien d'étonnant à ce qu'elle se soit si souvent endormie, ni à ce qu'elle se soit sentie mieux en épluchant des légumes que dans mon lit ! Dès l'instant où mes pas se sont arrêtés et où je me suis tenu devant elle, près du portail de la caserne, elle dut sentir un brouillard de fausseté se refermer autour d'elle : l'envie, la pitié, la cruauté se cachaient sous le masque du désir. Et quand je faisais l'amour, aucune spontanéité, mais le refus délibéré de la spontanéité ! Je me rappelle son sourire tranquille. Dès le début, elle a su que j'étais un séducteur mensonger. Elle m'écoutait, puis elle écoutait son cœur, et à juste titre elle agissait selon son cœur. Si seulement elle avait trouvé les mots pour me le dire ! Il aurait fallu qu'elle m'arrête à mi-chemin : « Ce n'est pas comme ça qu'on fait. Si vous voulez apprendre comment on fait, demandez à votre ami aux yeux noirs. » Mais elle aurait dû continuer alors, pour ne pas me laisser sans espoir : « Mais si vous voulez m'aimer, il va falloir lui tourner le dos et vous instruire ailleurs. » Si elle me l'avait dit à ce moment-là, si je l'avais comprise, si j'avais été en état de la comprendre, si je l'avais crue, si j'avais été en état de la croire, j'aurais pu m'épargner un an de gestes d'expiation confus et vains.

Contrairement à ce qu'il me plaisait de penser, je n'étais pas l'inverse du colonel, aussi complaisant et bon vivant qu'il était froid et rigide. J'étais le mensonge que l'Empire se raconte quand les temps sont favorables, et lui la vérité que l'Empire proclame quand soufflent des vents mauvais. Deux faces du pouvoir impérial, rien de plus, rien de moins. Mais j'ai temporisé. J'ai promené mon regard sur ce coin reculé des Marches, avec ses étés poussiéreux, ses charretées d'abricots, ses longues siestes, sa garnison oisive, et les oiseaux des marais qui s'envolent et reviennent, d'année en année, abandonnant et retrouvant la nappe éblouissante et sans vagues du lac, et je me suis dit : « Patience, un de ces jours il va partir, un de ces jours le calme va revenir : nos siestes rallongeront alors, et nos épées rouilleront, le guetteur descendra de la tour en douce pour passer la nuit avec sa femme, le mortier s'effritera jusqu'à ce que des lézards nichent entre les briques et que des hiboux s'envolent du beffroi, et la ligne qui indique la frontière sur les cartes de l'Empire deviendra floue et illisible jusqu'à ce que, Dieu merci, on nous oublie. » Ainsi me suis-je trompé moi-même, m'engageant sur une fausse route — une de mes nombreuses erreurs d'orientation sur un itinéraire qui paraissait juste, mais m'a conduit au cœur d'un labyrinthe.

Dans le rêve, je m'avance vers elle à travers la place enneigée. Au début, je marche. Puis à mesure que le vent prend de la force, je me trouve poussé vers l'avant dans un nuage de neige tourbillonnante, les bras déployés des deux côtés et le vent gonflant mon manteau comme une voile de bateau. Prenant de la vitesse, mes pieds effleurant à peine le sol, je plane vers la silhouette solitaire, au centre de la place. Je me dis : « Elle ne me verra pas à temps ! » et j'ouvre la bouche pour lancer un avertissement. Un gémissement ténu me parvient aux oreilles, fouetté par le vent, emporté dans le ciel comme un bout de papier. Je suis presque sur elle, je me prépare déjà au choc, quand elle se tourne et me voit. Pendant un instant, j'ai la vision de son visage, un visage d'enfant, lumineux, plein de santé, qui me sourit sans inquiétude, puis c'est la collision. Sa tête me heurte le ventre ; et aussitôt, me voilà parti, emporté par le vent. Le coup est aussi léger que l'impact d'un papillon. Je me sens inondé de soulagement. Je pense : « Il n'était donc pas nécessaire d'être anxieux ! » J'essaie de regarder en arrière, mais plus rien n'est visible dans la blancheur de la neige.

Ma bouche est couverte de baisers humides. Je crache, secoue la tête, ouvre les yeux. Le chien qui me léchait la figure recule en agitant la queue. De la lumière s'infiltre par l'entrée de ma hutte. Je sors à quatre pattes ; dehors, c'est l'aube. Le ciel et l'eau sont teintés du même rose. Le lac, où je m'étais habitué à voir tous les matins les bateaux de pêcheurs à la proue arrondie, est désert. Le camp où je me trouve est tout aussi désert.

Je serre mon manteau autour de moi et monte la route, au-delà de la porte principale, qui est encore fermée, et jusqu'à la tour nord-ouest, où personne ne semble faire le guet ; puis je redescends la route et, coupant à travers champs, franchis la digue dans la direction du lac.

Un lièvre bondit à mes pieds et s'enfuit en zigzag. Je le suis des yeux : il décrit un cercle et se perd derrière le blé mûr, dans des champs éloignés.

A cinquante mètres de moi, debout au milieu du chemin, un petit garçon pisse. Il observe l'arc décrit par son urine, et m'observe aussi du coin de l'œil, cambrant le dos pour que le dernier jet aille plus loin. Puis, sa trace dorée encore suspendue en l'air, le voilà parti, saisi par un bras sombre sorti des roseaux.

Je suis à l'endroit où il se tenait. Il n'y a rien en vue ; rien que les pointes vacillantes des roseaux à travers lesquels étincelle la demi-sphère du soleil.

« Vous pouvez sortir, dis-je en élevant à peine la voix. Il n'y a aucune raison d'avoir peur. »

Je remarque que les pinsons évitent ce bouquet de roseaux. Je ne doute pas d'être entendu par trente paires d'oreilles.

Je repars vers la ville.

Les portes sont ouvertes. Des soldats lourdement armés fouillent les huttes des pêcheurs. Le chien qui m'a réveillé les suit de hutte en hutte, la queue dressée, la langue pendante, les oreilles en alerte.

Un des soldats s'attaque au râtelier où le poisson vidé et salé est mis à sécher, qui craque et s'effondre.

Je hâte le pas et lance : « Ne faites pas ça ! » Je reconnais certains de ces hommes : je les ai déjà vus dans la cour de la caserne, du temps de mon long tourment. « Arrêtez, ce n'était pas leur faute ! »

Avec une nonchalance étudiée, le même soldat se dirige d'un pas de promeneur vers la plus grande des huttes, s'arc-boute contre les saillants de deux des traverses du toit, et tente de soulever le toit de chaume. Malgré ses efforts, il n'y parvient pas. J'ai vu construire ces huttes à l'apparence fragile. Elles sont conçues pour résister aux secousses de vents si forts que les oiseaux n'y volent pas. La charpente du toit est liée aux montants par des lanières enfilées dans des encoches en forme de coin. On ne peut le soulever sans couper les lanières.

J'essaie de convaincre le soldat. « Je vais vous expliquer ce qui s'est passé la nuit dernière. Je marchais par là-bas, dans le noir, et les chiens se sont mis à aboyer. Les gens d'ici ont eu peur, ils ont perdu la tête, vous savez comment ils sont. Ils ont sans doute cru que les barbares arrivaient. Ils se sont enfuis jusqu'au lac. Ils se cachent dans les roseaux — je les y ai vus il y a un moment. Vous n'allez pas les punir pour un incident aussi ridicule. »

Il fait comme si je n'étais pas là. Un de ses camarades l'aide à se hisser sur le toit. En équilibre sur deux traverses, il se met à cogner dans le toit à coups de talon. J'entends le bruit sourd des débris d'herbe enduite d'argile qui tombent à l'intérieur.

Je hurle : « Arrêtez ! » Le sang bat dans mes tempes. « Quel mal vous ont-ils fait ? » J'essaie de lui attraper la cheville, mais il est trop loin. Dans l'humeur où je suis, je pourrais l'égorger.

Quelqu'un se jette devant moi : l'ami qui vient de l'aider à monter. Il murmure : « Et si tu foutais le camp. Hein, si tu foutais le camp. Si t'allais mourir ailleurs ? »

Sous le chaume et l'argile, j'entends la charpente craquer d'un coup sec. L'homme perché sur le toit lance les

222

mains en avant et plonge. Je le vois posé en l'air, les yeux élargis de surprise ; un instant plus tard, il n'y a plus à sa place qu'un nuage de poussière.

Le rideau de l'entrée s'écarte, il sort en titubant et en se tenant les mains, couvert de poussière ocre de la tête aux pieds. « Merde ! dit-il. Merde, merde, merde, merde, merde ! » Ses amis hurlent de rire. « Ce n'est pas drôle ! proteste-t-il. J'ai mal à mon foutu pouce ! » Il coince sa main entre ses genoux. « Je me suis fait foutrement mal ! » Il décoche un coup de pied au mur de la hutte et j'entends de nouveau à l'intérieur le bruit de l'enduit qui se détache. « Foutus sauvages ! Il y a longtemps qu'on aurait dû les aligner contre un mur et les descendre — eux et leurs amis ! »

Son regard se pose derrière moi, me traverse, refuse en tout cas de me voir ; il s'éloigne en bombant le torse. En passant devant la dernière hutte, il arrache le rideau qui pend devant l'entrée. Les ornements qui le décorent, colliers de baies rouges et noires, de graines de melon séchées, se cassent et s'éparpillent en cascade. Debout au milieu de la route, j'attends que se calment les frémissements de rage qui me parcourent. Je pense à un jeune paysan qu'on a un jour amené devant moi, du temps où ma juridiction s'étendait à la garnison. Comme il avait volé des poulets, un magistrat d'une ville lointaine l'avait envoyé à l'armée pour trois ans. Au bout d'un mois ici, il avait essayé de déserter. Il s'était fait prendre, et on l'avait amené devant moi. Il avait voulu revoir sa mère et ses sœurs, expliquait-il. Je l'ai sermonné :

« Nous ne pouvons pas faire ce que nous voulons. Nous sommes tous soumis à la loi, qui est au-dessus de chacun de nous. Le magistrat qui vous a envoyé ici, moi-même, vous — nous sommes tous soumis à la loi. »

223

Il me regardait d'un œil morne, attendant qu'on lui annonce son châtiment, escorté de deux gardiens musclés, les mains liées dans le dos par des menottes.

« J'en suis sûr, vous pensez qu'il est injuste d'être puni parce que vous avez voulu agir en fils dévoué. Vous croyez savoir ce qui est juste et ce qui ne l'est pas. Je comprends. Nous sommes tous persuadés de le savoir. » A l'époque, je n'avais aucun doute là-dessus : chacun de nous, homme, femme, enfant, et peut-être même le pauvre vieux cheval qui tournait la roue du moulin, savait ce qui était juste : en venant au monde, chaque créature porte en elle le souvenir de la justice. « Mais nous vivons dans un monde de lois, ai-je expliqué au pauvre prisonnier, un monde où il faut se contenter de solutions imparfaites. Nous ne pouvons rien y faire. Nous sommes des créatures déchues. Nous sommes réduits à appliquer la loi, tous tant que nous sommes, sans laisser s'évanouir en nous le souvenir de la justice. »

Après l'avoir sermonné, j'ai prononcé la sentence. Il a entendu le verdict sans murmure, et ses gardiens l'ont emmené. Je me rappelle la gêne honteuse que je ressentais ces jours-là. Je quittais le tribunal, rentrais chez moi et passais la soirée dans le noir, assis dans le fauteuil à bascule, sans appétit, jusqu'à ce qu'il fût temps d'aller se coucher. Je me disais : « Quand des hommes souffrent injustement, ce sont les témoins de leur souffrance qui doivent fatalement en porter la honte. » Mais cette pensée spécieuse ne me consolait pas. J'ai entretenu plus d'une fois l'idée de démissionner, de renoncer à la vie publique, d'acheter un petit jardin maraîcher. Mais dans ce cas, me disais-je, quelqu'un d'autre sera désigné pour supporter la honte de mes fonctions, et rien n'aura changé. J'ai donc continué à accomplir les devoirs de ma charge, jusqu'à ce qu'un jour les événements prennent le pas sur moi.

Lorsqu'on les repère, les deux cavaliers sont à moins d'un mille et traversent déjà les champs dénudés. Je fais partie de la foule qui, entendant les cris venus des remparts, afflue pour les accueillir ; car nous avons tous reconnu l'étendard qu'ils portent, l'étendard vert et or du bataillon. Au milieu des gambades d'enfants surexcités, je marche à grandes enjambées sur les mottes fraîchement retournées.

Le cavalier de gauche, qui chevauchait près de son compagnon, épaule contre épaule, bifurque et part au trot vers le chemin des bords du lac.

L'autre s'avance toujours vers nous, à l'amble, assis très droit sur sa selle, les bras écartés sur le côté comme s'il voulait nous embrasser ou prendre son essor dans le ciel.

Je me mets à courir aussi vite que je peux, le cœur battant, mes sandales traînant dans la boue.

Cent mètres nous séparent de lui ; on entend en arrière un bruit de sabots et trois soldats en armure passent au galop, se hâtant vers la roselière où l'autre cavalier a maintenant disparu.

Je me joins au groupe qui entoure l'homme (je le reconnais, bien qu'il ait changé) ; l'étendard allégrement déployé au-dessus de sa tête, il braque sur la ville un regard blanc. Il est ficelé à un cadre de bois solide qui le maintient droit sur sa selle. Son épine dorsale est soutenue par une perche, et ses bras sont attachés à une barre transversale. Des mouches bourdonnent devant son visage. Un bandage lui ferme la mâchoire, sa chair est boursouflée, il dégage une odeur écœurante, il est mort depuis plusieurs jours.

Un enfant me tiraille la main. Il chuchote :

« C'est un barbare, oncle ? »

Je lui réponds sur le même ton : « Non. »

Il se tourne vers le garçon qui est à côté de lui. « Tu vois, je te l'avais dit », murmure-t-il.

Puisque personne d'autre ne semble prêt à le faire, c'est à moi qu'il incombe de prendre les rênes qui pendent et de ramener par la grande porte ce messager des barbares, de passer devant les spectateurs silencieux, et de dégager la cour de la caserne où enfin l'on détache le porteur de nouvelles et où on le prépare à l'ensevelissement.

Les soldats qui sont allés chercher son unique compagnon sont bientôt de retour. Ils traversent la place au petit trot et s'engouffrent dans le tribunal d'où Mandel exerce son gouvernement. Quand ils réapparaissent, ils refusent de parler.

Toutes les prémonitions d'un désastre sont confirmées et, pour la première fois, une véritable panique s'empare de la ville. Les boutiques sont envahies de clients qui cherchent à emporter aux enchères le stock de nourriture. Certaines familles se barricadent dans leurs maisons, gardant à l'intérieur, auprès d'elles, la volaille et même les cochons. L'école est fermée. De rue en rue se répercute la rumeur qu'une horde de barbares campe à quelques milles de là, sur les berges calcinées du fleuve. L'impensable est arrivé : l'armée qui avait pris si joyeusement la route il y a trois mois ne reviendra jamais.

Les grandes portes sont fermées, barricadées. Je supplie l'officier du guet d'autoriser les pêcheurs à entrer :

« Ils ont peur pour leur vie, une peur terrible. » Il me tourne le dos sans répondre. Au-dessus de nos têtes, sur les remparts, les soldats, ces quarante hommes qui se dressent entre nous et l'anéantissement, parcourent du regard le lac et le désert.

A la tombée de la nuit, allant vers la cabane où je dors encore, près de l'entrepôt, je trouve le passage bouché. Une file de chariots d'intendance à deux roues occupe la ruelle, le premier chargé de sacs que je reconnais — les sacs de semences de l'entrepôt à grains —, les autres vides. Ils sont suivis par une file de chevaux, sellés, munis de couvertures, sortis des étables de la garnison : tous les chevaux, je suppose, qui ont été volés ou réquisitionnés au cours des dernières semaines. Alertés par le bruit, les gens sortent de chez eux et assistent sans mot dire à cette manœuvre de retrait visiblement prévue de longue date.

Je demande à rencontrer Mandel, mais l'homme qui garde le tribunal est de bois, comme ses camarades.

En fait, Mandel n'est pas au tribunal. J'arrive sur la place à temps pour entendre la fin d'une déclaration qu'il lit à la foule « au nom du Commandement impérial ». Le retrait des troupes, dit-il, est une « mesure provisoire ». Une « force intérimaire » sera laissée sur place. On prévoit une « cessation générale des opérations le long du front pendant la durée de l'hiver ». Il espère, quant à lui, être de retour au printemps, lorsque l'armée « déclenchera une nouvelle offensive ». Il désire remercier tout le monde pour l' « hospitalité inoubliable » dont il a bénéficié.

Pendant son allocution, qu'il prononce debout dans un chariot vide, flanqué de soldats qui tiennent des flambeaux, ses hommes reviennent chargés du fruit de leurs rapines. Deux d'entre eux s'efforcent de hisser sur un chariot un beau fourneau en fonte volé dans une maison vide. Un autre arrive, triomphant, portant un coq et une poule — le coq, noir et or, est splendide. Ils ont les pattes liées, il les brandit par les ailes, leurs yeux féroces d'oiseaux brillent de fureur. Quelqu'un lui tient la porte du four, et il les y enfourne. Dans le chariot s'entassent des sacs et des tonneaux venus d'une boutique pillée, et même une petite table et deux chaises. Ils déroulent un lourd tapis rouge, l'étalent sur le chargement, l'arriment. Aucune protestation de la part des gens qui assistent à cet exercice méthodique de trahison, mais je sens monter autour de moi les vagues d'une colère impuissante.

On achève le chargement du dernier chariot. On ouvre les portes, les soldats montent à cheval. En tête de la colonne, j'entends quelqu'un discuter avec Mandel. « Une heure, tout au plus ; ils seront prêts d'ici une heure. » « Pas question », répond Mandel ; le vent emporte le reste de ses paroles. Un soldat m'écarte de son chemin et escorte jusqu'au dernier chariot trois femmes encombrées de ballots. Elles se hissent à bord et s'assoient, tenant leur voile devant leur visage. L'une d'elles porte une petite fille qu'elle perche au sommet du chargement. Des fouets claquent, la colonne s'ébranle, les chevaux peinant, les roues des chariots gémissant sous le faix. A l'arrière de la colonne, deux hommes armés de bâtons poussent un troupeau d'une douzaine de moutons. Sur leur passage, le grondement se fait plus intense. Un jeune homme bondit, agitant les bras et criant : les moutons se dispersent dans l'obscurité, et la foule se referme dans une grande clameur. Presque aussitôt, les premiers coups de feu retentissent. Courant le plus vite possible au milieu de dizaines d'autres qui courent et hurlent, je ne conserve qu'une image de cette attaque vaine : un homme qui se collette avec une des femmes du dernier chariot, lacérant ses vêtements, pendant que la petite fille regarde, les yeux écarquillés, le pouce dans la bouche. Puis la place est de nouveau vide et obscure, le dernier chariot franchit la porte en cahotant ; la garnison est partie.

Toute la nuit, les portes restent ouvertes ; des familles, à pied pour la plupart, ployant sous de lourds ballots, se hâtent de suivre les soldats. Et avant l'aube, les pêcheurs rentrent furtivement dans la ville, sans rencontrer de résistance, portant leurs enfants maladifs, leurs pauvres chiens, et les faisceaux de perches et de roseaux avec lesquels ils vont à nouveau entreprendre de se bâtir des abris.

Mon vieil appartement est ouvert. A l'intérieur, l'air sent le renfermé. Il y a longtemps que rien n'a été dépoussiéré. Les vitrines — les pierres, les œufs, les objets façonnés trouvés dans les ruines du désert — ont disparu. Dans la première pièce, les meubles ont été poussés contre les murs, et on a enlevé le tapis. Le petit salon ne semble pas avoir été touché, mais toutes les tentures sont imprégnées d'une odeur aigre et moisie.

Dans la chambre à coucher, la literie est rejetée sur le côté d'un geste qui m'est familier, comme si j'avais moimême dormi dans ce lit. L'odeur de ce linge douteux m'est étrangère.

Sous le lit, le pot de chambre est à moitié plein. Dans l'armoire, il y a une chemise fripée dont le col est marqué de traces brunes et les aisselles tachées de jaune. Tous mes vêtements ont disparu.

229

Je défais le lit et je m'allonge sur le matelas nu, supposant qu'un malaise va s'emparer de moi à sentir le fantôme d'un autre homme subsister dans ses odeurs et les débris de sa vie. Mais je ne ressens rien de pareil : la chambre me paraît toujours aussi connue. Le bras sur la figure, je m'aperçois que je glisse dans le sommeil. Il se peut que le monde tel qu'il est ne soit pas une illusion, ni le mauvais rêve d'une nuit. Il se peut que l'éveil qui nous y projette soit inéluctable, que nous ne puissions ni l'oublier ni nous en dispenser. Mais j'ai toujours autant de mal à croire que la fin est proche. Si les barbares faisaient irruption maintenant, je mourrais dans mon lit, j'en suis sûr, aussi stupide et ignorant qu'un bébé. Il serait encore plus approprié qu'on me surprenne en bas, dans le cellier, une cuiller à la main, la bouche pleine de confiture de figues fauchée dans le dernier bocal de l'étagère : on pourrait alors couper et jeter sur le tas de têtes amoncelé sur la place une tête qui porterait encore une expression coupable, peinée, étonnée de cette irruption de l'Histoire dans le temps immobile de l'oasis. A chacun la fin qui lui convient le mieux. Certains se feront prendre dans des abris creusés sous leur cave, serrant leurs trésors contre leur sein, fermant les yeux de toutes leurs forces. D'autres mourront sur la route, aux prises avec les premières neiges de l'hiver. De rares individus mourront peut-être en combattant, armés de fourches. Après moi, les barbares se torcheront avec les archives de la ville. Jusqu'à la fin, nous n'aurons rien appris. Il semble y avoir chez nous tous, au fond de nous, quelque chose de l'ordre du granit, qui résiste à l'enseignement. Bien que la panique déferle dans les rues, personne ne croit vraiment que le monde de certitudes tranquilles qui nous a accueillis à notre naissance est sur le point de disparaître. Personne ne peut accepter qu'une armée impériale ait été anéantie par des hommes armés d'arcs, de flèches et de vieux fusils rouillés, qui vivent dans des tentes, ne se lavent jamais et ne savent ni lire ni écrire. Et qui suis-je pour ricaner d'illusions qui aident à vivre ? Est-il meilleure façon de passer ces jours ultimes que de rêver d'un sauveur, l'épée brandie, qui disperserait les armées ennemies, nous pardonnerait les erreurs commises par d'autres en notre nom et nous accorderait une seconde chance de bâtir notre paradis terrestre ? Couché sur le matelas nu, je m'applique à animer une représentation de moi-même en nageur, nageant infatigablement, à longues brasses égales, dans le fluide du temps — un fluide plus inerte que l'eau, dépourvu de remous, s'insinuant partout, sans couleur, sans odeur, sec comme du papier.

VI

Quelquefois, le matin, on voit dans les champs des empreintes de sabots récentes. Parmi les buissons clair-semés qui indiquent la limite la plus lointaine des terres labourées, le guetteur discerne une forme qui n'était pas là la veille, il en jurerait, et qui disparaît le lendemain. Les pêcheurs ne s'aventurent pas hors des murs avant le lever du soleil. Leur pêche a tellement diminué qu'ils arrivent à peine à subsister.

Deux jours durant, nous avons peiné en coopération, les armes au côté, pour moissonner les champs les plus éloignés, les seuls qui aient été épargnés par l'inondation. Le rendement est inférieur à quatre tasses par jour et par famille, mais c'est mieux que rien.

Bien que le cheval aveugle fasse toujours tourner la roue qui remplit le réservoir proche du rivage, assurant l'irrigation des jardins de la ville, nous savons que la conduite peut être coupée à tout moment et nous avons déjà commencé à creuser de nouveaux puits à l'intérieur des murs.

J'ai engagé mes concitoyens à cultiver leurs potagers, à planter des racines comestibles qui résisteront aux gels hivernaux. « Nous devons avant tout trouver moyen de survivre à l'hiver, ai-je déclaré. Au printemps, c'est certain, ils nous enverront des secours. Après le premier dégel, nous pourrons planter du millet de soixante jours. »

On a fermé l'école, et on envoie les enfants dans les anses saumâtres du Sud, où ils pêchent à la traîne les minuscules crustacés qui abondent dans les zones de hauts-fonds. Nous les fumons et les pressons sous forme de briques d'une livre. Leur goût est huileux, écœurant ; normalement, seuls les pêcheurs en mangent ; mais avant que l'hiver soit fini, je pressens que nous serons tous contents d'avoir des rats et des insectes à dévorer.

Le long du rempart nord, nous avons disposé une rangée de casques ; auprès de chaque casque, une lance dressée. Toutes les demi-heures, un enfant passe le long de la rangée, et bouge légèrement tous les casques. Nous espérons tromper ainsi les yeux perçants des barbares.

La garnison que Mandel nous a léguée est composée de trois hommes. Ils montent la garde tour à tour devant la porte verrouillée du tribunal, dédaignés par le reste de la ville, restant entre eux.

J'ai pris la tête de toutes les initiatives destinées à assurer notre sauvegarde. Personne n'a contesté mon rôle. Ma barbe est soignée, je porte des vêtements propres, j'ai repris de fait les fonctions d'administration légale interrompues il y a un an par l'arrivée de la Garde civile.

Nous devrions couper et entreposer du bois de chauffage ; mais on ne trouve personne qui accepte de s'aventurer dans les bois calcinés, le long du fleuve, où les pêcheurs affirment avoir vu des traces récentes de campements barbares.

Je suis réveillé par des coups frappés à la porte de mon appartement. L'homme tient une lanterne, il est tanné par le vent, osseux, essoufflé, vêtu d'une capote de soldat trop grande pour lui. Il me dévisage, ahuri.

« Qui êtes-vous ? dis-je.

— Où est l'adjudant ? » répond-il, haletant, essayant de regarder par-dessus mon épaule.

Il est 2 heures du matin. On a ouvert les portes pour laisser entrer la voiture du colonel Joll, arrêtée maintenant au milieu de la place, ses limons posés sur le sol. Elle fournit à plusieurs hommes un abri contre le vent cinglant. Depuis les remparts, les guetteurs regardent.

« Il nous faut de quoi manger, des chevaux frais, du fourrage », dit mon visiteur. Il court devant moi, ouvre la portière de la voiture, parle : « L'adjudant n'est pas ici, monsieur, il est parti. »

Par la fenêtre, au clair de lune, j'aperçois Joll en personne. Lui aussi, il me voit : la portière claque violemment, j'entends le bruit d'un verrou qu'on tire. En approchant mon visage de la vitre, j'arrive à le distinguer dans le fond de la voiture, détournant le visage, rigide. Je frappe à la vitre, mais il ne réagit pas. Puis ses acolytes m'éloignent.

Surgie de l'ombre, une pierre atterrit sur le toit de la voiture.

Un autre membre de l'escorte de Joll arrive en courant. Il halète : « Il n'y a rien. Les écuries sont vides, ils les ont pris jusqu'au dernier. »

L'homme qui a dételé les chevaux suants se met à jurer. Une deuxième pierre rate la voiture et manque me

234

frapper. C'est du haut des murailles qu'elles sont lancées.

« Écoutez-moi, dis-je. Vous avez froid, vous êtes fatigués. Mettez les chevaux à l'écurie, entrez, mangez un morceau, racontez-nous votre histoire. Depuis que vous êtes partis, nous n'avons pas eu de nouvelles. Si ce fou a envie de rester toute la nuit assis dans sa voiture, laissez-le où il est. »

C'est à peine s'ils m'écoutent : eux qui sont affamés, épuisés, qui ont fait plus que leur devoir en convoyant ce policier en lieu sûr, loin des griffes des barbares, ils s'emploient déjà à atteler à nouveau une paire de leurs chevaux fourbus, en murmurant entre eux.

Je contemple à travers la vitre cette tache vague, dans l'ombre, qui est le colonel Joll. Mon manteau claque dans le vent, je tremble de froid, mais aussi de la tension d'une colère réprimée. L'envie me vient de fracasser la glace, d'allonger le bras et d'extraire cet homme par le trou aux arêtes vives, de sentir sa chair s'accrocher et se déchirer aux pointes, de le jeter à terre et de l'écraser à coups de pied.

Comme s'il était sensible à cette impulsion meurtrière, il tourne à regret son visage vers moi. Puis il se glisse sur le siège jusqu'à me regarder par la vitre. Son visage est nu, nettoyé, peut-être par la clarté bleue de la lune, peut-être par la fatigue physique. J'observe ses tempes hautes et pâles. Tant de souvenirs — la douceur du sein de sa mère, et aussi sa main tirée par la force du vent, la première fois qu'il fit voler un cerf-volant, et aussi ces souffrances atrocement intimes qu'il a infligées, et qui me font le détester —, tant de souvenirs, à l'abri dans cette ruche.

Il me regarde ; ses yeux examinent mon visage. Les

lentilles de verre sombre ont disparu. Doit-il, lui aussi, réprimer l'envie d'allonger le bras, de me lacérer, de m'aveugler avec des éclats de verre ?

J'ai une leçon à lui destinée, que je médite depuis longtemps. J'articule les mots et je le regarde les lire sur mes lèvres : « Le crime qui est latent en nous, nous devons nous l'infliger à nous-mêmes. » Je hoche la tête à plusieurs reprises, pour que le message atteigne son destinataire. « Pas aux autres. » Je répète la phrase, indiquant ma poitrine, puis la sienne. Il observe mes lèvres, ses lèvres minces remuent à leur tour, par imitation, ou par dérision, je ne sais pas. Une autre pierre, plus lourde, une brique, peut-être, heurte la voiture avec un fracas retentissant. Il sursaute, les chevaux tirent sur leurs traits.

Quelqu'un arrive en courant. « Partons ! » crie-t-il. Il m'écarte, cogne à la porte de la voiture. Ses bras sont pleins de miches de pain. Il crie : « Il faut partir ! » Le colonel Joll défait le verrou et il jette les pains à l'intérieur. La porte claque. Il crie : « Vite ! » Lourdement, la voiture se met en mouvement ; les ressorts gémissent.

Je saisis le bras de l'homme : « Attendez ! Je ne vous laisserai pas partir tant que je ne saurai pas ce qui s'est passé ! »

Il crie : « Vous ne voyez pas ? » Il se débat entre mes bras. Mes mains sont encore faibles : pour le retenir, il faut que je l'étreigne. Je halète : « Répondez-moi, et vous pourrez partir ! »

La voiture est presque à la porte. Les deux cavaliers l'ont déjà franchie ; les autres courent derrière. Des pierres jaillies de l'ombre claquent sur la voiture, les cris et les insultes pleuvent.

« Que voulez-vous savoir ? dit-il, s'efforçant en vain de se libérer.

— Où sont les autres ?

— Partis. Dispersés. Éparpillés. Je ne sais pas où ils sont. Nous avons dû trouver nous-mêmes notre chemin. Nous ne pouvions pas rester groupés. » Voyant ses camarades s'enfoncer dans la nuit, il lutte de plus belle. Il sanglote : « Laissez-moi partir ! » Il n'a pas plus de force qu'un enfant.

« Dans un instant. Comment les barbares ont-ils pu vous mettre dans cet état ?

— Nous avons gelé dans les montagnes ! Nous avons crevé de faim dans le désert ! Pourquoi est-ce que personne ne nous avait prévenus ? On ne nous a pas battus — ils nous ont attirés dans le désert et ils se sont évaporés !

— Qui vous a attirés ?

— Eux — les barbares ! Ils marchaient devant nous, et nous ne pouvions jamais les rattraper. Ils capturaient les traînards, ils venaient la nuit détacher nos chevaux, ils refusaient l'affrontement !

— Et vous avez abandonné, vous êtes repartis en arrière ?

— Oui !

— Vous vous imaginez que je vais vous croire ? »

Il me jette un regard désespéré.

« Pourquoi mentirais-je ? crie-t-il. Je ne veux pas qu'on me laisse en route, c'est tout ! »

Il s'arrache à mon étreinte. Protégeant sa tête de ses mains, il franchit la porte au pas de course et disparaît dans la nuit.

On ne creuse plus, au troisième puits. Certains des ouvriers sont déjà repartis chez eux, d'autres restent là, attendant les ordres.

Je demande :

« Qu'est-ce qui ne va pas ? »

Ils me montrent les os posés sur un tas de terre fraîche : des os d'enfant.

« Il doit y avoir une tombe ici, dis-je. Curieux endroit pour une tombe. » Nous sommes sur le terrain vague derrière la caserne, entre la caserne et le mur sud. Les os sont vieux, ils ont pris la coloration rouge de l'argile. « Que voulez-vous faire ? Si vous préférez, nous pouvons recommencer à creuser plus près du mur. »

Ils m'aident à descendre dans la fosse. Le trou m'arrive à hauteur de poitrine. En raclant la terre, je dégage une mâchoire incrustée dans la paroi. « Voilà le crâne. » Mais non ; on a déjà déterré le crâne, ils me le montrent.

« Regardez sous vos pieds », dit le contremaître.

Il fait trop sombre pour y voir ; mais en tapant légèrement avec la pioche, je heurte quelque chose de dur ; mes doigts m'apprennent que c'est un os.

« Ils ne sont pas enterrés comme il faut », dit-il. Il est accroupi au bord de la fosse. « On les a mis là n'importe comment, les uns sur les autres. »

Je dis : « Oui. Nous ne pouvons pas creuser ici, n'est-ce pas ?

— Non, dit-il.

— Il faut combler le trou et recommencer plus près du mur. »

238

Il se tait. Il tend la main et m'aide à sortir du trou. Les autres ne disent rien non plus. Je suis forcé de jeter les os dans la fosse et de les recouvrir avec une première pelletée de terre avant qu'ils acceptent de reprendre leurs pelles.

Dans le rêve, je suis de nouveau debout dans la fosse. La terre est humide, une eau foncée suinte, je patauge, je lève les pieds lentement, avec difficulté.

Je tâte en dessous de la surface, à la recherche des ossements. Ma main dégage le coin d'un sac de jute, noir, pourri, qui s'effrite entre mes doigts. Je plonge à nouveau dans la boue liquide. Une fourchette, tordue, ternie. Un oiseau mort, un perroquet : je le tiens par la queue, ses plumes souillées pendent mollement, ses ailes trempées retombent, ses orbites sont vides. Quand je le lâche, il s'enfonce dans une éclaboussure. Je me dis : « Eau empoisonnée. Je dois prendre garde à ne pas boire ici. Je ne dois pas porter ma main droite à ma bouche. »

Depuis mon retour du désert, je n'ai pas couché avec une femme. Maintenant, en cette période particulièrement peu indiquée, mon sexe recommence à se manifester. Je dors mal, et le matin je me réveille affligé d'une morne érection, plantée entre mes aines comme une branche. Cela n'a rien à voir avec le désir. Allongé dans mon lit froissé, j'attends en vain qu'elle disparaisse. J'essaie d'évoquer l'image de la jeune fille qui a dormi avec moi ici, nuit après nuit. Je la vois debout, les jambes nues, vêtue d'une chemise, un pied dans la cuvette, attendant que je la lave, la main appuyée sur mon épaule. Je savonne le mollet musclé. Elle glisse la chemise par-dessus sa tête. Je lui savonne les cuisses ; puis je pose le savon, j'enlace ses hanches, je frotte mon visage dans son ventre. Je peux sentir l'odeur du savon, la tiédeur de l'eau, la pression de ses mains. Du plus profond de ce souvenir, j'émerge pour me caresser. Il n'y a aucune réaction. C'est comme si je touchais mon poignet : une partie de moi-même, mais dure, insensible, une dépendance qui n'a pas de vie propre. Mes efforts sont vains, puisque je ne ressens rien. Je me dis : « Je suis fatigué. »

Je passe une heure assis dans un fauteuil à attendre que ce rameau de sang s'amenuise. Il le fait, en son temps. Je m'habille alors, et je sors.

La nuit, cela revient : une flèche qui se darde hors de moi, et n'a pas de cible. J'essaie à nouveau de la nourrir d'images, mais ne détecte aucune réponse, aucun signe de vie.

« Essayez le pain moisi et la racine de laiteron, conseille l'herboriste. Cela peut agir. Si ce n'est pas le cas, revenez me voir. Voici de la racine de laiteron. Vous allez la moudre et en faire une pâte en y mêlant la moisissure et un peu d'eau tiède. Prenez-en deux cuillerées après chaque repas. C'est très désagréable, très amer, mais soyez certain que cela ne vous fera aucun mal. »

Je le paie en monnaie d'argent. Personne, à part les enfants, n'accepte plus les pièces de cuivre.

« Mais dites-moi, demande-t-il, pourquoi un bel homme comme vous, en pleine santé, veut-il abolir ses désirs ?

— Cela n'a rien à voir avec le désir, père. Ce n'est qu'une irritation. Une ankylose. Comme le rhumatisme. »

Il me sourit. Je lui rends son sourire.

Je dis : « C'est sans doute la seule boutique de la ville qu'ils n'ont pas pillée. » Ce n'est même pas une boutique, rien qu'un réduit avec une avancée protégée par un auvent, des rangées de bocaux poussiéreux et, pendant à des crochets fichés dans le mur, des racines et des bouquets de feuilles sèches : les remèdes qu'il a prescrits à toute la ville pendant cinquante ans.

« C'est vrai, ils ne m'ont pas dérangé. Ils m'ont suggéré de partir, dans mon propre intérêt. " Les barbares vous feront frire les couilles et les mangeront " — c'est ce qu'ils ont dit, en ces termes. Je leur ai dit : " Je suis né ici, je mourrai ici. Je ne pars pas. " Ils sont partis maintenant, et à mon avis, ça se passe mieux sans eux.

— Oui.

— Essayez le laiteron. Si ça ne marche pas, revenez me voir. »

J'avale le mélange amer et je mange autant de laitue que je peux, puisqu'on dit que la laitue rend impuissant. Mais je le fais sans trop y croire, conscient de mal interpréter les signes.

Je rends aussi visite à Mai. L'auberge a fermé faute de clientèle ; maintenant, elle vient aider sa mère à la caserne. Je la trouve à la cuisine, occupée à endormir son bébé dans son berceau, près du fourneau. « J'aime beaucoup ce gros vieux fourneau que vous avez ici, dit-elle. Il reste chaud pendant des heures. Une chaleur si douce. » Elle fait du thé ; assis près de la table, nous regardons les braises qui brillent derrière la grille. « Je voudrais bien vous offrir quelque chose de bon, mais les soldats ont vidé la réserve, il ne reste presque plus rien.

241

— Je voudrais que vous montiez avec moi. Pouvez-vous laisser l'enfant ici ? »

Nous sommes de vieux amis. Il y a des années, avant son second mariage, elle venait me voir chez moi, l'après-midi.

« Je préfère ne pas le laisser ; je ne veux pas qu'il se réveille et se retrouve tout seul. »

J'attends donc qu'elle ait emmailloté l'enfant, et je la suis jusqu'à l'étage : une femme encore jeune, au corps lourd, aux cuisses larges et informes. J'essaie de me rappeler comment c'était, avec elle, mais je n'y arrive pas. En ce temps-là, toutes les femmes me plaisaient.

Elle installe l'enfant sur des coussins, dans un coin, et lui chuchote des mots tendres jusqu'à ce qu'il se rendorme.

« C'est seulement pour une ou deux nuits, dis-je. Plus rien n'est sûr, c'est la fin de tout. Nous devons vivre comme nous le pouvons. »

Elle ôte son caleçon, qu'elle piétine comme un cheval, et viens vers moi en blouse. Je souffle la lampe. Je garde de mes paroles une impression d'abattement.

Lorsque j'entre en elle, elle soupire. Je frotte ma joue contre la sienne. Ma main trouve son sein ; sa main se referme sur la mienne, la caresse, l'écarte.

« J'ai un peu mal, murmure-t-elle, à cause du bébé. »

Je suis encore à la recherche de quelque chose que je voulais dire quand je sens venir l'orgasme, lointain, ténu, comme si la terre tremblait dans un autre pays.

« C'est ton quatrième enfant, n'est-ce pas ? »

Nous sommes allongés côte à côte, sous les couvertures.

« Oui, c'est le quatrième. Il y en a un qui est mort.

— Et le père ? Il t'aide ?

242

— Il a laissé de l'argent. Il est parti avec l'armée.

— Je suis sûr qu'il reviendra. »

Je la sens lourde à mes côtés, placide.

« J'ai beaucoup d'affection pour ton fils aîné. C'était lui qui m'apportait mes repas quand j'étais enfermé. »

Nous restons un moment allongés en silence. Puis ma tête se met à tourner. J'émerge du sommeil à temps pour entendre le dernier écho d'un râle sorti de ma gorge, un ronflement de vieillard.

Elle se redresse. « Il faut que je parte. Je ne peux pas dormir dans ces pièces vides, j'entends des craquements toute la nuit. » Je regarde bouger sa forme vague, pendant qu'elle s'habille et reprend l'enfant. « Est-ce que je peux allumer la lampe ? J'ai peur de tomber dans les escaliers. Dormez. Je vous apporterai le petit déjeuner demain matin, si ça ne vous gêne pas de manger de la bouillie de millet. »

« Je l'aimais beaucoup, dit-elle. Nous l'aimions toutes. Elle ne se plaignait jamais, elle faisait tout ce qu'on lui demandait, et pourtant je sais que ses pieds lui faisaient mal. Elle était sympathique. Quand elle était par là, il y avait toujours une bonne raison de rire. »

De nouveau, je suis aussi inerte que du bois. Elle se donne du mal : ses grandes mains me caressent le dos, me prennent les fesses. L'orgasme vient : une étincelle jaillie au large, sur la mer, et aussitôt perdue.

Le bébé se met à pleurer. Elle se détache de moi et se lève. Nue, robuste, elle marche de long en large dans la flaque de clair de lune, le bébé contre son épaule, elle le tapote, elle fait des petits bruits apaisants. Elle murmure :

243

« D'ici une minute, il sera endormi. » Je suis moi-même à demi endormi quand je sens son corps frais s'étendre à nouveau près du mien, ses lèvres effleurer mon bras.

« Je ne veux pas penser aux barbares, dit-elle. La vie est trop courte pour qu'on la passe à se faire du souci pour l'avenir. »

Je n'ai rien à dire.

« Je ne vous rends pas heureux, dit-elle. Je sais que ça ne vous plaît pas, avec moi. Vous êtes toujours ailleurs. »

J'attends ce qu'elle va dire ensuite.

« Elle me disait la même chose. Elle disait que vous étiez ailleurs. Elle ne vous comprenait pas. Elle ne savait pas ce que vous attendiez d'elle.

— Je ne savais pas que vous vous connaissiez bien, toutes les deux.

— Je venais souvent ici, en bas. Nous parlions de ce qui nous préoccupait. Quelquefois, elle pleurait sans pouvoir s'arrêter. Vous la rendiez très malheureuse. Vous le savez ? »

Le vent qui s'engouffre par la porte qu'elle ouvre est pour moi celui de la désolation absolue.

« Vous ne comprenez pas », dis-je d'une voix rauque. Elle hausse les épaules. Je poursuis : « Il y a tout un aspect de cette histoire que vous ne connaissez pas, dont elle n'aurait pas pu vous parler parce qu'elle ne le connaissait pas elle-même. Et dont je ne veux pas parler maintenant.

— Ça ne me regarde pas. »

Nous restons silencieux, pensant, chacun à sa façon, à la jeune fille qui, cette nuit, dort loin de nous, sous les étoiles.

« Quand les barbares entreront dans la ville, dis-je, peut-être sera-t-elle avec eux. » Je l'imagine franchissant

244

au trot la grande porte, à la tête d'une troupe de cavaliers, droite sur sa selle, les yeux brillants, avant-cour-
rière, guide, expliquant à ses camarades la disposition de
cette ville étrangère où elle a naguère vécu. « Alors, tout
sera sur une base nouvelle. »

Couchés dans le noir, nous réfléchissons.

« Je suis terrifiée, dit-elle. Je suis terrifiée quand je
pense à ce que nous allons devenir. J'essaie d'être opti-
miste et de vivre au jour le jour. Mais quelquefois, d'un
seul coup, j'imagine ce qui risque de se passer, et je suis
paralysée de peur. Je ne sais plus quoi faire. Je ne fais
que penser aux enfants. Que vont devenir les enfants ? »
Elle s'assied dans le lit. *« Que vont devenir les enfants ? »*
demande-t-elle avec véhémence.

Je lui dis :

« Ils ne feront pas de mal aux enfants. Ils ne feront de
mal à personne. »

Je lui caresse les cheveux, je la serre contre moi,
jusqu'à ce qu'il soit à nouveau temps d'allaiter le bébé.

Elle dit qu'elle dort mieux en bas, dans la cuisine. Elle
se sent plus en sécurité, quand elle se réveille, si elle
voit la lueur des braises derrière la grille. Et puis elle
aime avoir l'enfant avec elle dans son lit. Et puis il
vaut mieux que sa mère ne sache pas où elle passe ses
nuits.

Je sens, moi aussi, que c'était une erreur, et je ne
retourne pas la voir. Maintenant que je dors seul, je
regrette l'odeur de thym et d'oignon de ses doigts. Un
soir ou deux de suite, je me sens triste — une tristesse
calme, volage : bientôt je commence à oublier.

Au grand air, je regarde venir l'orage. Le ciel a perdu sa couleur ; il est maintenant d'une blancheur d'os, teinté vers le nord par des remous roses. Les tuiles ocre luisent, l'air devient lumineux, la ville brille d'un éclat sans ombre, d'une beauté mystérieuse, en ces moments ultimes.

Je monte en haut du mur. Parmi les mannequins en armes, les gens rassemblés là portent leur regard vers l'horizon où déjà bouillonne un grand nuage de poussière et de sable. Personne ne parle.

Le soleil se cuivre. Les bateaux ont tous quitté le lac, les oiseaux ont cessé de chanter. Il y a un intervalle de silence absolu. Puis le vent se lève.

Réfugiés dans nos maisons, les fenêtres calfeutrées, des traversins poussés contre les portes, alors qu'une fine poussière grise s'infiltre déjà par le toit et le plafond pour se déposer sur toutes les surfaces nues, couvrir notre eau potable d'une pellicule, faire grincer nos dents, nous pensons à nos frères et sœurs humains, au-dehors, qui, en des temps semblables, ont pour seul recours de tourner le dos au vent et de résister.

Le soir, pendant le peu de temps que je peux passer devant la cheminée — une heure ou deux avant que ma ration de bois soit épuisée et que je doive m'enfouir dans mon lit —, je m'occupe à mes distractions anciennes, réparant du mieux que je peux les caisses de pierres que j'ai trouvées dans les jardins du tribunal, brisées et jetées au loin, m'amusant de nouveau à tenter de déchiffrer l'écriture archaïque des languettes de peuplier.

Il me semble convenable, en hommage aux gens qui habitaient les ruines du désert, de rédiger à notre tour des archives de la colonie, à enterrer sous les murailles de notre ville à l'intention de la postérité ; et qui serait plus apte à écrire cette histoire que notre dernier magistrat ? Mais lorsque je m'assieds à ma table de travail, enveloppé pour avoir plus chaud dans ma vieille peau d'ours, avec une seule chandelle (car le suif est également rationné) et une pile de documents jaunis à portée de la main, ce que je me mets à écrire, ce ne sont ni les annales d'un avant-poste de l'Empire ni un récit de la façon dont les habitants de cet avant-poste ont passé leur dernière année, à préparer leurs âmes en attendant les barbares.

J'écris : *« Quiconque séjournait dans cette oasis ne pouvait manquer d'être frappé par le charme de notre vie. Notre temps était celui des saisons, des moissons, des migrations des oiseaux aquatiques. Nous vivions sans que rien nous sépare des étoiles. Nous aurions accepté n'importe quelle concession, si nous avions su laquelle faire, pour continuer à vivre ici. C'était le paradis sur terre. »*

Longtemps, je contemple le plaidoyer que j'ai écrit. Je serais déçu d'apprendre que les languettes de peuplier auxquelles j'ai consacré tant de temps contiennent un message aussi oblique, aussi équivoque, aussi répréhensible que celui-ci.

Je pense : « A la fin de l'hiver, peut-être, quand nous aurons vraiment la faim au ventre, quand nous serons gelés et affamés, ou quand les barbares seront vraiment à nos portes, peut-être, alors, abandonnerai-je les périphrases d'un fonctionnaire doté d'ambitions littéraires et commencerai-je à dire la vérité. »

Je pense : « Je voulais vivre hors de l'Histoire. Je voulais vivre en dehors de l'Histoire que l'Empire impose à ses sujets, et même à ses sujets perdus. Je n'ai jamais souhaité aux barbares de se voir infliger l'Histoire de l'Empire. Comment puis-je croire qu'il y a là un motif de honte ? »

Je pense : « J'ai vécu une année riche en événements, et pourtant je n'y comprends rien, rien de plus qu'un nourrisson. De tous les gens de cette ville, je suis le moins apte à rédiger un Mémorial. Mieux vaut le forgeron avec ses cris de rage et de chagrin. »

Je pense : « Mais quand les barbares goûteront le pain, du pain frais avec de la confiture de mûres, ils seront gagnés à nos mœurs. Ils s'apercevront qu'ils ne peuvent pas se passer du savoir-faire d'hommes qui savent faire croître les épis pacifiques, ni de l'adresse de femmes qui savent employer les fruits bienveillants. »

Je pense : « Le jour où des gens viendront gratter dans les ruines, ils s'intéresseront plus aux vestiges du désert qu'à tout ce que je peux léguer. Et ils auront raison. »

Je passe donc une soirée à enduire les languettes d'huile de lin, une par une, et je les emballe dans de la toile cirée. Dès que le vent tombera, je me le promets, j'irai les enterrer à l'endroit où je les ai trouvées.

Je pense : « Il y a quelque chose qui me sautait aux yeux, mais je n'arrive toujours pas à le voir. »

Le vent s'est calmé, et voici que descendent les flocons de neige : la première chute de l'année, qui saupoudre les tuiles de blanc. Je passe la matinée à la fenêtre, à regarder la neige tomber. Quand je traverse la cour de la

248

caserne, il y en a déjà plusieurs pouces d'épaisseur, et mes pas crissent et rebondissent avec une étrange légèreté.

Au milieu de la place, des enfants jouent à faire un bonhomme de neige. Craignant de les effrayer, mais plein d'une joie inexplicable, je m'approche d'eux sur la neige.

Ils ne s'effraient pas, ils sont trop occupés pour faire attention à moi. Ils ont terminé le grand corps arrondi, ils roulent maintenant une boule pour la tête.

« Faut que quelqu'un aille chercher des choses pour la bouche et le nez et les yeux », dit l'enfant qui les commande.

Je me dis que le bonhomme a aussi besoin de bras, mais je ne veux pas m'en mêler.

Ils posent la tête sur les épaules et la garnissent de cailloux en guise d'yeux, d'oreilles, de nez et de bouche. L'un d'eux le couronne de son bonnet.

Pour un bonhomme de neige, il n'est pas vilain.

Ce n'est pas la scène dont j'ai rêvé. Comme bien souvent, en ce moment, je me sens stupide en m'éloignant, comme un homme égaré depuis longtemps qui poursuit cependant sa marche sur une route qui ne mène peut-être nulle part.

DU MÊME AUTEUR

Au cœur de ce pays
roman
Maurice Nadeau / Papyrus, 1981
réédition Seuil, 2006
et « Points », n° P1846

Michael K., sa vie, son temps
roman
Booker Prize
prix Femina étranger 1985
Seuil, 1985
et « Points », n° P719

Terres de crépuscule
nouvelles
Seuil, 1987
et « Points », n° P1369

Foe
roman
Seuil, 1988
et « Points », n° P1097

L'Âge de fer
roman
Seuil, 1992
et « Points », n° P1036

Le Maître de Pétersbourg
roman
Seuil, 1995
et « Points », n° P1186

Scènes de la vie d'un jeune garçon
récit autobiographique
Seuil, 1999
et « Points », n° P947

Disgrâce
roman
Booker Prize
Commonwealth Prize
National Book Critics Circle Award
Prix du meilleur livre étranger 2002
Seuil, 2001
et « Points », n° P1035

Vers l'âge d'homme
récit autobiographique
Seuil, 2003
et « Points », n° P1266

Elizabeth Costello
Huit leçons
roman
Seuil, 2004
et « Points », n° P1454

L'Homme ralenti
roman
Seuil, 2006
et « Points », n° P1809

Doubler le cap
Essais et entretiens
Seuil, 2007

Paysage sud-africain
essai
Verdier, 2008

Journal d'une année noire
roman
Seuil, 2008
et « Points », n° P2273

L'Été de la vie
roman
Seuil, 2010
et « Points », n° P2667

De la lecture à l'écriture
Chroniques littéraires – 2000-2005
Seuil, 2012

Ici & maintenant
Correspondance avec Paul Auster (2008-2011)
Actes Sud, 2013

Une enfance de Jésus

roman
Seuil, 2013
et «Points», n° P3303

RÉALISATION : GRAPHIC HAINAUT À CONDÉ-SUR-L'ESCAUT
IMPRESSION : CPI FRANCE
DÉPÔT LÉGAL : MARS 2000. N° 40456-16 (2025068)
IMPRIMÉ EN FRANCE